美国自然文学经典译丛

心灵的慰藉

一部非同寻常的地域与家族史

〔美〕特丽·威廉斯 著
程 虹 译

生活·讀書·新知 三联书店

REFUGE: AN UNNATURAL HISTORY OF FAMILY AND PLACE by
TERRY TEMPEST WILLIAMS
Copyright: ©1991, 2001 by TERRY TEMPEST WILLIAMS
This edition arranged with BRANDT & HOCHMAN LITERARY AGENTS, INC.
through BIG APPLE AGENCY, INC. –LABUAN, MALAYSIA.

Simplified Chinese Copyright © 2025 by SDX Joint Publishing Company.
All Rights Reserved.

本作品简体中文版权由生活·读书·新知三联书店所有。
未经许可，不得翻印。

图书在版编目（CIP）数据

心灵的慰藉：一部非同寻常的地域与家族史 ／（美）特丽·威廉斯著；程虹译. -- 2版. -- 北京：生活·读书·新知三联书店，2025.4. --（美国自然文学经典译丛）. -- ISBN 978-7-108-08001-1

Ⅰ. I712.55

中国国家版本馆 CIP 数据核字第 202569WV26 号

责任编辑	刘蓉林
特约编辑	李学军
装帧设计	薛　宇
责任校对	常高峰
责任印制	卢　岳
出版发行	生活·讀書·新知三联书店
	（北京市东城区美术馆东街22号　100010）
网　　址	www.sdxjpc.com
经　　销	新华书店
印　　刷	河北清静堂印刷有限公司
版　　次	2012年8月北京第1版
	2025年4月北京第2版
	2025年4月北京第1次印刷
开　　本	880毫米×1230毫米　1/32　印张11.5
字　　数	247千字　图38幅
印　　数	0,001-5,000册
定　　价	82.00元

（印装查询：01064002715；邮购查询：01084010542）

美国自然文学经典译丛序

翻译并出版美国自然文学经典译丛的想法缘于上个世纪末。当我对自然文学产生兴趣并写就评介这一领域的著作《寻归荒野》时，就开始构想为配合此书译几本有代表性的美国自然文学经典作品。我承认，在这个信息发展极其迅速的时代，当人们甚至是一路狂奔，急于抵达终点时，我的行动很慢。从2004年翻译出版第一本书《醒来的森林》到第四本书《低吟的荒野》，经历了八年时光。

该译丛共收入美国自然文学经典四部：

1.《醒来的森林》(*Wake-Robin*，1871)，作者：约翰·巴勒斯（John Burroughs，1837—1921）；

2.《遥远的房屋：在科德角海滩一年的生活》(*The Outermost House: A Year of Life on the Great Beach of Cape Cod*，1928)，作者：亨利·贝斯顿（Henry Beston，1888—1968）；

3.《心灵的慰藉：一部非同寻常的地域与家族史》(*Refuge: An Unnatural History of Family and Place*，1991)，作者：特丽·威廉斯（Terry Tempest Williams，1955— ）；

4.《低吟的荒野》(*The Singing Wilderness*，1956)，作者：

西格德·奥尔森（Sigurd F. Olson, 1899—1982）。

将这四部书收入译丛，首先是由于它们被公认为美国自然文学的经典之作，也是四位作家的代表作，在美国自然文学中颇有影响，并被收入美国的权威性文选及高校文学教材之中。其次，这四部作品充分体现出自然文学最重要的特征：地域感（the sense of place）。《醒来的森林》是作者约翰·巴勒斯以在美国东部卡茨基尔山及哈德逊河畔观察鸟类的生活经历写就的散文集，让我们领略了鸟之王国的风采以及林地生活的诗情画意；《遥远的房屋》的作者亨利·贝斯顿则以他在美国东部科德角大海滩上一年的生活经历，向我们讲述大海、海滩、沙丘及海鸟的故事；《心灵的慰藉》的作者特丽·威廉斯以独特的经历和写作风格记述了自己如何陪同身患绝症的母亲在美国西部的大盐湖畔，从大自然中寻求心灵的慰藉；《低吟的荒野》的作者西格德·奥尔森向我们描述了美国北部与加拿大接壤的那片被称作"奎蒂科-苏必利尔"（Quetico-Superior）的荒原，那里点缀着璀璨的湖泊，裸露着古老的岩石，覆盖着茂密的原始森林。林地、海滩、盐湖及荒原，人类内心的情感世界与色彩斑斓的自然风景融为一体，使这四部自然文学的经典之作完美地组合在一起，相辅相成。其三，收入此译丛的四位作家也都是美国自然文学中的代表人物。约翰·巴勒斯被推崇为"鸟之王国中的约翰"；亨利·贝斯顿以"散文诗般的语言"而享誉美国文坛；特丽·威廉斯将自然的悲剧与人类的悲剧糅合在一起，从女性的角度展现出一种博大的生态视野；西格德·奥尔森从古朴的荒野中寻到了一种抵御外界诱惑的定力，一种与天地万物融为一体的安宁，并形成了独特的"荒野观"(wilderness philosophy)和"土地美学"(land aesthetic)。将上述美国自然文学作家的经典之作以译丛的形式介绍给中国读者,不仅会给人们带来美的享受,还会以一种潜移默化的方式促进人与自然的和谐相处。

当然,译本的选择除了上述原因之外,最重要的还是出于我对这些作品的喜爱。这正如19世纪美国女诗人艾米莉·狄金森的诗句:"灵魂选择了自己的伴侣,然后将心扉关闭。"当我在译这些作品时,尽管有时也有译者常见的各种苦恼和纠结,但从总体上看,我是在与原著作者进行着心灵的对话和交流,和他们一起不紧不慢地观赏自然,体会着他们的心境,分享着他们的精神升华。因而才能如此这般,从从容容地完成了这四本译著。

记得曾有人说过:"真正懂得人生的人,是为了欣赏而赶路的。"我在翻译这套丛书中体会到了这样一种生活态度。这断断续续、长达八年的翻译过程对我本人来说也是在现实与遐想中体会生活中的自然。首先,我从中体会到了自然文学的包容大度,那是从万物共生的大自然中汲取的一种达观和境界。"当大自然造蓝鸲时,她希望安抚大地与蓝天,于是便赋予他的背以蓝天之色彩、他的胸以大地之色调。"巴勒斯在《醒来的森林》中描述一种小鸟时如是说。他继而写道:"蓝鸲是和平的先驱,在他身上体现出上苍与大地的握手言欢与忠诚的友谊。"寥寥数语,气势磅礴,充满着哲理与希望。包容大度,和谐共生,应当是人类明智的选择。贝斯顿笔下的自然,有着一种史诗般的壮丽。他在科德角那孤寂的沙丘上居住了一年,才写出了《遥远的房屋》,捕捉到了海浪的节奏,并归纳出一种如同海浪般韵律的写作风格:"句子应当像大海的波浪一个接一个,而且每一道海浪又保持其个性。一个句子应该有适当的节律:浪起,浪碎,浪退,然后,为下一道浪留下短暂的空白。"难怪有评论家认为《遥远的房屋》充满了乐感,"是一本请求人们朗读的书"。威廉斯声称熊河候鸟保护区的鸟类与她共同拥有一部自然史。这种特殊的经历使她独树一帜,在《心灵的慰藉》中创造出一种新颖的文体及语篇:每一章节都由特定的鸟类命名,章题下是盐湖水的水位记录。这水位的涨落与作者母亲癌症的病情及候鸟保护区的存亡密切相关。湖、鸟、人作为不可分离的总体成为这部书的主角。奥尔森在《低吟的荒野》中生动地描述了他在美国和加拿大共有的"边界水域泛舟区"摇独木舟漂流旅行,以及在荒原滑雪垂钓的经历,一展北美群山林海及江河湖泊的雄姿和风采,并表达出这些荒野的经历在他的心灵深处引起的感动。奥尔森通过自己的感官对自然中有形之物的体验,享受到了心灵中的"无形之物"的愉悦,并领悟出"宁静无价"的深刻内涵。人与自然的交融,人从自然中寻到美感和心灵的宁静,这便是自然文学的独特之美。

然而,自然文学又不是一种高高在上、脱离社会、逃避责任的文学。它主张现代文明应当重新唤起人类思家的亲情、人类与土地的联系、人类与整个生态体系的联系,并从中找出一种平衡的生活方式,引导人们从个人的情感世界走向容纳万物的慈爱境界。比如,《心灵的慰藉》从始至终都弥漫着一种剪不断、理还乱的亲情,这其中有个人之家的情爱,也有作为地球大家庭的一员对其他所有成员的慈爱。如果这种爱成为一种信念,那将对现代社会及人类发展产生一种支撑作用。所以,在自然文学作品中,我们看到了爱的循环:由人间的亲情延伸至对大地的热爱,大自然中的宁静与定力又作为一种心灵的慰藉反馈于人间。我们不妨说,自然文学将人类对自然的热爱和人类之间的亲情融为一体,将土地伦理延伸为社会伦理,将对大地的责任延伸为对社会的责任。它所称道的是大爱无疆,爱的循环。

当这套译丛即将出版之时,往事历历在目。《醒来的森林》的作者巴勒斯可以在哈德逊河畔尽情地观赏自然,书写自然;《遥远的房屋》的作者贝斯顿有幸在科德角的海滩上居住一年。而我译这些书时,却是另外一种情景。当时我的家位于闹市之中,而我的心也并不静。我要教书持家,还因夫妻两地分居,时常在火车上度过七八个小时。所以,有相当一部分的译稿,是在火车上阅读原著,反复思量译法,下车后再记录下来的。起初,我还很不适应火车以及人流的噪声。但渐渐地,我竟习惯了在嘈杂的环境中静下心来,做自己的事,让心灵归属于荒野中的那份宁静。当然,在这几位作家中,我与《心灵的慰藉》的作者特丽·威廉斯在某种程度上有着相似的经历。因为,在翻译此书的同时,我也在照顾着家中身患癌症的老人,并陪伴她走完生命的最后一程,这个过程持续了五年多。所以,翻译《心灵的慰藉》,也使得我能面对残酷的现实,成为我本人心灵的慰藉。相比之下,《低吟的荒野》翻译进度较快,因为,我是在"拼命"地译书,来填补痛失亲人的心灵空缺。"独木舟的移动颇像一叶风中摇曳的芦苇。宁静是它的一部分,还有拍打的水声,树中的鸟语和风声。"我跟随作者走进那片令人放松的原野,享受大自然给予的抚慰。翻译这套译丛使我亲身感受到了词语的魔力。文学好比月光，看似无用，但又不可或缺。

美国作家桑德斯（S. R. Sanders）在《立足脚下》（*Staying Put*，1993）一书中写道："我一直在思索土地的故事并试图从中领悟人类心灵的图谱是如何依附于地理的图谱。"英国作家赫德森（W.H.Hudson）在《鸟与人》（*Birds and Man*，1915）一书中阐明："我们在风声、水声和动物之声中听到了人类的基调，从草木、岩石、云彩及类似海豹等哺乳动物中看出了人类的形体。"人与自然是不可分割、相辅相成的整体。这套译丛收录的作品都是作者与大地亲密接触的经历，在某种程度上来看都带有自传体的风格。然而，它们又不同于通常的自传。这些作者，如同美国学者马克·阿利斯特（Mark Allister）在其关于自然文学与自传的书中所述，将人们熟悉的自传中"自我、生活、构写"（self，life，writing）等要素改变成为"土地、记忆、故事"（land，memory，story）。于是书写自然及大地风景的行为便可以变成一种书写自传的行为，也就是说，将自然史写作与自传式写作融为一体。由此说来，读者在阅读这套译丛时不仅能领略到自然之美，了解自然之道，而且，或许还会掩书遐想，让思绪停留在与自然亲密接触的某段愉悦的记忆之中，从而领悟英国作家托马斯（Edward Thomas，1878—1917）的那句话：或许"大地不属于人类，但是，人类却属于大地"。

如前所述，这套译丛的构思初始于十年前，此次其中的三本是再版。重新再看多年前的译作，当然有不尽如人意之处，所以，做了相应的修正。不过，凡是与文字打交道的人或许都有这种感受，手中的书稿或译稿但凡不把它交出去，就不断有修改的余地，仿佛那是永远画不上句号的作品。甚至在经过修改交稿之后，我的心中还难免忐忑不安。所以，我只能说，当翻译这些作品时，我尽量尝试进入原著作者的心境，并努力传达他们想呈现给人们的那种关于自然和内心的独特风景。

程　虹

2012年3月1日

献给黛安娜·狄克逊·坦皮斯特——
她将风景视为心灵的慰藉

雁　群

你不必尽善尽美，
你不必顶礼膜拜。
穿过茫茫的沙漠，心怀忏悔。
你只须放开体内那野性的温柔
爱其所爱。
向我倾诉你的绝望，我也会诉说我的惆怅。
此时，地球依然在运行。
此时，太阳和晶莹的雨珠
正越过风景如画的大地，
越过原野和丛林，
越过山脉和河流。
此时，高高飞翔于碧空中的雁群
又在匆匆地赶着回家的路程。
无论你是何人，不管你有多么孤寂，
世界展现于你的面前，给予你丰富的想象力，
它像雁群那样向你呼唤，声声尖厉感人——
那叫声反反复复地提醒你，
你是家中的一员。

玛丽·奥利弗
《梦之作》

目录

1 译序

15 序

17 穴鸮
湖面海拔：4204.70英尺

35 杓鹬
湖面海拔：4203.25英尺

58 雪鹭
湖面海拔：4204.05英尺

67 家燕
湖面海拔：4204.75英尺

71 游隼
湖面海拔：4205.40英尺

75　细嘴瓣蹼鹬
湖面海拔：4206.15英尺

84　加州鸥
湖面海拔：4207.75英尺

95　渡鸦
湖面海拔：4209.10英尺

100　粉红色的火烈鸟
湖面海拔：4208.00英尺

110　雪鸦
湖面海拔：4209.15英尺

116　白鹈鹕
湖面海拔：4209.90英尺

128　黄头黑鹂
湖面海拔：4209.55英尺

130　美洲潜鸭
湖面海拔：4208.50英尺

135　双领鸻
湖面海拔：4208.40英尺

141　小天鹅
湖面海拔：4208.35英尺

144　美洲雕鸮
湖面海拔：4208.45英尺

147　走鹃
湖面海拔：4210.90英尺

158　喜鹊
湖面海拔：4211.30英尺

165　长嘴杓鹬
湖面海拔：4211.65英尺

178 黄腹丽唐纳雀
　　　湖面海拔：4211.85英尺

185 灰噪鸦
　　　湖面海拔：4211.40英尺

195 草地鹨
　　　湖面海拔：4211.00英尺

203 暴风海燕
　　　湖面海拔：4210.85英尺

208 大黄脚鹬
　　　湖面海拔：4210.80英尺

220 加拿大黑雁
　　　湖面海拔：4210.95英尺

223 白头海雕
　　　湖面海拔：4211.10英尺

234 红翼啄木鸟
　　　湖面海拔：4211.15英尺

240 暗眼灯草鹀
　　　湖面海拔：4211.20英尺

249 三趾滨鹬
　　　湖面海拔：4211.35英尺

268 天堂鸟
　　　湖面海拔：4211.65英尺

275 尖尾鸭、绿头鸭和蓝翅鸭
　　　湖面海拔：4211.85英尺

290 苇鳽
　　　湖面海拔：4210.20英尺

292 环颈鸻
　　　湖面海拔：4209.10英尺

304　大苍鹭
　　湖面海拔：4207.05英尺

309　鸣角鸮
　　湖面海拔：4206.00英尺

313　反嘴鹬和长脚鹬
　　湖面海拔：4204.70英尺

320　跋：单乳女性家族
331　致谢
340　大盐湖鸟类译名表

译　序

　　一只苍鹭独立于湖畔，神态安详。风攀上了她的后背，掀起几缕羽毛，但她纹丝不动。这是一种知道如何保护自己的鸟。她已久经风霜。经历了大洪水，现在湖水已经回落，这只纯种的苍鹭一直守候在家园。或许，这是一种世代相传的站姿，一种家族门第的遗产。

　　当代美国作家及博物学家特丽·威廉斯（Terry Tempest Williams，1955—）在其代表作《心灵的慰藉：一部非同寻常的地域与家族史》（*Refuge: An Unnatural History of Family and Place*，1991）中，以大苍鹭为参照物，寥寥数笔揭示了人类在变幻莫测的现代社会中应当具有的一种将身心与自然界融为一体的定力。她提醒我们这种内心的定力实际上是人类自身世代相传的文化遗产，只是被现代的色彩所冲淡了。

　　《心灵的慰藉》被誉为美国自然文学的"经典之作"，它讲述的是在现代社会中，当人类面对诸多不稳定的因素，甚至灾难和人生悲剧时，如何从自然中寻求慰藉。

　　威廉斯生长于美国犹他州的盐湖湖畔。大盐湖是一片超现实的风景，沙漠中无法饮用的一池碧水。然而，这貌似无用的湖泊却与美国最大的水禽保护区——熊河候鸟保护区的鸟类密切相连。如同绿宝石般环绕着大盐湖的湿地为北美的水禽和沙禽提供了至关重要的自然繁殖地，那里有二百零八种鸟类，是春秋之季鸟类迁徙中数百万只鸟的栖息之地。正是这些鸟与作者共同拥有着一部自然史。作为摩门教徒，威廉斯家族已经在盐湖湖畔繁衍了六代。但是，由于位于美国核试验基地的下风口，作者家族的女性多半都患有乳腺癌，她的祖母、外祖母、母亲及六位姑姨都做了乳房切除手术，其中的七人最终死于癌症。因此，作者称自己的家族为"单乳女性家族"。与此同时，威廉斯发现盐湖水位在不断地上涨，从而使熊河候鸟保护区的鸟类受到威胁，有些鸟可能从此消失。人类的悲剧与自然界的悲剧同时上演。这种现象使作者大胆地采用了一种独特的写作方式来展示她的生态视野。她将人类内心的情感世界与特定的自然风景融为一体。这些类似日记的优美散文记述了作者陪同已处于癌症晚期的母亲在大盐湖湖畔走过人生最后一程的经历，或者说，展示了母女二人通过在盐湖湖畔观察自然界的动植物如何应对残酷的命运，来面对个人的悲剧，抚慰受伤的身心。

在这部"非同寻常的地域与家族史"中，从书题、结构、章名、内容及语言上来看，都堪称独树一帜：每一章节由特定的鸟类而命名，章题下面是盐湖水的水位记录。这水位的涨落与作者母亲癌症的病情及候鸟保护区的存亡密切相关。湖、鸟、人作为不可分离的整体，成为这部书的主角。自然不再是陪衬或背景。由此体现出一种博大的生态视野及土地伦理。

这是一本动人的书。当作者动手整理她在盐湖湖畔的日记、准备出书时，她本人也被确诊为乳腺癌，年仅三十四岁。她翻开这些记录母亲弥留人世时的日记，鸟的羽毛、盐湖畔的细沙、鼠尾草的叶片纷纷从日记本中落下，触动了她内心的悲痛。如她本人所述："我讲述这个故事，是为了医治自己，是为了面对我尚无法理解的事物，是为了给自己铺一条回家的路，因为我认为，'记忆是唯一的回归家园之路'。我一直在避难，这个故事是我的归程。"

一

《心灵的慰藉》是一部描述鸟类与人类怎样应对自然灾害的书，也是一部癌症晚期的病人及其家属如何应对病魔及家庭悲剧的书。它的独特之处在于当个人的不幸降临时，人类怎样从自然中汲取力量，勇敢地面对现实；又怎样从自然中获取启示，得到心灵的慰藉、精神的升华。

故事的开端是大盐湖涨水了，它的湖面海拔达4204.70英尺，即将超过熊河候鸟保护区的湖面海拔4206英尺。这意味着熊河候鸟保护区将被淹没，那里的鸟类将沦落为"仓皇逃离的难民"。与此同时，作者身患乳腺癌的母亲黛安娜的病情恶化，癌症转移到了腹部。可是她并没有及时就医，而是隐瞒病情，去了大峡谷。因为，对她而言，在大峡谷及科罗拉多河上度过的日子堪称是一种沉思冥想，一种精神的复活。穿过古老的岩石群的经历赋予她希望，使她能够承受任何必须面对的事实。她从孤寂中寻找到了应对病魔的力量。在坚强地挺过手术之后，经过激烈的思想斗争，黛安娜决定做化疗。通过母女二人的对话，可见她们应对病魔的独特之处。母亲对女儿说：

"或许，你能帮我想象一条河——我可以把化疗想象为一条河，它能够穿过我的身体，把癌细胞冲走。特丽，你说，是哪条河？"

"科罗拉多河怎么样？"我说。

几周来，我第一次看到母亲的脸上露出了笑容。

大自然赋予她们母女战胜病魔的定力和毅力。作者的母亲在与癌症搏斗之中感到生命得以浓缩，每天都在用心生活。母亲从自然中汲取的活力令作者敬佩。她看到母亲从自然界获取的开朗达观，她看到母亲全身的生命节奏都在加速。她看到母亲"是一只翱翔于天地之间的鸟，羽翼上承载着新获取的对于生命价值的理解"。

然而，随着大盐湖水位涨至最高点——海拔4211.85英尺，湿地被淹没，熊河候鸟保护区办公室被迫关闭。与此同时，作者母亲的病情再度恶化。在强撑病体，为全家人准备并度过了最后一次圣诞节聚餐之后，作者的母亲在家中病逝。然而，在作者的笔下，母亲的离世是一种平静的、闪烁着精神升华的过程。守着奄奄一息的母亲，作者感到房间里的光暗淡下来，她突然想到母亲会等到日落之后再过世，而那天的落日绝妙无比。一片杏黄色的光闪烁在窗外远处紫色的群山上。她告诉母亲那是多么美丽的日落——她想起了母亲曾为壮美的日落而拍手赞叹，母女二人曾在夕阳下携手行走在齐肩深的向日葵中。

她的母亲是笑着离去的。在母亲去世的当天晚上，作者走到室外，眺望夜空，将她内心的感触浓缩为这样两句话："一轮满月悬挂在繁星点点的夜空中。那是母亲的脸在闪闪发光。"这不由得使我想起中国唐代诗人寒山的那首描述寒崖夜景的诗："众星罗列夜明深，岩点孤灯月未沉。圆满光华不磨莹，挂在青天是我心。"东西方文化有相同之处，人类及人类的情感只有与自然融为一体，才能达到升华和永恒。难怪威廉斯感叹道："我那拥有肉体的母亲已经走了。我精神的母亲依然存在。"

母亲去世后，作者还发现了家中男人们的变化，她的父亲和弟弟再也不打猎了。她的父亲坦率地说："我再也无法参与那种屠杀。一看到鹿，我就看到了黛安娜。"她的弟弟最终也放下了猎枪，因为即使手持猎枪进山，从望远镜中看到了雄鹿，他也无法找到合适的理由扣动扳机。作者概括道："就我们家的男人而言，他们的悲伤之情已经变成了怜悯之心。"大悲之后呼唤出的是大爱。他们从个人的情感世界走向了容纳万物的慈爱境界。

然而，家庭的悲剧还没有结束，继作者的母亲去世一年之后，她那曾患有乳腺癌及帕金森病的外祖母，也撒手人寰。作者与外祖父一起为逝去的外祖母守夜。那情景感人至深："他握着外祖母的手，我握着他的手。我感到母亲也在身边。死亡成了一道熟悉的风景。我闻到了它的气息。"随后，从小教她观鸟，与她有着心灵沟通的祖母因子宫癌去世。那又是一幅凄凉的图像：

"杰克（祖父）静静地坐在咪咪（祖母）的遗体旁。一支蜡烛孤独地在她的梳妆台上燃烧。烛光映在镜子里，像是有两处烛光在摇曳。"此景颇像唐代诗人李商隐的诗句："春蚕到死丝方尽，蜡炬成灰泪始干。"

此书的最后一章写的是大盐湖的水位终于得以控制，回落到第一章时的湖面海拔：4204.70英尺。在春季的鸟类迁徙开始之时，作者与丈夫轻摇着红色独木舟，由半月湾缓缓划入大盐湖。作者迎风立于船首，过去七年的往事历历在目：亲情在延续——令她刻骨铭心的是去墨西哥过亡灵节的经历。在墓地，她遇到一位手捧万寿菊的老妇人，她的五六位亲人都长眠于此。老妇人将手挥向天空，试图用西班牙语与作者交流，后者大致听懂了她的意思："非常漂亮……我们头上的蓝天……飘浮着玫瑰般的云朵……亡者的灵魂与我们同在。"

离别时，老妇人送她一枝万寿菊。那是作者的母亲每年春天都种的花。在往事的回忆之中，小船已划至大盐湖的中心。作者小心翼翼地从衣袋里取出一个小袋子，从中取出精心保存的万寿菊花瓣，与丈夫一起将花瓣撒入大盐湖。逝去的亲人将与自然界的山水同在。随后，作者用大盐湖"是承载我忧伤的港湾。我心灵的慰藉"结束了她的故事。

二

在《心灵的慰藉》的正文前面，作者引用了美国诗人玛丽·奥利弗（Mary Oliver，1935— ）的诗《雁群》。这首诗勾勒了一幅生动的图像：地球在运行，太阳及其璀璨的阳光正在越过风景如画的大地，高高飞翔于碧空中的雁群，正在匆匆地赶着回家的路程。一个完整的世界展现于你的面前，它像雁群那样向你呼唤，反反复复地提醒你，你是家中的一员。可以说，这首诗已经暗示了此书的主题：自然界是一个血脉相连的生态体系，所有的成员共同栖身于这个大家庭之中。现代文明应当重新唤起人类与土地的联系、人类与整个生态体系的联系，并从中找出一种平衡的生活方式。

然而，人类某些不顾后果的盲目发展破坏了生态平衡，甚至给自己带来病患。博物馆被抽空的鸟蛋标本使作者联想到如今被人类过度利用的地球，几乎也只剩下了一个空壳。如同她那身患子宫癌的祖母所说："空空的鸟蛋意味着空空的子宫。大地出了毛病，而我们也不健康。我从地球的状态看到了我们自己的身体状态。"

从观察描述椋鸟的行为中，作者看到了人类自身的缺点："我们的人数之多、我们的争强好斗、我们的贪得无厌以及我们的冷酷无情。像椋鸟一样，我们独霸世界。"她生动地描述道："如同赶走'低收入的房客'一样，我们已经把野生动物赶出了城区。"

同时，需要反思的还有我们对自然价值的看法。当威廉斯将目光投向自然时，那是一种心灵的沟通。她看到的不是自然资源的经济价值，她观察到：鸬鹚的眼睛是祖母绿色的；雄鹰的眼睛是琥珀色的；鹧鸪的眼睛是红宝石色的；彩鹃的眼睛是蓝宝石色的。她感叹道:"这四种宝石折射出鸟类的心灵。这些鸟是大地与上苍之间的媒介。"而我们人类却"忽略了鸟类的眼睛,而只关注着它们的羽毛"。威廉斯关注的还有鸟类赖以生存的湿地。湿地是地球上最具繁殖力的生态系统。它们也是受到威胁最大的生态系统。从水禽生物学家那里她得知,在大盐湖退水之后,熊河湿地的重现需要三至七年,而全面恢复的过程需要十五至二十年。但事实上,那里的生态系统是不能复位的。陆地上的其他任何生态系统都无法取代或吸收这片复杂的湿地。如同专家所述:"有一种临界,我们一旦跨越,便无法恢复。"威廉斯用她生动的故事提醒我们善待自然,不要跨越临界。

威廉斯还从白鹈鹕集群营巢的行为模式中获取了人类文明发展的借鉴。她以杨百翰苦心经营的摩门教公会由成功走向失败为例,说明该模式的推行者们忘记了一个关键的因素:多样化。威廉斯的评述可谓正中要害:"杨百翰的联合公会想独立于外在世界,白鹈鹕的包容万物的公会则暗示这是行不通的。"

现代社会不仅需要对多种文化的包容,而且需要人们遇事不慌、沉着应对变化的定力。威廉斯对此深有体会:"我感到恐惧是因为与整个自然界相隔离。我感到沉静是因为置身于天人合一的孤寂之中。"从加拿大黑雁的夜间飞行中,她领悟道,驱使它们向前的是沉静。如果说,美国自然文学的先驱梭罗在荒野中看到了希望,那么威廉斯则信奉:"沉静是我们内在生活的力量。"

三

《心灵的慰藉》是一部文体独特、生动感人的书。威廉斯坦言相告："熊河候鸟保护区一直萦系于我的心中。对我而言，它是一处了如指掌的风景。常常是在看到一个物种之前，我就早已感觉到了它的存在。""这些鸟类与我共同拥有一部自然史。那是因为在同一地域长久生活所获取的根深蒂固的感觉，心灵与想象融合为一体。"作者这种特殊的经历使她独树一帜，得心应手，将不同的鸟类作为每一章的章题，鸟与湖和人共同编织着一部大地的故事。

"加州鸥"一章描述的是因母亲病情再度恶化，作者逃向大盐湖向加州鸥寻求心理援助的经历。在历史上，大盐湖湖畔的加州鸥曾解救过摩门教徒。19世纪40年代，作者的祖先在杨百翰的带领下，来到大盐湖流域。这些由天国之梦驱使着的摩门教徒，在西部大盆地的沙漠发现了他们的死海和约旦河，因为在这片与世隔绝、沙砾遍地、荒无人烟的土地上，他们可以免受迫害，任意组建摩门社区，求得宗教自由。1848年，当盐湖流域的摩门教徒开拓的土地丰收在望时，成群的蟋蟀侵入麦田，人力已无法抵御这场天灾。出乎意料的是，加州鸥遮天蔽日，从天而降，清除了蟋蟀，保住了庄稼。从此，加州鸥成为一种传说并被命名为犹他州的州鸟。此时，当作者在湖畔观望加州鸥时，却发现了此鸟的另一特点：为免遭捕食动物和人类的侵扰，加州鸥选择了偏僻荒凉、食物紧缺的大盐湖中的岛屿作繁殖地，但为了觅食，它们每天从繁殖地到熊河候鸟保护区要往返飞行50—100英里。此举的动机颇像摩门教徒。祖先的故事及加州鸥的传奇给予威廉斯面对现实的勇气和力量。当灾难和压力来临时，她要像加州鸥那样提高自身的适应能力，让心灵插上翅膀。

"雪鸦"将自然的风景与心灵的风景巧妙地融为一体。威廉斯母女两人来到了封冻着的大盐湖湖畔。那片冰天雪地令母亲想起了托尔斯泰的短篇小说《上苍有眼，暂时不言》。小说的主人公被诬陷为杀人犯，在西伯利亚犯人集中营度过了余生。母亲让女儿看看这部小说，并解释道："我们每个人都得面对我们自己的西伯利亚，我们必须与自身内心的孤独无助和平共处。没人能解救我们。我的癌症就是我的西伯利亚。"此时，突然有两只像燕雀大小的白鸟飞入她们的视线，在融化的雪地边上觅食。当确信眼前的鸟就是繁殖地在北极冻原地带的雪鸦时，母亲在沉思中问女儿："特丽，你说托尔斯泰是否也知道这些鸟呢？"母亲的思维是跳跃性的。作者的想象力亦极为丰富。在"小天鹅"一章中，威廉斯在盐湖湖畔耗时许久，精心装饰了一只被洪水淹死的白天鹅，可以说，那是她在为即将逝去的母亲准备葬礼。然后她躺在它的身旁，想象着这只白色的大鸟展翅飞翔的情景："我想象它们飞向南方时在秋天晴朗的夜空所看到的璀璨的星光。我想象着它们在飞过一轮明月时的身影。我想象着湖光潋滟的大盐湖像母亲般地呼唤着天上的天鹅，而突如其来的风暴使得它们生离死别，造成千古遗恨。"在暮色中，她终于离开了那只天鹅，因为"它像耶稣遇难的十字架，留在沙滩上。我不忍回头"。

"天堂鸟"描述的是作者母亲去世后的情景。威廉斯从自然界又找回了母亲的身影。在处理遗物时,她留意到放在柜台上的母亲的梳子。拉出那一团黑色的短发,不由得使她想起了外面的鸟。母亲生前曾提到死后想变成一个鸟巢。她成全了母亲的遗愿:

  我轻轻地推开玻璃门,走过雪地,将母亲的那团头发铺在白杨树的枝头——
  为了鸟儿——
  为了它们的小巢——
  当春天来临时。

  《心灵的慰藉》之所以被誉为美国自然文学的"经典之作",不仅是由于其感人的故事、独特的文体,还有它那动人心扉的语言。

  她写大盐湖:"太阳在安蒂洛普岛后面落下。大盐湖是盆地上的一面镜子。当绚丽多彩的光投向一座座小山丘时,这片乡土就有了水润的感觉。"冬日的大盐湖则是另一番景色:"大盐湖的东岸冻结了。依我看,它在渐渐地与世隔绝,满目荒凉。雾低垂,天地几近相连。几只渡鸦,几只孤鹰,还有那无情的狂风。"然而,春天令大盐湖生机勃勃:"今天早晨,春天来临了。那是一幅明丽如星的鸭群图:尖尾鸭、绿头鸭、赤颈鸭和短颈鸭纷纷由南方及西南方飞来。空中充满了野性的呼唤,处处回荡着鸟类的方言。苍天之上皆是飞舞着的翅膀。"

  她写在大盐湖过冬的候鸟:"十二只白头海雕直立于大盐湖

封冻的湖面上,像是戴着白头罩的修士。从11月至来年3月,它们成为犹他州北部的一道风景。"她称环颈鸻是盐碱滩上的书法家,"它们的踪迹是飞舞的草书、神秘的讯息,让细心的观鸟者追随它们变化莫测的行踪……时至今日,它们的叫声仍是荒漠中唯一的语言"。

她写盐湖畔的沙漠:"令人不可思议的是,沙漠竟然使我们转变成它的信徒。我信奉行走于一片有着幻影的风景,因为你因此学会了谦卑。我信奉生活在缺水的土地,因为生命因此聚集在一起。……在无处藏身的地方,我们找到了自我。"在攀登犹他州东南部的峡谷时,威廉斯失足滚下悬崖,虽保住了性命,却在额头留下了伤疤。对此,她的描述形象逼真:"我已经被沙漠刻上了印记。那道伤疤如同一条红色的泥河从我眉心上端蜿蜒曲折,缓缓流下。那是地图上的一处自然的风貌。我看到了大地与自己的息息相关。"

她写母女之间的亲情:"失去了母亲,你就永远不再拥有做孩子的奢侈。"她从自然中寻求永久的母爱:"母亲身上那些令我崇尚、敬佩及吸取的东西都是大地中固有的东西。只需将手放在山脉那黑色的腐殖土上或沙漠那无养分的沙粒上,我就能唤回母亲的灵魂。她的爱心,她的温暖,她的呼吸甚至她搂着我的双臂——就是浪花、微风、阳光和湖水。"

当然,威廉斯丰富的想象力及女性细腻的情感使得她的词语如同一片片彩云从天际飘过:"一道隐隐约约的绿色显露在地平线上。那是灯芯草,一方供鸟类活动的缓缓流动、随风摇曳的舞台。""今晚,群山宛若紫色的薰衣草,被轻风吹起一道道蓝色的皱褶。"

威廉斯的文字令人回味无穷，同时又给我们以希望："当艾米莉·狄金森写'希望是只鸟儿，栖在心灵的枝头'时，她是在像鸟类那样提醒我们，要放飞我们心中的希望，并梦想成真。"

人们还可以从多种角度来阅读《心灵的慰藉》。它是自然文学（nature writing）的经典之作，以散文的形式生动地描述了人与自然之间的密切关系，使我们从中反思现代文明，融入一个比人类更为博大久远的自然世界；它包含着生态心理学（ecopsychology）的内容，描述大自然怎样为人类的身心抚慰痛苦、医治创伤；它显示出生态女权主义（ecofiminism）的特点。威廉斯笔下那些大自然的形态皆是女性的象征。她认为，人类对自然的摧毁如同女性所受到的不公正的对待。它又是一部弘扬传统道德，包容多元文化的书，提醒我们在现代科技发达的今日，家庭、道德以及使人健康的多种文化依然是社会的支柱。

威廉斯现为犹他州自然史博物馆的驻馆博物学家及犹他大学兼职教授。曾获美国雷切尔·卡森（Rachel Carson）荣誉奖、华莱士·斯蒂格（Wallace Stegner）文学奖以及美国联邦国家野生动物保护特殊成就奖，是美国自然文学、生态批评及环境保护等领域颇具影响力的人物。她特殊的经历及丰富的想象力使她的作品跳跃性很大。在本书中她就提到"海市蜃楼"及"幻觉"。因此，她的思想火花有时令人难以捕捉。这也就为翻译甚至阅读她的这部作品增添了难度。然而，她描述的大地与家庭的故事，是我们每个人都在经历的故事。我们毕竟还是能够追随作者的情感一路感悟下去的。或许，我们还会在威廉斯的感召下，寻找到属于自己的"心灵的慰藉",如她所述:"那些我们熟悉并时常回顾的风景成为抚慰我们心灵的地方。那些地方之所以令我们心驰神往,是因为它们讲述的故事,它们拥有的记忆或仅仅是风景的美丽,不停地召唤我们频频回返。"

序

有关大盐湖的一切描述都有些言过其实——其炎热、寒冷、咸味及盐水。它是一片超现实的风景,没人能够确切地了解其真实的面目。

在过去的七年,大盐湖的湖水起起落落。被洪水破坏的熊河候鸟保护区现在已经开始复原。志愿者们正着手修复鸟类栖身的湿地,一如我正试图修复我的生命。我坐在书房的地板上,身边堆满了日记本。我打开日记本,羽毛从纸页中落下,沙子在本册中摩擦,那些夹在承载着悲痛的本子中的鼠尾草叶令我的嗅觉更为敏锐——我想起了我来自的那片土地,以及它对我的生活的启迪。

我们家族多数的女人已经去世,都死于癌症。在三十四岁时,我成为我们这个母系家族的家长。当盐湖水位上涨时,我在熊河候鸟保护区看到的鸟类的损失帮助我面对家中亲人的离世。当大多数人都因鸟类的离去而放弃熊河候鸟保护区时,我却被引向它的深处。同样,当有人死去而众人都相继离去时,我却选择留了下来。

昨天夜里,我梦到我漫步于大盐湖的湖畔。我发觉一只紫色的鸟在水面上漂浮，水浪轻轻地摇动着它。我走进湖中，用双手捧住了鸟，将它放回岸边。紫色的鸟变成了金黄色的鸟，低垂着尾翼，开始在白色的沙地上刨窝。随后，它在那里藏身，并用盐沙遮掩自己。我离它而去。时值黄昏。翌日，我重返湖畔。一扇独立的木门形成了拱门，让我从中穿过。陡然间，那拱门变成了雅典的神殿。鸟儿不见了。我独立湖畔，心中仅存记忆。

在随后支离破碎的梦境中，我又置身于医生的办公室。他说："你的血液中已经有了癌细胞。你还有九个月的时间来医治自己。"我在困惑与惊吓中醒来。

我讲述这个故事，是为了医治自己，是为了面对我尚无法理解的事物，是为了给自己铺一条回家的路，因为我认为，"记忆是唯一的回归家园之路"。

我一直在避难，这个故事是我的归程。

特丽·威廉斯
1990年7月4日

穴　鸮

湖面海拔：4204.70英尺

由我们家开车去大盐湖需要二十五分钟的车程。从我们居住的移民峡谷路出来，我西行经过了立于"就在此地"纪念碑上的杨百翰[1]雕像，行至丘陵路时，向右转，绕过犹他大学，然后向右拐，向东行至南教堂街，从那里再向左转。在继续开了几英里后，我来到鹰门，那是一个跨越了犹他州大街的铜制拱形门。我再度右转。开过一条街后，我在北教堂街左转，并经过位于教堂

1　杨百翰（Brigham Young，1801—1877），宗教界名人，摩门教会第二任会长。1847年为躲避宗教迫害而选择盐湖城作为摩门教聚集地。据说，当逃难的摩门教徒由移民峡谷进入盐湖河谷时，杨百翰宣称："就在此地。"此言成为犹他州历史上的名言并由此建立了"就在此地"历史遗产公园。全书注释均为译者注。

广场的摩门教大会堂。从此,我只需经过盐湖城国际机场,跟随着海鸥西行。

大盐湖:城市附近的荒野;困扰高速公路的变幻莫测的湖岸线;荒凉无人的岛屿;沙漠中无法饮用的一池碧水。它是西部清澈透明的谎言。

我回想起在中学时做的一个实验:我们将一个杯子里注满水——杯中水的表面只有几平方英寸。然后,我们再将同量的水倒入一个大而浅的盘子里——水便覆盖了将近1平方英尺了。世界上的湖泊就像杯中的水。平均水深仅有13英尺的大盐湖就如同那个盛水的盘子。我们只需在水中再添加两三汤匙盐使其有相应的含盐量,这种模拟的盐湖水就形成了。

实验继续进行:我们将盛水的盘子和杯子并排放在窗台上。在两个容器中的水蒸发的过程中,我们观察到盘中水比杯中水蒸发得快得多,盘底覆盖着一层盐。那结晶体非常漂亮。

由于大盐湖位于美国西部大盆地的底部,是北美最大的内湖,因此它是一个没有出海口的终端湖。

大盐湖的水位随着气候的变化而大起大落。在平均70%的时间里,太阳都照射在湖面上。水温常达90华氏度,每年平均蒸发将近4英尺深的湖水。假如降雨量超过了湖水的蒸发量,大盐湖的湖水就会上涨。假如降雨量少于湖水的蒸发量,大盐湖的湖水就会回落。再加上由东部沃萨奇山和尤因塔山[1]注入的大量河水,

---

1 沃萨奇(Wasatch)及尤因塔(Uinta)均为落基山脉中南段的一部分。前者从爱达荷州东南向南延伸至犹他州中北部,在盐湖城东南一带有3400米以上的山峰。后者位于犹他州东北部,一小部分伸入怀俄明州。

人们便会看到这种变化的大致图像。

大盐湖周而复始。冬末，湖水水位随着山水的流出而上涨。暮春，当天气转暖，从湖面蒸发出的水量比由山中流出的河水、地下水及降雨量的总和还要小时，湖水水位就开始回落。到了秋季，当气温下降，注入湖中的水超出了湖水的蒸发量时，湖水的水位又开始上涨。

自从1852年霍华德·斯坦斯伯里[1]上尉的书《大盐湖勘探》(*Exploration and Survey of the Great Salt Lake*)问世以来，大盐湖的水位变化有20英尺之多，使得湖岸线在某些地方的改变多达15英里。大盐湖周围是盐碱地、艾草原和农田。水位稍有上升，便会大规模地扩展湖面。在过去的二十年里，大盐湖的湖面由原来的1500平方英里上涨到现在的2500平方英里。如今，大盐湖的面积几乎与特拉华州和罗得岛州的面积相同。据预测，大盐湖的水位上涨10英尺便会再淹没240平方英里的土地。

要想理解大盐湖的面积与水量的关系，不妨想象在一个锥形纸杯的杯底倒入1英寸深的水。往杯底注入1英寸的水用不了多少水量。然而，如果你想使杯口的水上升1英寸，则不得不增添相当大的水量。大盐湖的湖底就是锥形的。当湖处于高水位时，需要大量的水才能使湖面水位上升1英寸，而当湖处于低水位的年份，则用少量的水便可使湖面水位上升1英寸。

西部大盆地，尤其是盐湖谷地的当地人常以速记法来表述湖

---

[1] 霍华德·斯坦斯伯里（Howard Stansbury，1827—1863），时任美国陆军地质工程师。1849年奉命前往大盐湖地区进行考察勘探，以便评估美国横贯大陆的铁路在该地区铺设的可行性。

面海拔。比如，1963年大盐湖回落至历史上的最低点4191'（4191英尺）。十年后，大盐湖湖面海拔的平均值是4200'（4200英尺），创历史新高，与探险家约翰·弗里蒙特[1]及霍华德·斯坦斯伯里于19世纪40年代及50年代所看到的水位大致相同。

1982年9月18日，当月前期接连不断的暴雨致使大盐湖开始上涨。那个月7.04英寸的降雨量（1875—1982年的年均降雨量大约是15英寸）使得当月创盐湖城9月降雨量之最。湖水在随后的十个月里持续上涨，原因是1982年冬季至1983年春季当地的降雪量超过了年均降雪量，而且1983年春季的天气出奇地冷，因此湖水蒸发量很小。从1982年9月18日至1983年6月30日，湖水水位上涨5.1英尺，创下历史上湖水水位季节性上涨之最。

这些年来，盐湖城街头巷尾谈论的中心都围绕着大盐湖：湖面海拔4204英尺，而且还在上涨。大盐湖再也不是壮观落日的一道背景，而是上演的一部都市戏剧。它与这座城市每个人的利益息息相关。市政官员知道如果大盐湖涨至海拔4220英尺，盐湖城国际机场将被水淹没。沿湖岸的开发地区被淹没的水位线是海拔4208英尺。那些眼看着自己的土地由于湖水日益上涨而逐渐被淹没的农场主拼命地围堤保地或卖掉土地。而南太平洋铁路公司则是一年三百六十五天、一天二十四小时不停地努力保持铁轨不被湖水淹没，并且自从1959年以来就一直如此。

我所关心的湖面海拔数字是4206英尺，根据我的地图，这将

1　约翰·弗里蒙特（John Fremont，1813—1890），美国探险家、政治家。曾在美国西部及西北部探险并绘制了那些地区的地图。曾任美国加利福尼亚州参议员并于1856年参加总统竞选。

意味着湖水会淹没熊河候鸟保护区。

◆ ◆ ◆ ◆

有这样一些鸟,它们与你的生命息息相关。栖息于距熊河候鸟保护区入口5英里远的穴鸮便是我心目中的这种鸟。它是我的哨兵。每年它们都提醒我注意大地的周而复始、春夏秋冬。春季,我发现它们在筑巢;夏季,它们与幼鸟一起觅食;到了冬季,它们则放弃了候鸟保护区,去寻找一个更为舒适的地方。

这些穴鸮之所以与众不同是由于它们的穴巢。这穴巢如同一个被泥土覆盖的拳头在盐碱地上拱起。假若你从这拳头紧握着的手指缝中往里窥视,便能看到一个像黑洞似的入口。

"啼嘶!啼嘶!啼嘶!"

那不是响尾蛇的叫声,而是穴鸮幼鸟受到威胁时的求救声。

穴鸮的成鸟会口衔猎物站在穴巢顶上。这些猎物通常是小型啮齿类动物、小鸟或昆虫。穴巢入口处铺着鸟骨和羽毛。我记得曾在那里见过像门口的擦鞋垫似的一团黄色的羽毛,大概是草地鹨的羽毛。傍晚,这些小穴鸮会非常认真地追捕猎物。

穴鸮是荒原社区的一部分,它们利用草原犬鼠废弃的穴窝做巢。从历史上来看,先是野牛从美国西部大草原上经过,由于奔跑的牛蹄起到了松土作用,草原犬鼠总是紧随其后安营扎寨。黑脚黄鼬、响尾蛇及穴鸮栖息在社区的边际,并在群居啮齿类动物中找到了充足的食源。

随着荒原的减少,草原犬鼠数目的下降是显而易见的。黑脚黄鼬和穴鸮的数量也日益减少。响尾蛇倒是更具适应性。

在犹他州，草原犬鼠和黑脚黄鼬属濒临灭绝的物种，其中的黑脚黄鼬几乎已绝种。穴鸮被标为"受威胁的物种"，与濒临灭绝的物种仅一步之遥。每年，在候鸟保护区附近看到穴鸮堪称幸运。

穴鸮的领地位于熊河一段弯道的河畔。无论何时我开车去候鸟保护区，都要先在它们的领地停下，坐在路边观望。它们会围着我飞翔，有时它们的羽翼伸展开有2英尺之宽。它们拍打着翅膀从一处飞向另一处，转移了我对其穴巢的注意力。穴鸮身长不足1英尺，羽毛呈麦黄色，有两条细长的腿。它们犀利的目光像是能点燃草地。那黄色的眼睛更显得炯炯有神。

穴鸮幼鸟发出的防护性的"啼嘶"声是它们与草原响尾蛇之间亲密关系的某种回忆。那是蛇还是穴鸮的声音？没人想冒险去查明事实真相。

1983年夏季，我为穴鸮的安危而担忧，不知道大盐湖上涨的湖水是否也会淹没它们的家园。令我欣慰的是，我发现它们不仅完好无损，而且还有四只小穴鸮站在穴巢的门口。一位候鸟保护区的管理人员在路边停下并评述道：对这些穴鸮来说，过去的一年还挺走运的。

"好消息，"我答道，"大盐湖的洪水没有卷走所有的东西。"

时值8月下旬，大批的滨鸟依然在被水淹没的滨藜丛中觅食。

❖ ❖ ❖ ❖ ❖

几个月之后，我的一个朋友桑迪·洛佩斯由俄勒冈州前来造访。我们多次谈到候鸟保护区。小天鹅已经到来，那似乎是个去湿地的好日子。

从盐湖城开车去熊河候鸟保护区需要一个小时多一点儿。我发现我们的谈话常常是先从车谈起，却不知不觉地转到了土地上面。

我们谈及在这个问题上人们的愤慨之情，谈及妇女与自然风景，谈及我们的身体和大地之身躯是如何被蹂躏的。

"这一切都与性行为有关，"我说，"男人通过蹂躏女人的身体来表明其阳刚之气。这是一种肉体上的占有欲。他们也以同样的方式蹂躏土地。"

"许多男人已经忘记了与他们息息相关的东西，"我的朋友补充道，"对妇女和土地的压迫或许是自毁他们的阳刚之气。"

说完她望着我。

"你感到气愤吗？"

我停了片刻才回答。

"我感到悲哀。有时我还感到无能为力。可是我拿不准气愤究竟是什么意思。"

车又开出了几英里。

"你呢？"我问道。

她望着窗外："是啊。你们这代人比我们晚一代，或许你们所感受的已经不仅仅是痛苦。"

我们到达了通往候鸟保护区的路上，两人都拿出双筒望远镜准备观鸟。多数水禽都迁移走了，但还有零零散散的棕硬尾鸭、红头鸭和阔嘴鸭留了下来。湿地宛若雕花的黄玉闪闪发光。

当我们由候鸟保护区向西行至大约5英里，离穴鸮的穴巢大约1英里时，我开始谈论穴鸮，其学名是 *Athene cunicularia*。我向桑迪描述我和祖母初次发现它们时的情景。那是在1960年，也就是她给我彼得森[1]著的那本《西部鸟类野外考察指南》的同年。我记得那一年是因为我拍的照片上有日期。从那年开始，我们每年都来看穴鸮以示敬意。穴鸮一代代在此地繁衍生长。我转向我的朋友，向她讲述四只小穴鸮是如何在洪水过后得以幸存。

我们期待看到它们。

离穴鸮的穴巢将近半英里时，我还看不到它。我的脚离开了车的踏板，让车滑行着，感到仿佛身处一片异地。

穴巢不见了。无踪无影。在它原来的位置向后50英尺处，是一座由空心砖盖的建筑物，上面标有"加拿大黑雁猎手俱乐部"的字样。一道新栅栏毁坏了草地，上面有手写的通告牌"禁止入内"。

我们走出汽车，凭着我的记忆走向穴巢所在的位置。穴巢不见了。一点痕迹都没留下。

一辆蓝色小型货运卡车在我们旁边停下。

"你们好！"车里人轻触帽檐儿致意，"你们在找什么？"

我默默无语。桑迪也没说话。我的眼睛眯成一条缝儿。

"我们可没把它们弄死。是那些公路局的小伙子们来把那地方夷为一片平地的。他们三下五除二就干完了。依我看，你得承认这些穴鸮是挺麻烦的小杂种。它们到处拉屎。整夜地叫，让人睡不安宁。它们必须得走。不过，我敢与你打赌，明年它们会突然又来到这个地方的。"

---

[1] 彼得森（Roger Tory Peterson，1908—1996），美国鸟类学家、作家、野生动物艺术家、自然资源保护论者。著有多部关于鸟类野外考察的著作，并担任了许多鸟类学和自然保护组织的官员。

坐在车前排的三个男人抬头看着我们,再度举帽致意。然后,开车走了。

克制是理智与狂暴之间的铁板。我知道了何为愤怒。它是我心中那股无处排除的怒火。

◆ ◆ ◆ ◆ ◆

有一天,我又驱车前往候鸟保护区。我想我是希望看到穴巢又恢复到了原处,并且巢顶有一群欢跳的穴鸮。当然,它们没有回来。

我坐在砾石上,扔着石子。

碰巧,又是那辆蓝色小型货运卡车,还是坐着那三个男人,在我的旁边停下:他们自称是新设立的"加拿大黑雁猎手俱乐部"的经营者。

"你好,女士。还在找穴鸮,或者是麻雀?"

其中一人眨了眨眼睛。

陡然间,那个穴鸮穴巢逼真的影像在我脑海中浮现:如同泥土覆盖的拳头在盐碱地上拱起。正是这些大腹便便的男人推倒了那个穴巢。

我平静地走向他们的卡车,将身子倚在他们的车门上。我把拳头举到司机的脸旁,然后,慢慢地将中指指向天空。

"这是替我和穴鸮向你出一口气。"

◆ ◆ ◆ ◆ ◆

我的母亲大吃一惊。令她惊奇的倒不完全是穴鸮之死,尽管那也让她伤心，她吃惊的是我的行为。无论如何，女人是不能在男人面前做出那种令人瞠目的手势的。她摇了摇头，说她真不知道我怎么会这么没教养。

◆ ◆ ◆ ◆

在摩门文化中，有一件事情你必须熟悉，那就是历史地理。我来自一个根深蒂固的美国西部家庭。当新设立的教堂无力承担供养涌向犹他州的几千移民的巨大费用时，宗教领袖决定给拓荒者提供像卖苹果小贩用的那种两轮手推车，以便他们从密苏里迁移到盐湖流域。我的祖先就是19世纪50年代这些最初的"手推车大队人马"中的成员。心存信仰，他们不畏艰难。在供给不足的情况下，他们徒步走了1200英里的小路来到此地。为了获得宗教自由，这点牺牲不足挂齿。在将近一百五十年之后，我们还居住在此地。

我是我们家中最大的孩子。身为长女，我有三个弟弟：史蒂夫、丹及汉克。

我的父母约翰·亨利·坦皮斯特三世及黛安娜·狄克逊·坦皮斯特于1953年9月18日在盐湖城的摩门教堂结婚。我与我的丈夫布鲁克·威廉斯依照同样的传统于1975年6月2日举行了婚礼。当时我十九岁。

我们的大家庭包括外祖父母和祖父母：莱蒂·罗姆尼·狄克逊与唐纳德·"桑基"·狄克逊，凯瑟琳·布莱克特·坦皮斯特与小约翰·亨利·坦皮斯特。

还有众多的姑姑姨姨、叔叔舅舅以及堂表兄弟姐妹。这个大家庭的成员遍及犹他州。假若我搞不清楚自己的身份，只须参加一个罗姆尼家庭聚会，就可以从我遇到的每个人的目光中认识自己。那是一件既令人安慰又令人不安的事情。

我与五位曾祖父母都有着情感上的密切联系。他们的故事引导我相信一脉相承的重要性。传宗接代的概念已融入我们的血液中。作为一个民族和一个家族，我们有一种历史感，而我们的历史是与土地密切相联的。

◆ ◆ ◆ ◆ ◆

我是怀着信奉精神世界的信仰长大的，即相信生命在大地出现之前就已经存在，并且在大地出现之后继续存在；相信每一个人、每一只鸟、每一株灯芯草以及所有其他生物在其生命的实体来到世上之前都有一种精神的生命。每一生物都被赋予特定的影响范围，每一生物都有其特定的位置及目标。

对于一个孩子而言，这种信仰可以理解。假若自然世界被赋予了精神价值的话，那么在荒野中度过的日子便堪称是神圣的。从孩提时我们就得知上帝无处不在，尤其是在野外。一家人做礼拜不仅仅局限于周日的教堂。

周末，我们常在西部大盆地、斯坦斯伯里山或迪普克里克山的小溪边露营。通常是父亲带着男孩去猎兔，而母亲与我则坐在杨树林的一条原木上聊天。她总是给我讲她青春年少时的故事，比如怎样在树干上涂抹上两片红嘴唇练习接吻，怎样在祖母的紫花苜蓿地里观云。

"我从来都不知道自己独处的能力有多强。"她总是这样说。

"独处？"我问道。

"享受孤寂的天赋。我真喜欢独处，没个够。"

男人们一返回，就急着要吃晚饭。母亲通常是用一个绿色科尔曼气炉烧饭，而父亲则给我们讲他儿时的故事，诸如有段时间，他父亲没收了他的气枪，原因是他一排一排地把他母亲花园里的所有红色郁金香的花头全都打落了。他笑了，我们大家都笑了。接着就该祈祷，然后吃晚饭了。

晚饭后，我们把各自的睡袋呈圆形依次铺开，头都冲着中央，像是一群鹌鹑，观望着西部大盆地那繁星点点的夜空。我们对土地的依附如同我们彼此之间的依附。

我最喜欢的日子是那些在熊河边度过的日子。对于我和祖母而言，候鸟保护区堪称是一座圣殿。我叫她"咪咪"。我们通常是脖子上挂着双筒望远镜，边走边观鸟。那里的鸟可真多。在一个生长于沙漠中的孩子眼里，这些鸟显得奇异迷人，亦真亦幻。在熊河河畔，梦幻之景已成为现实。

我对一种鸟的记忆刻骨铭心。它身披白色、黑色及肉桂色相间的羽衣。两条细长的腿支撑着它的身躯。那是两条蓝色的腿。在湿地边缘，它优雅地低下头，开始在水面上来回飞翔，精致细长的鸟嘴向上翘着。

"噗哩—克！噗哩—克！噗哩—克！"

又有三只鸟着陆。祖母将手轻轻地放在我的肩头，低语道："是反嘴鹬。"当时我九岁。

我十岁那年，咪咪认为我的年龄不小了，已可以参加奥杜邦护鸟协会前往大盐湖周边湿地的一次专题出游活动。我们在市区登上一辆灰狗旅游车，沿美国91号公路向北行驶，右侧是连绵不断的沃萨奇山脉，左侧是一望无际的大盐湖。一出了市区，刚静下心来，每人就拿到一张熊河候鸟保护区的法定保护鸟类的清单。

"我们鼓励大家对所看到的鸟类做大量的笔记和详尽的描述。"那位头发灰白、扎着马尾发束的女士边发卡片边说道。

"'大量'和'详尽'是什么意思？"我问祖母。

"那意味着要专注。"她说。我拿出笔记本，开始画前排观鸟者头像的背影。

下了高速公路，旅游车穿过百翰城的一个小镇。小镇路边两侧的树都是悬铃木。这个镇如同大多数其他犹他移民区一样，有着摩门教的设计风格：一个供教徒每周做礼拜的小教堂，一个供举行公众活动的大会堂，一个为举行圣典就近设立的神堂（如同洛根[1]那样）。整整齐齐的草坪，干干净净的街区。然而，主街上的拱形横幅标语却使得这座城镇不同凡响，上面的霓虹灯显示：**百翰城：通向世界上最大的猎鸟保护区的大门**。这标语已经深深地融入当地风情，我敢说，当地人对它已是视而不见了。当然，初来乍到的人及从横幅下飞过的鸟类除外。

一位身材矮小、戴着金丝框眼镜和旧高尔夫球帽的老人站在我们的车前，手持麦克风开始讲话："女士们，先生们，再有大约10英里的路程，我们就将进入美国最大的水禽保护区——熊河候鸟保护区。该保护区是依据1928年4月23日国会通过的一项特

---

1 美国犹他州北部城市，坐落于风景如画的卡什河谷，设有州立犹他大学及摩门教神堂。

殊法令而建立的。"

我感到困惑。我原以为这片湿地先是创造于精神世界之中,然后,才出现在人世间。我从未想到上帝与国会之间会有什么联系。咪咪说她随后会给我解释清楚。

那位老人接着说,候鸟保护区位于流入大盐湖的熊河的三角洲。这一点我知道。

"各位,这个车就是一个钟。请目视前方。正前方是12点。车尾是6点。你的右侧是3点。从现在起,大家要适时地记录下每一只识别的鸟。"

这辆车成了一条捕鸟猎犬,一条带着轮子的拉布拉多猎犬。它可以通过转向来确定正午的位置。如果一只鸟决定从9点飞到3点的位置,那么,那是什么时间呢?如果那样的话,那鸟是在9点半的位置还是差一刻3点的位置?更令我不解的是,一群可能飞在4点到5点之间的鸟,你是该说有二十只鸟飞过4点位置,还是说4点半?还是直接把时钟指针指向5点?我决定还是先别用这些繁琐的细节来打扰我的祖母,而是求助于我那本没有用过的《野外观鸟指南》,并参照野鸭那些彩色插图。

"2点的位置有鹮[1]飞过!"

随着刺耳的刹车声,汽车停了下来。车门"砰"的一声打开,我们鱼贯而出。就在那里,十几只白脸彩鹮正在原野里觅食。乍一看来,它们的羽毛是栗色,但它们稍一侧身,便闪现出粉红、紫色及绿色的光泽。

---

[1] 一种涉禽,又译"朱鹭",被视为古埃及的灵鸟。

又一群彩鹮在附近落下。一群又一群纷至沓来。它们以斜线的队列滑行，伸着头颈，拖着长腿，在落地前的一瞬间，仿佛整个身体都向前倾。到目前为止，我们已观看到近百只彩鹮在与湿地接合处的农田里觅食。

我们的领队说它们吃的是蚯蚓和虫子。

"好眼力。"我私下赞叹着，因为我所看到的只是它们如同弯弯的镰刀似的鸟嘴伸进草丛中。我还观察到，当彩鹮刨土时，风将其羽毛一片片地吹起。

咪咪悄悄告诉我，鹮是众神的伙伴。"鹮陪伴着古埃及主管智慧和魔术的神——透特（Thoth）[1]，后者也是天堂中月亮门的守护者。鹮分为两类，一类黑色，一类白色。据说黑鹮联结着死亡，白鹮则意味着新生。"

我放眼观望着田野中的黑鹮。

"当鹮将头蜷缩在羽毛下睡觉时，形同一颗心。"我的祖母说，"记住，除了吃虫之外，鹮通人性，有情感。"

她还告诉我如果我能够学会判断时间的新方法，便也能够学会目测距离的新方法。

"在建造尼罗河河畔那些宏伟的神殿时，曾用鹮的步幅进行测量。"

我在旅游车的后部坐下，思索着在熊河河畔觅食的鹮与在尼罗河河畔觅食的鹮之间的联系。在我幼小的心灵中，这种联系与鸟类的魔力有关，它们是如何用羽翼将不同的文化和大陆联结在

1　据说此神是鹭头人身。

一起,又是如何使得上苍与大地进行沟通。

大家回到车上,继续前进。我在笔记本上写道:"一百只白脸彩鹮——众神的伙伴。"

咪咪很满意。"我们现在回家都不亏,"她说,"彩鹮真令人开心。"

可是好戏还在后面。还有更多的鸟。在随后的几英里中,野鸭、鹅及滨鸟"随时"可见。旅游车在它们身边开过。我将手臂伸出车窗,试图触摸反嘴鹬和长脚鹬的翅膀。我从以前来候鸟保护区的远足中认识了这些鸟,所以对它们便有了亲切感。

当黑颈长脚鹬与银白色的旅游车平行飞翔时,它们身后拖着两条长长的腿,就像红色的飘带。

"咿噗—咿噗—咿噗!咿噗—咿噗—咿噗!"

它们的嘴不像反嘴鹬那样扁平翘起,而是如同缝衣针一样直。

风吹拂着我的脸。我闭上双眼,靠在座位上。

咪咪和我下了车,在河边吃午餐。两只北美红眼䴙䴘在河中捕鱼,不时地潜入布满小鱼的河中。它们浮出水面,银色的鲦鱼在它们坚硬的鸟喙中拼命挣扎着。紫绿色的燕子沿着水面寻找着蚊虫。一只雪鹭独立于溢洪道的边际。

一手拿着蟹肉三明治,一手持双筒望远镜,咪咪娓娓道出建立候鸟保护区的真实缘由。

"或许,理解它的最佳方式,"她说道,"是要意识到原有的湿地实际上是被再造的。正是由于熊河湾湿地的日益退化,才导致了候鸟保护区的建立。"

"湿地是怎样退化的?"我问道。

"湿地的衰退有几个原因：用熊河水灌溉农田所造成的水源分散，大盐湖高水位时盐水的贮存，过于频繁的打猎，以及一种被称作'西部鸭病'的肉类中毒症的明显增长。"

"熊河候鸟保护区的建立有助于保持湿地淡水的特征。建起的河堤用于拦住熊河的河水，使其稳定，并控制湿地的水位。由此，又可以控制肉类中毒症，同时防止盐水的流入。这样，鸟类便繁殖活跃于湿地。"

午餐后，我登上保护区总部的瞭望塔。俯瞰眼前的壮观使我忘却了沿着漫长的钢铸阶梯向上爬时的恐高感。湿地如同一片片蓝绿相间组合的图画，鸟类则形成了流动的风景。

下午，我们绕候鸟保护区一圈，驱车22英里。道路覆盖着河堤，堤边是长着灯芯草和起绒草的河道。我们看到了棕硬尾鸭（坐在我们身后的男士称之为"蓝嘴鸭"[1]）、阔嘴鸭、各种水鸭及野鸭。我们观赏着苍鹭、白鹭及秧鸡。红翅黑鹂站在香蒲上与长嘴沼泽鹪鹩同声歌唱，麝香鼠在云朵洒下的阴影中流窜。大群的加拿大黑雁占据了宽阔的水面，而渡鸦则突然飞起，扑向河边，在没有设防的鸟巢中搜寻鸟蛋。

一只绿头鸭"潜入"水中觅食，由内向外溅出一圈圈涟漪，显示出湿地完好健康的状态。

当一天结束时，我和咪咪在熊河候鸟保护区受保护鸟类的清单上标出了六十七个物种。其中的许多是我以前从未见过的。一只短耳鸮在香蒲上方盘旋。它是当我们离开候鸟保护区时看到的

---

[1] 此鸭羽毛为棕色，雄鸭的鸭嘴在繁殖期呈蓝色。

最后一只鸟。

我依偎在祖母的怀抱中睡着了。她用那双强壮的手放在我的额头上,遮住晃眼的阳光。我梦到了河水、香蒲以及所有那些神秘之物。

当我们回到家时,全家人都在餐桌前就座,准备吃晚饭。

"你都看见什么了?"妈妈问道。父亲及三个弟弟抬头望着我。

"好多鸟……"我边说边合上双眼,并像鸟儿展翅似的伸开了双臂。

"在湿地看到许多许多的鸟。"

杓 鹬

湖面海拔：4203.25英尺

熊河候鸟保护区一直萦系于我的心中。对我而言，它是一处了如指掌的风景。常常是在看到一个物种之前，我就早已感觉到了它的存在。长嘴杓鹬总是在保护区外围7英里处的草地上觅食。年复一年它们从未让我失望。当六只中杓鹬加入长嘴杓鹬的群落时，它们是以一种意象在我脑海中浮现的。在我看到它们与长嘴杓鹬混合在一起之前，已将它们视为一片熟悉乡土中的新概念。

这些鸟类与我共同拥有一部自然史。那是因为在同一地域长久生活所获取的根深蒂固的感觉，使心灵与想象融合为一体。

或许是头顶上辽阔的天空和天空之下的碧水抚慰着我的心灵，或许是由于亲眼看到了新的事物。无论熊河的魔力是什么，我都由衷地感激犹他州北部的这一隅之地。在这里我找到的野鸭和雁群与早期探险家所发现的几近相同。

在依赖熊河候鸟保护区资源生存的两百零八种鸟中，据悉有六十二种在此筑巢。其中包括黑颈䴙䴘、北美䴙䴘、斑嘴䴙䴘、大苍鹭、雪鹭、白脸彩鹮、褐胸反嘴鹬、黑颈长脚鹬和细嘴瓣蹼鹬。在熊河河畔筑巢的还有加拿大黑雁、绿头鸭、赤膀鸭、尖尾鸭、绿翅鸭、蓝翅鸭、桂红鸭、红头鸭和棕硬尾鸭。这是一片充满生命力的社区。在这里，每天的希望都随着候鸟的羽翼放飞。

这些如同绿宝石般环绕着大盐湖的湿地为北美的水禽和沙禽提供了至关重要的自然繁殖地，在春秋季的鸟类迁徙中支撑着上百万只鸟的生活。那些眼盯着下方、伸展着长腿的鸟将一片看似荒凉贫瘠的土地变成了一方充满生命力的沃土。正是这片众鸟共生的湿地使我与大盐湖结下了不解之缘。

我无论如何都没想到湖水会上涨。

◆ ◆ ◆ ◆

我的母亲意识到她下腹的左侧有凸起。我正在睡梦中。那是个奇怪的梦：八架黑色的直升机向我家飞来，我藏在祖母的床下。我知道我们家要遭殃了。

电话响了。这个电话改变了一切。

"早上好！"我说。

"早上好！亲爱的。"我母亲答道。

我的一天通常是这样开始的。母亲与我相互问候——电话分机听筒的长线使我可以边吃早饭边聊天。

"你回来了。河上旅游玩得好吗？"我边问边给自己倒了一杯橙汁。

"好极了，"她答道，"我喜欢那条河，也喜欢那里的人。大峡谷是一个……"

她欲语还休。我把杯子放在桌上。

她停顿了一下，然后说："我本不想这样做，特丽。"

在她说出事情之前，我就知道她要说什么了。这种感觉与十二年前一样。那时，当我放学回家发现母亲不在时就知道事情不妙。那是1971年，母亲得了乳腺癌。

靠着厨房的墙，我缓缓地滑落到地板上，凝视着我早就打算换掉的黄花图案的墙纸。

"我要说的是大峡谷是一个医治身心疾病的绝妙去处。我发现在我的下腹有一个肿块，一个很大的肿块。不知道你能不能陪我去医院。约翰[1]要上班。我预约了今天下午做超声波检查。"

我闭上了双眼，"当然可以"。

又是短暂的停顿。

"你知道这个肿块有多久了？"

"我发现它是在大约一个月前。"

我觉得自己要发火了，但她的解释使我的怒气渐消。

"我需要时间来接受并思考这个事实——更重要的是，我想完成沿科罗拉多河漂流的旅行。这是我和约翰梦想多年的旅行。我知道在大峡谷度过的日子会令我平静。特丽，的确如此。"

1　作者的父亲。

我穿着睡衣坐在白色的亚麻油毡地板上，将双膝收拢于胸前，低下了头。

"或许什么事都没有，妈。或许它只是一个囊肿。可能是良性，这你知道。"

她没有回答。

"你感觉怎么样？"我问道。

"感觉不错，"她说，"不过，在下午1点的预约之前，我想去买一件睡袍。"

我们商定上午11点见面。

"很高兴你回到家中。"我说。

"我也是。"

她挂了电话。话筒中又恢复了电话正常的声音。我拿着话筒直到确信母亲放下电话为止。

◆ ◆ ◆ ◆ ◆

变化来临时的感觉很怪，但我们也容易视而不见。一种潜在的不安总是伴随着变化的来临，那情景如同风暴之前聚集的鸟。我们若无其事地处理着日常事务，但在内心深处却有着某种微妙的感觉。

这种细微的知觉是短暂的，如同我们从眼角瞥见某个一闪而过的动物一样，易被我们忽视。待我们转过身来细看时，什么也没有。于是，那些强烈但微妙的印象便从我们心中悄悄溜走了。

几个月来我都心神不定。

◆ ◆ ◆ ◆

我和母亲开车去市中心，停下车，走进了诺德斯特隆百货商店。我记得上一次去购物时，我们只是想选一支合适的口红。

我们乘自动扶梯上二层买睡衣。此时的母亲似乎一心想着购买一件漂亮的睡衣，别无他念。

"你觉得这件怎么样？"她将一件深蓝色的绸缎睡袍在镜前比画着问道。

"太棒了，"我答道，"我喜欢上面那些小白星——"

"我也喜欢。真是漂亮极了。"她转向售货员，"我就要这件了。"并将睡袍递给她。

"你想把它包装一下吗？"售货员问道。

我正要说不必了，母亲却答应了："谢谢你，那太好了。"

我母亲这种颇具戏剧性的天赋常令我措手不及。她的随机应变使得最平凡不过的事情都可成为某种值得庆贺的场合。她进了屋，神秘便随之而入。她离开之后，她的存在却挥之不去。

我想起了我们最后一次在纽约度过的日子。我们睡得很晚，常常是上午10点左右才起身，在商业区路边的咖啡店吃些刚出炉的蓝莓松饼。那堪称我母亲的圣餐。我们在最好的商店购物，在试衣镜前旋转。我们整日沉迷于博物馆中。由于在大都会博物馆的卡拉瓦乔[1]展品前耽搁的时间太久，我们决定到布鲁明戴尔百

1　卡拉瓦乔（Caravaggio），意大利画家米开朗琪罗·梅里西（1571—1610）的别名。

货商店去放松一下,以便晚上看戏。一层的商品琳琅满目,令人眼花缭乱,最后,我们在兰蔻化妆品柜台停下脚步。

"在一个没人认识你的地方真好,"母亲边说边在一把专为顾客试妆的椅子上坐下,"在咱们那里我绝不会做这种事。"

导购员向她讲解可供选择的商品。她望着我母亲淡褐色的眼睛、轮廓分明的脸庞、一头黑黑的短发。

"你脸上的线条真好,"化妆师说,"对你而言,淡抹总比浓妆强。"

我看着那位女士用刷子在我母亲的颊骨上扫过。当她在母亲的嘴唇涂上紫红色的口红时,少许一点褐色眼影就使她的眼睛显得深凹。

"我看上去如何?"她问道。

"容光焕发。"我答道。

母亲把椅子让给我。那个兰蔻化妆师看着我的脸,摇了摇头。

"你是不是常年经受风吹日晒?"

◆ ◆ ◆ ◆

我顶风推开了医院前厅沉重的大门。一进去,那种用以掩饰病魔的消毒剂味道便扑面而来。走进医院的大门总是让你有种踏上死亡之路的感觉。看着医院那发亮的地板,我心里就发憷。

我们顺着地板上的彩色路标,在如同迷宫般的走廊里穿梭,最终找到了超声室。母亲遵医嘱换上了医院蓝白相间的棉布长袍。医生说这种长袍方便,他们可以根据需要随时采取措施。可是他们的长袍似乎更像某种供给制的外衣,使人感到自己属于全国众多患者之一,在房间中耐心地等待。

"黛安娜·坦皮斯特。"

她看上去是那么漂亮,真不像是病人。穿着医院的白色泡沫塑料拖鞋,她沿着走廊进了一个房间,随后,关上了房门。

我等候着。

我的目光打量着屋里的每一个人。他们为什么在那里?他们面临的将是什么?似乎他们的脸色都不正常。我看看自己的双手,再看看他们的手。我试图捕捉到他们谈话中的只言片语来拼凑起他们的经历。但是他们的声音太轻,话又太少。

◆ ◆ ◆ ◆

当母亲从X光室出来时,我从她的表情上看不出什么。她换上了自己的衣服,随后,我们出了医院,走向汽车。

"情况不好,"她说,"肿块大约有柚子那么大了,里面充满液体。他们要请医生看结果。我们还要去医生办公室,看看下一步怎么办。"

她的脸上几乎没什么表情。此时是商讨细节的时候。实用主义取代了伤感动情。

在克雷尔·史密斯的办公室,母亲的未来全都展现在一叠长11英寸、宽8.5英寸的黄纸上。医生(也是她的产科医生,曾为她接生了四个孩子中的两个)将我们的注意力引向肿块与她的卵巢的联系。他说话支支吾吾,一时找不到恰当的词语来告诉他的病人她很可能得了卵巢癌,因为她同时也是他的朋友。

我们拿到了片子。随后是一阵令人窘迫的沉默。

"那么，我有什么样的选择？"母亲问道。

"尽快进行子宫切除手术。如果是卵巢癌，术后我们将采取化疗，然后……"

"我准备做手术。"她说。

我一直强忍着的眼泪此时涌出了眼眶，滴落在我正在做的记录上，泪水使得字迹模糊不清。

手术安排在下周一上午。母亲想在周末让家人有所准备。史密斯医生建议请两位肿瘤学家加里·史密斯和加里·约翰逊参与治疗。母亲同意了，并要求在术前与他们见见面，咨询一下有关问题。

又是一阵令人窘迫的沉默。细节商定完毕。母亲从直背椅上起身。

"谢谢你，克雷尔。"

他们的目光相遇。当她转身走向门口时，克雷尔·史密斯伸开双臂拦住了她："对不起，黛安娜。我知道在这之前你所经历的一切。真希望我能给你带来点令人振奋的消息。"

"原来我也这么想，"她说，"原来我也这么想。"

我和母亲进了车。开始下雨了。天气用它独特的方式让我们尽情痛哭。

在开车回家的路上，母亲凝视着窗外："你知道，我只是在外面听说我可能得卵巢癌，但那并没有被医院正式确诊。我一直对自己说，这不可能发生在我身上，可是为什么不可能呢？现在，我再度面临自己的死亡——面临我原以为十二年前就该了结的事情。你能理解当得知你活在世上的日子屈指可数，你已经没有未来的感觉吗?"

◆ ◆ ◆ ◆ ◆

在家中,全家人都聚集在起居室。母亲把腿搭在爸爸的腿上。爸爸左臂搂着她,右手抚摸着她的膝和腰。我的三个弟弟,史蒂夫、丹及汉克散坐在房间中。我坐在炉边。炉火正旺,烛光通明。十二年之前,我们年幼无知,只知道顾及自己。毕竟,那时我们只是四岁、八岁、十二岁和十五岁的孩子。爸爸那时三十七岁,将要失去妻子的念头使他惊慌失措。当时我们表现得不好,但母亲做得很好。现在情况不同了,我们要共同承担这件事情。我们发誓这次我们要为她做些什么,而绝不成为她的负担。

话锋移至爬山。男人们想在夏天去爬大蒂顿山[1],随后,又谈及人们不带氧气袋爬埃佛勒斯峰的传说[2],这或许能行。

母亲说如果天气好,她宁愿在花园里干干活。我们都说乐意帮她干活。

"有意思,"她说,"以前可从来没人主动要帮我啊。"

然后,她要求我们尊重她的决定,也就是说,如果肿瘤是恶性的,她不想做化疗,因为那是她的身体、她的生命。

---

1 位于美国怀俄明州西北部冰川山区的大蒂顿国家公园,海拔4190米,是公园内最高的山峰。
2 西方人对珠穆朗玛峰的称呼。1855年英国人主持的印度测量局用前局长乔治·埃佛勒斯爵士的姓氏命名此峰。1952年中国政府将埃佛勒斯峰更正为珠穆朗玛峰。

我们沉默无语。

她接着解释为什么得知病情，等了一个月之后才去医院看病。

"从长远来看，我想耽搁一个月无关紧要。从眼下来看，这一个月对我又意义非凡。当我躺在红色的岩石上时，沙岩的热气渗入了我的肌肤。沙漠的阳光沐浴着我的灵魂。大峡谷内的毗湿奴片岩[1]是西部露天中最古老的岩石。穿过那段片岩的经历赋予我一种希望，使我能够承受任何必须面对的事实。在科罗拉多河上度过的日子堪称是一种沉思冥想，一种精神的复活。我从孤寂中寻找到了力量。现在，这力量与我同在。"

她看着爸爸说："还有熔岩瀑布[2]，约翰。我们又要面临激浪湍流了。"

◆ ◆ ◆ ◆ ◆

我理解母亲所提到的孤寂，是它支撑并守护着我的心灵。它使我与眼前的世界融为一体。我是沙漠。我是群山。我是大盐湖。除了人类语言之外，还有风、水及鸟述说的语言。除了人类之外，还有其他生命值得考虑：比如反嘴鹬、长脚鹬及岩石。沉静就是从不同的生命模式中找到的希望。当我看到环嘴鸥在啄食死鱼的腐肉时，我便不那么惧怕死亡。我们与周围的生命都相差无几。我感到恐惧是因为与整个自然界相隔离。我感到沉静是因

---

1 在大峡谷中有由天然形成的酷似印度教三大神梵天、毗湿奴和湿婆的片岩，所以有人将观赏这些片岩视同精神的朝圣。
2 穿过大峡谷的科罗拉多河中最危险的一处急流，在它900英尺长的河段中落差为37英尺。

为置身于天人合一的孤寂之中。

◆ ◆ ◆ ◆

又下雨了。似乎一直在下雨。每天空中都是电闪雷鸣,我们被笼罩在雨水之中。这雨下得没完没了。西部大盆地灌满了水。涨水的原因并非仅仅是下雨,沃萨奇山积雪的深度已创历史新高。积雪开始融化,结果原来可以一跃而过的小溪,现在变成了泛滥的湍流。浸透水的山坡滑落,致使当地峡谷由裂缝处开裂。

大盐湖在涨水。

我和布鲁克[1]还想维持我们的婚姻,开车去湖畔的布莱克斯罗克观鸟。无论天气如何,鸟都会在那里。果然,它们在那里。

反嘴鹬和黑颈长脚鹬都深陷于80号州际公路两侧的大水之中。一群群的加州鸥直立于正在消失的沙滩上。我们停下来,下了车,开始沿着湖边的大石头向北走。我吸进去的是带着盐味儿的空气。湖就像海一样,钢青色的水面上翻滚着白色的浪头。

布鲁克向前走去,我则坐下来用双筒望远镜观望鹏鹛。它们的红眼在水面闪烁着。如此娇小的身躯,却有如此强烈的活力,令我惊叹。放眼望去,我看到的是一片汪洋。"邦纳维尔湖[2]。"

---

1 作者的丈夫。
2 邦纳维尔湖(Lake Bonneville)是史前的湖,形成于约三万年前(更新世晚期)。高水位时面积约5.2万平方米,包含今美国犹他州的西半部以及内华达州和爱达荷州的各一部分。现存遗迹有淡水的犹他湖及咸水的大盐湖等。

我默默地思索着。

✦ ✦ ✦ ✦ ✦

我们不难想象，这个形成于更新世（the Pleistocene Epoch）[1]，距今两万八千年的湖泊，是邦纳维尔盆地中过去一千五百万年持续变化的水系之一。此湖充满了犹他州西部大约2万平方英里的土地，并漫溢至犹他州南部及内华达州东部。它长285英里，宽140英里，深1000英尺，像一只水光潋滟的巨手嵌印在大地的风景上。

我坐处的对面，斯坦斯伯里岛隐约可见。明确的水位标志讲述着湖形变化的古老传说，以及邦纳维尔湖在其一万五千年大起大落的过程中在何处暂停的记录。其水位的上涨在大约两万三千年之前停顿，当时湖的海拔是4500英尺。在随后的三千年中，湖水的上涨程度很小。在这段稳定时期，湖浪对岸边岩石的无情冲蚀切成了一大片台地，地理学家们称之为斯坦斯伯里湖岸线。

在一万六千年之前，湖水再次开始上涨，海拔达到5090英尺。之后的一千五百年间，邦纳维尔湖切割出了邦纳维尔湖岸线，是三片大台地中最高的一片。大片的冰岬占据了沃萨奇山以东的峡谷。成群的麝牛、猛犸象和剑齿虎常常出没于邦纳维尔湖林木茂密的湖畔。凶狠的邦纳维尔鳟鱼群在湖水中穿梭跳跃（此类鱼种的残留者依然在西部大盆地那些深山的小池塘中藏身生存）。化石的行动记载表明类似于红尾鸢、艾草松鸡、绿头鸭和

---

[1] 构成地球历史的第四纪的两个世中较早的也是较长的一个世，在此时间段发生了一系列冰期和间冰期气候旋回。更新世开始于约一百六十万年前，终止于约一万年前。

野鸭等鸟类曾繁衍生息于此地。可怕的狼群曾在这里仰天长啸。

大约在一万四千五百年前，邦纳维尔湖漫过了西部大盆地位于爱达荷州东南部红岩隘口的边缘。突然，湖水冲进了大盆地，将沉积物冲至岩床，引发了一场最高排泄量达每秒3300万立方英尺的大洪水。这场如今被称为邦纳维尔水灾的大洪水，将湖水的水位降低了350英尺，使其回落至海拔4740英尺。当受侵蚀的泄水道拍打着坚硬的岩石时，邦纳维尔湖再次趋于稳定，从而形成了普洛沃湖岸线。

随着气候的变暖，内海的水分加速蒸发，邦纳维尔湖湖水开始回落。到了一万一千年之前，其湖面海拔降至如今的约4200英尺。这种气候变暖变干的环境标志着冰河时期的结束。

一千年之后，邦纳维尔湖略有回升，水位接近4250英尺，形成了吉尔伯特湖岸线，但随即又开始回落。这次回落标志着邦纳维尔湖的终结，以及它的后身——大盐湖——的诞生。

作为孩子，我们很容易接纳邦纳维尔湖的概念。普洛沃湖岸线看上去如同一个大澡盆，围绕着大盐湖盆地。我对这片沿湖的高地了如指掌，因为我们就生活于此。它是一道壁架，支撑着大盐湖城上方那片我所居住的区域。每天去沃萨奇山脚下游玩，都能捡到很多贝壳。

"这是邦纳维尔湖的贝壳……"当我们往衣兜里装贝壳时总会说。从不介意它们实际上是陆地蜗牛的干壳。我们常常坐在这个古老湖泊的湖岸，将白色的贝壳穿成项链。我们总是望着西边的大盐湖，想入非非。

那是1963年，我当时八岁。那时的大盐湖是一汪污水，湖面海拔跌至4191.35英尺，为历史最低纪录。诸如"大盐湖行将消失？"和"内陆海变小"的大标题纷纷上了当地报刊。

我的母亲认为在大盐湖消失之前，我们应当去看看。于是，我和我的弟弟以及邻里的朋友坐上了我们那辆红色的福特面包车，驶向西部。

去大盐湖的路途挺远。我们驶过了飞机场、工业区和市政垃圾站。天气很热。我们的后背紧贴着瑙加海德革[1]车座，身上围着浴巾，准备下水游泳。

母亲在银沙滩停下车。我们的第一个印象是那种气味，那种由盐湖散发的有害的氢硫化物气体。

"噗！"当我们走向沙滩时无不抱怨，蝇虫追随着我们，"一股臭鸡蛋味儿。"

"很快你们就会习惯的，"母亲说，"去玩吧！看看你们能不能漂浮起来。"

我们犹豫不决。我们的第二个印象是母亲没带泳装，而是身着日光服，坐在沙滩上，翻阅着一本厚厚的小说。

我们重复着同一个动作。大喊大叫地冲向盐湖，随后又返回来。盐水浸透了我们膝上划破的伤口，即使被盐水刺激的疼痛没有让我们落泪，蝇虫的叮咬也足以让我们哭泣。

我们围在母亲身边，古老的索尔泰尔会馆[2]在她身后的滚滚

---

1 一种表面涂有乙烯基树脂的织物，用于多种椅座。
2 索尔泰尔会馆（Saltair Pavilion），1893年由摩门教商人集资在大盐湖湖畔修建的土耳其建筑风格的会馆。1925年毁于一场大火，分别于1930年及1981年两次重建。目前这个防火材料筑成的会馆被用作舞厅、音乐厅及休闲娱乐场所。

热浪中，依稀可见，颤颤悠悠。我们央求她让我们擦干身子，带我们回家。我们在湖里总共才玩了5分钟。她对我们的央求无动于衷。

"孩子们，我们要在这儿玩一下午，"她说着，把她的太阳镜往下挪了挪，我们看到了她的眼睛，"我还没看到有谁漂起来了呢。"

在她的刺激下，我们一个接一个地慢慢走进大盐湖。渐渐地，我们仰面平躺在清凉的湖水之上，发现刚才欺骗了我们的盐湖现在却如同巨手般支撑着我们。我们就这样仰面在水上漂浮了几个小时，把西部大盆地的蓝天印记于心间。这些儿时的记忆，使得大盐湖一直荡漾于我的心灵之中。

开车回家时，母亲让我们逐一谈谈对大盐湖的感受。大家都没什么好说的。那时我们浑身难受：日光下的曝晒、盐水的浸泡使我们看上去如同红色的橡皮软糖。我们的头发摸上去像钢丝，满身怪味。由于盐湖水回落得太低，水分含盐度已经达到约26%，也就是说，每4磅（半加仑）湖水中就有1磅盐。在大盐湖再漂浮一小时，我们或许就会被腌成咸菜了。

◆ ◆ ◆ ◆ ◆

布鲁克给我带回一束鸟羽，然后，坐在我的身边。我依在他的臂上。离母亲做手术的日子还有三天。

一大家人不约而同地聚集在父母家中，其中有孩子、夫妻、祖父母以及表堂兄弟姐妹。我们坐在草地上，有人在聊天，有人在玩牌。母亲则在花园里种万寿菊。

我和母亲聊着天。

"我不想让你失望,特丽。"

"我不会的。"我轻声说。我用双手拍着她种的每一株花下的土堆。

"不知怎么回事,我现在总算不再流泪了,"她边说边用花铲在地上挖坑,"我想这周我经历了所有的情感波澜。"

"你现在感觉怎么样?"

她把目光移向大盐湖,用戴着园艺手套的手背擦了擦额头,又从平地上移来更多的万寿菊。

"我会很从容地对待手术。我已准备好要继续生活。"

爸爸在亲友们的来来往往之中割着草坪。在这个春季的周六,走到外面,享受着阳光,听着邻里的动静,感觉真好。

太阳在安蒂洛普岛后面落下。大盐湖是盆地上的一面镜子。当绚丽多彩的光投向一座座小山丘时,这片乡土就有了水润的感觉。

黄昏时分,我们都进了屋,来到起居室,全家人围坐成一圈。母亲坐在居中的椅子上。作为长子,史蒂夫用圣化的橄榄油为母亲印证膏抹。[1]那些身为麦基洗德祭司[2],也是担任摩门教最高教职的男人围绕着她,将他们的手置于她的头顶。我的父亲以谦卑低沉的声音祈祷,祈求她能够接受全家的爱,理解她对我们生活的影响,愿她拥有坚强的勇气和平静的心灵。

---

1 摩门教祝福病人的仪式,其中包括将圣化的油膏倒在病人头上,将手按在病人头上,叫病人的名字,按圣灵的引导,宣布祝福,等等。
2 摩门教会的两级祭司中较高的一级,主要负责灵性事务。

紧靠着我的祖母咪咪而跪,我感到了她的力量以及我们世代相传的摩门教仪式所持的信念。我们可以医治好自己的疾病,我想,而且我们可以互相治愈身心的痼疾。

"我们以耶稣基督的圣名祈祷,阿门。"

母亲睁开双眼说:"谢谢你们……"

我和弟妹安一起到厨房准备晚餐。

有些事情总是不变的。晚餐后,大家的注意力都转向晚10点新闻后的天气预报,这是西部的一种常规,因为天气的变化极大地影响着我们的生活。作为一个建筑世家的第四代,我学会了在看地之前先看天。上冻时无法钻孔,下雨时不能挖沟。

天气预报员不仅报出明天是个好天,而且预告道,根据卫星资料显示,明天几乎全球都是大晴天,这本身就是个好兆头。

当大家都离开后,我问母亲能否让我摸一下肿块。她在起居室的地毯上躺下,把我的手放在她的腹部。在她的指点下,我找到了她腹部左侧那块奇异的凸起,并用手指探触着它的大小。

将手置于母亲的腹部,我祈祷着。

◆ ◆ ◆ ◆ ◆

我们等待着。我的家人在走廊中来回踱步。旁人的家属在别的过道中走来走去。每一个悲剧都有自己的领地。母亲隔壁来自汤加的病人家属在为将死之人唱着哀歌。忧郁的歌声如同乌鸦的影子在我们心头掠过。我不知道,我们将会唱什么样的歌。再往下隔两个门,一位护士唤人帮忙将一个在冰床上的病人翻身。几分钟过后,我听到一个女人令人寒心的痛苦呻吟。

已经过去了近四个小时。其间，我基本上是在陪伴我母亲的父母。我的外祖母莱蒂坐在轮椅上，她患有帕金森病。当她抚摸我的头发时，手在颤抖。我依偎在她的膝旁。她和我的外祖父桑基愁眉苦脸。母亲是他们唯一的女儿；他们的两个儿子中已经有一个离开了人世。母亲一直在关照着自己的父母。现在，当她需要他们的帮助时，莱蒂感到了作为一个母亲无法亲身照顾女儿的痛苦。

三位医生——两个史密斯，一个约翰——身着绿色手术室衣帽走了过来。爸爸迎上前去，脚对脚地与他们站在一起，牛仔靴对着手术室专用鞋。从父亲口型的变化中，我尽力捕捉到他得到的先是坏消息，后是好消息。

"是的，它是恶性的。不，我们没有将它完全拿掉，不过如果采纳我们推荐的化疗方案，还是有希望的。"医生们说一两天内，当得到病理报告后再与我们见面。届时，将与母亲和家属商讨具体细节和各种治疗方案。

高大、强壮、直率的爸爸又问了一个问题："那么底线呢——我们还有多少时间？"

医生们的目光与他那双眯起的蓝眼相遇。加里·史密斯摇了摇头："我们无法相告。没人能够。"

令人无能为力的该死的癌症：从现在起，你所知道的就是过一天算一天。

爸爸垂头丧气地转过身来："我想知道一些答案。"当他从过道里走回来时，内心的急躁化作了大步流星。

坏消息不可思议地被接受了。当一种希望破灭时——肿瘤是恶性的（这是一个比癌症更容易接受的词）——另一种希望产生了：化疗可以医治。现在我们要做的就是让母亲相信化疗。我们商量好了在第二天早上之前，谁都不能与她谈及此事。我们想让她好好休息。

两位看护将母亲推回她的病房。她身上插着各种管子，周围悬挂的吊水瓶、输血袋并没有助长我们尽力拥有的希望。当看到她那张苍白无力的面孔时，我们的信心开始动摇了。爸爸低声说她看上去真像个瘦鬼。

母亲睁开双眼，带着一丝笑意说："有那么糟吗？啊？"

没有人笑。我们只是相互看了看。我们没有思想准备，感到挺尴尬。

爸爸拿起母亲的一只手，让她放心。他想抚摸她的手臂，但她静脉注射的管子使他胆怯而不知所措。他极力保持着沉静陪她坐了一会儿，然后，走向过道，来到他的父母——咪咪和杰克——等候的地方。

史蒂夫、丹及汉克取代了父亲的位置，各自用不同的方式安抚着她。

"妈，别担心爸爸今天的晚饭，我们会给他做好的。"史蒂夫说。

丹走出房门，随后，拿了一杯碎冰进来："你想吮几口吗，妈？你的嘴看上去挺干的。"

年仅十四岁的汉克站在墙角观望着。母亲看着他，向他伸出手。他走过去，握住了母亲的手。

"我爱你，妈妈。"

"我也爱你，亲爱的。"她低声说。我的弟弟们离开了房间。我站在她的床角："妈妈，你现在感觉怎么样？"

我知道这问题就像没问一样，可是，当说什么话都无关紧要时，也就不在乎说什么了。我走到她的身边，摸着她的额头。她的目光直逼我的眼睛。

"他们把它都拿干净了吗？"

我眨眨眼，把目光移开。

"特丽，拿净了吗？告诉我。"她一把抓住了我的手。

我摇了摇头说："没有，妈。"

她闭上双眼，我看到她绷紧了脸。

"情况有多糟糕？"

爸爸走进来，看到了我泪流满面："怎么了？"

我又摇了摇头，离开房间，走到过道里。他紧随我，握住我的肩膀。

"你没告诉她，是吗？"

我哭着转过身，面对着他："我告诉她了。"

"为什么？为什么？我们说好了等到明天再说。这不该你说。"他目光闪闪，怒气冲天。

"因为是她先问我，我才告诉她的，况且，我不能说谎。"

❖ ❖ ❖ ❖ ❖

病理学家的报告表明母亲的肿瘤是卵巢细胞癌三期。它已经转移到腹腔。不过，加里·史密斯医生认为，如果采用现有医疗方法，母亲很有希望战胜这种类型的癌症。他提议用环磷氮芥和顺铂[1]制剂实行化疗。

在术前，母亲是执意不做化疗的。

今天，我走进她的病房，百叶窗是合着的。

"特丽，"她在黑暗中说，"你能帮我吗？我曾告诉自己不能让他们用药来毒害我的身体。可现在我不这么想了。我想活下去。"

我在她床边坐下。

"或许，你能帮我想象一条河——我可以把化疗想象为一条河，它能够穿过我的身体，把癌细胞冲走。特丽，你说，是哪条河？"

"科罗拉多河怎么样？"我说。

几周来，我第一次看到母亲的脸上露出了笑容。

◆ ◆ ◆ ◆

1983年6月1日，市长威尔森·特德下令将雷德比特峡谷、移民峡谷及帕利峡谷三座山谷中的溪流引至靠近市中心的自由公园中的蓄水池，水由那里注入乔丹河，最终流入大盐湖。

在正常的情况下，沃萨奇山这三座前峰中的河流汇集于一条直径80英寸的地下管道，可是当管道太满时，就会冲破所有管道检修孔盖，造成大街小巷洪水成灾。人们戏称之为"土造工程"。

昨天的气温是62华氏度，今天是92华氏度。山中的洪水将会一发而不可收拾。积雪融化得越快，洪水来得就越急。

---

[1] 以上两种均为抗肿瘤药。

◆ ◆ ◆ ◆

  十天过去了。我们大家轮流为母亲守夜。母亲的体力开始恢复。以某种特有的智慧,她暗示要是稍微给她点儿私人空间就好了。我领悟到她的暗示,开车去了鸟类保护区。

  我看到的是与历来的春天大致相同的景色。西王霸鹟在围栏上排成一列,它们黄色的腹部在铁丝网上方闪闪发光。反嘴鹬和长脚鹬依然占据着它们长期生活着的浅水池塘。距鸟类保护区6英里的白脸彩鹮用弯曲的长嘴拨开草丛细心地觅食。

  再往里走,那片通常干涸、僵硬、空旷的盐碱地变湿了。再向前推进四分之一英里,地面已经被水淹了。

◆ ◆ ◆ ◆

  位于海拔4206英尺的熊河候鸟保护区仅差两英尺就被水淹了。我尽可能地往里走。已经很久没听到过红翅黑鹂清脆的歌声了。

  "康呵—啦—瑞!康呵—啦—瑞!康呵—啦—瑞!"

  大水已经漫过了湿地。香蒲的梢头像潜水艇的通气管,仅露出水面几英寸。海番鸭的巢顺水漂浮。它们将会活得不错。用双筒望远镜,可见雪鹭在漫过柏油路的水流中捕鱼。

  我无法将候鸟保护区与我的家分开。劫难是没有边界的。我童年的风景与我家庭的风景,这两幅我最珍视的风景,现在面临着改变。险情已露端倪。

  举目远眺,一片汪洋。我觉得自己站在所幸没被水淹的那一小片路面上真有些愚蠢。要是带个独木舟来就好了。然而,我还是将裤腿卷到雨靴之上，继续向前走。我熟悉脚下的路。

前上方，二十多只白鹈鹕呈阶梯螺旋状飞行。飞行的队列颇像带着羽毛的DNA分子图谱。它们的羽翅反射着阳光。光一晃，它们就不见了。光再一晃，我又看见了那鸟的图谱。这大概是受了埃歇尔[1]的启示吧。羽翼顶端带着一抹黑色的鹈鹕飞得越来越高，最终排成一条直线，像箭头一样朝着西边飞向甘尼森岛[2]。

在我的左边，一种结实强壮、带斑纹的鸟——长嘴田鹬——成群结队，用嘴"嗒嗒"地在泥泞的地上觅食。陡然间，它们一哄而起，像一只大鸟似的掠过天空。这便是鸟类的群体意识。

我转身离开朝水的一方，面向东面的群山走去。路边的狐尾草采集着阳光。去年秋季残留下来的土大黄裸露着干枯、赤褐色的茎秆，一副不胜悲痛的样子，怕是在追忆那青春年少的时光。

在离去之前，我留意到角果藻布满了路边的浅水区。一小圈一小圈的叶绿素正在将阳光转化为糖。我跪在地上捧起了一捧。无数的微生物及幼虫从我的手中流出。刹那间，湿地的缩影从我的指缝中流过。

我没有为随之而来的孤独做好准备。

1 　埃歇尔（Escher, M. C., 1898—1972），荷兰版画艺术家，他把细致入微的写实主义和似是而非的视觉与透视效果结合在一起，描绘宇宙万物的突然形变，形成了独特的版画风格。这种风格也被称为超现实视觉风格。
2 　位于大盐湖西北部的一个岛屿，在春夏有大量的海鸥、鹈鹕及苍鹭。

雪　鹭

湖面海拔：4204.05英尺

我发现自己又在凝视着窗外。上次我看表时是上午11点20分。现在是12点30分。

我的办公室位于犹他州自然历史博物馆第三层。从那里，我观望着一对小鹰在白杨林中飞来飞去。它们的鸟巢就在附近。在小鹰的身后，沃萨奇山依稀可见。时值初夏，山峰上还覆盖着白雪。

我昨天陪母亲做了第一次化疗。她对化疗的恐惧和抵触毫无益处。我想，如果放弃化疗，结果会更糟。当她扭转身体，痛苦地呻吟时，我托着她的头。她叫，我也随她一起叫。我不停地说："放松，妈妈，我们会挺过这一关的。"有一段时间，当护士离去后,我与她一起躺在床上,紧紧地搂住她,来温暖她那颤抖的身体。她浑身冰凉,几条毯子都无济于事。史密斯大夫说初次化疗是最难受的,尤其是她刚动完手术,还在恢复期。

我的办公桌上堆满了文件、粉红色的短笺便条及信件,全都是我"休假期间"积压的官样文件。

电话响了。我没接。

我的目光盯着满满的一盘我从墨西哥带回家的贝壳。在我来这儿工作的三年期间,这盘子一直都放在窗台上。我从粉红色的骨螺下面拉出一个蟹钳,它拒绝了我的好意。癌症也是这个样子,那是我母亲患病的过程,而不是我的。

这只脱落下来的蟹钳吸引了我,令我着迷。我无法摆脱它。正是我的某种抵触情绪使我对它产生了兴趣。

癌症。这个字眼有着无边的威力。首先,就凭它的名字就足以要我们的命,因为我们视它为死亡的同义词。

牛津英语词典将"癌症"一词定义为:某种悄悄地侵害人体、恶化并最终导致死亡的病魔。

被告知患了癌症的人面临对一种恐惧事实的认可,即自己体内正经历着可怕的变化。

癌症成为一种令人愧疚的病魔,一种让人们对它守口如瓶、善意撒谎、隐瞒事实的病魔。

于是,在秘而不宣的房间里,患者、医生和家属陡然间发现他们在进行着一场战争。大家满口的医学术语,而且充斥着军事的比喻:争斗、作战、敌军的渗透战术以及防御战略。我疑惑这种针对我们自身的攻坚战是否能达到医治的效果。在与自身作战的同时，我们还能寻求平静吗？

我们怎么样才能重新探索癌症？

癌症初起时发展缓慢而且常常是不易察觉的。一个癌细胞分裂成两个；两个分裂成四个；四个又分裂成十六个……直至正常细胞被变异细胞所吞灭。随着时间的推移，这些变异细胞凝固结块，显露出来。人们称之为肿块或肿瘤。它现出了原形，引起我们的注意。我们可以用手术拿掉它。我们可以通过放疗缩小它。我们可以用药物去损害它。然而，无论采取何种方式，我们都视这个肿块为外来物，为我们体外的东西。可是，事实上它却是我们自身的创造物，我们所恐惧的创造物。

癌症形成的过程就像创作过程。起初，无形的思想缓慢悄然地闪现出来。它们通常是那类奇思异想，那类干扰破坏正常思维的想法。这些想法分裂增多并变得极具攻击性。它们逐渐凝聚成形，显示出自己的存在。于是，一个想法浮现出来，非常地抢眼。我将它从自身取出来，交付出去。

我拿起那个蟹钳，把它装进衣兜，急不可待地要把自己的发现告诉母亲。

◆◆◆◆◆

电话又响起。这次我接了电话。

"博物馆教育部，有什么可以效劳？"

有人打电话谈论有关即将上演的电影系列片《温柔的大地》，

告诉我托比·麦克劳德[1]的电影《四角区[2]：一方为国家做出牺牲的地域》获准上演了，并且要在盐湖城举办首映式。

好消息。但是我必须让我们的部长相信资助一部有关纳瓦霍印第安人居留区铀矿矿渣的电影对我们博物馆是极为有利的。有争议的事情最能激起我的灵感。我们应当唤醒公众对其居住周边环境的关注。博物馆是个可以潜移默化地为土地而战的好地方。

我关上了门，开始盘算我的战略。

目前市区的状况是：位于北教堂街区控制城市溪流的防洪管道本周运行情况还好，只是平均水流量由每秒50立方英尺增长为每秒375立方英尺（之前的纪录是每秒90立方英尺）。可是碎石与淤泥聚集成堆，使水流无处排泄，最终将会造成水淹市区街道的后果。山区贝尔通信系统及耶稣基督末世圣徒教会办公大楼濒临被淹的危险。

市长特德·威尔逊致电摩门教传教者、会长戈登·B.欣克利。他的要求是："疏散教堂内的所有人员。"

"可是今天是周日……"欣克利答道。

"我们需要你的帮助。城市溪流其实已经失控了，况且2英尺深的水流正在冲过纪念林。下一个被淹的是教会办公大楼。你们的宗谱档案……"十分钟之内，位于盐湖峡谷的所有摩门教教

1　托比·麦克劳德[Christopher(Toby)Mcleod]，美国新闻记者、电影制片人。多年来致力于拍摄唤醒公众保护土地意识的文献片。其中的《四角区》(1983)、《漂流而下》(1988)及《岩石杀手》(1990)分别获奖。
2　位于犹他州东南部，犹他州与科罗拉多、新墨西哥及亚利桑那在此地形成四个直角，是美国唯一的四州相接之地，同时，也是纳瓦霍印第安人居留区所在地。

堂空无一人。

"赶快回家换衣服。我们要迎战洪水——"这是教堂讲坛上传来的神谕。

威尔逊市长随后接到欣克利打回的电话。

"我们要背水一战了。"

到下午2点，成千上万的志愿者，摩门教徒和非摩门教徒，卷起了衣袖来到州府街。这条街横亘南北数英里，直达市中心。几小时之内，州府街就变成了一条河。

在昨晚的新闻中，特德·威尔逊称之为"没有遇难者的战争"。我和母亲在她的病房里观看了新闻，并且知道我们家的男人也奋战在与洪水搏斗的人群中。他们用沙袋筑起3英尺高的防水堤。

爸爸、史蒂夫、丹、汉克在大约晚上10点晃晃悠悠地回来了。他们的牛仔裤上尽是泥沙，但精神高昂。布鲁克稍后也到了。

"黛安娜，你真该亲眼看看街上的场面！"父亲说道，"简直难以置信。沙袋运来了。市政工程师拟定了防洪规划，却没有中层管理人员来指挥抗洪。"

"打住！让我猜猜看，"我打断了父亲，"结果，你成了巴顿将军。"

"不完全是，"他笑着回答，"不过，也差不多。我们将人从运沙袋的卡车处向街道一字排开，由左向右依次传递沙袋，干了几个小时。随后，街道上的志愿者视洪水的情况筑沙堤。每人都献计献策。真可谓通力合作呀。"

父亲在母亲的病床边坐下："当洪水最终从城市溪流释放出

来,沿着州府街奔流而下时,你们该能听到那欢呼声吧。人群的喊声随着水流沿着街区回荡,就像滚滚而来的水声。"

"我所知道的就是,"汉克说,"让人们从教堂出来真是个好主意。"

沙袋筑起的防洪堤将城市溪流阻止了3英里。在某些地方,水深达3英尺。在那些曾经跑汽车的路段,鱼开始游了。曾经是行人走的十字街头,现在架起了桥梁。在500号南街至600号南街之间建起了一座耗资7万美元的过街天桥,这可不是一笔小钱,颇具冒险性。但市长看到自己的城市被洪水拦腰截断,也无法预料灾情会持续多久。他这笔钱花得也不冤。城市在洪水灾害下依然正常运转。州府街那条河奔流不息。

盐湖城的水灾把大家的精神头儿都提起来了。人们去钓鱼。州府街餐馆的门前都打出这样的广告牌:**你们捉鱼,我们做鱼**。"人们还真是钓了些鳟鱼,把它们烤了。

一对新人在这座桥上海誓山盟地成了亲。之后,他们手挽手走到阿尔塔俱乐部吃婚宴。一群人紧随其后,向他们抛撒大米。

我最欣赏的发明创造是那些抱怨水陆两地运输不便的人以独木舟作交通工具。他们还使得当地官员承诺下次要建大石桥,并配置相应的通行证。据悉,在南教堂街和100号南街之间的水流量达到了三级。

◆ ◆ ◆ ◆ ◆

1983年7月1日。大盐湖的湖水由1982年9月18日起已上涨5.1英尺,创季节性涨水最高纪录。而且它还在持续上涨。民俗学家哈尔·坎农与我一起驱车前往候鸟保护区，看看湿地的情况怎么样。我们商定了互换专长的条件：如果我带他去熊河候鸟保护区观鸟，他就帮我在德瑟雷特[1]福利连锁商店的产业——一个用于慈善目的的摩门教旧货商店——挑选值得保存的收藏品。

❖❖❖❖❖

在位于百翰城的德瑟雷特福利商店，哈尔寻找着各种色彩的玻璃葡萄。这些葡萄是在20世纪60年代由一个妇女辅助组织——救济会的摩门教妇女制作的（其中，也包括我的母亲）。成盒的玻璃球摆在文化展厅的宴会桌上。你可根据自己喜爱的色彩和形状的大小来选择。蓝绿色、琥珀色、红色、紫色似乎是最受欢迎的颜色。你可以选择精美的玻璃葡萄，也可以选择有1美元硬币那么大的玻璃球。每一个救济会的妇女都备有一条细枝，用来做葡萄串。这些枝条被涂成褐色，抹上胶。然后，再加上由铜丝弯成的葡萄蔓和丝绸制作的绿叶。最后的程序是把玻璃球粘上，形成一串葡萄。这时，妇女们似乎遇到了问题——她们不知道何时停止。有些玻璃球的杰作从堆满玻璃球的桌上垂悬下来，看上去像是变种的三文鱼的鱼卵。最后，妇女们只好双手捧着它们上了汽车。家里的咖啡桌都快被这些玻璃球压塌了。不管这些妇女是否喜欢这些玻璃球，每家都有一串。它是心灵手巧的象征，这是摩门教重要的教义之一。

---

1 原文"Deseret"出自《摩门经》，意为"蜜蜂"，表示工业的意思。1849年摩门移民以德瑟雷特之名申请建州，但被驳回，后来以犹他州为名建州。

母亲的手艺谈不上高明。她做的那串玻璃葡萄是琥珀色的,玻璃球有25美分的硬币那么大,水平一般。

"我只想把它做完好回家。"我记得她曾这样说过。然而,这些玻璃葡萄却在我家厨房的书架上放了多年,尘土遮掩了它们的光泽,最终被一个新颖时髦的布艺鹅所取代。

在德瑟雷特福利商店的采购中,我们没有发现如意的玻璃葡萄。倒是哈尔寻到了一件斜纹软呢上衣,配他那强壮的身躯还挺合适。我花5美元买了一件粉红色开司米毛衣,胸前点缀着珍珠和金属片。

◆◆◆◆◆

我们开着哈尔那辆蓝绿色的彗星牌敞篷车穿越候鸟保护区。开这种车观鸟是最好不过的了。十几只反嘴鹬和长脚鹬从我们上方飞过,成群的彩鹮与我们并行。到处都是海鸥。我喜欢看它们的腹部(哈尔提醒我要打伞)。我们正处于鸟类西行浩浩荡荡的行进队伍中。我扬言要爬到汽车后座,站在后备厢上,面对整个湿地像个风中的女王一样手舞足蹈。

幸亏两只雪鹭从我们头顶飞过,转移了我的注意力。这才保全了我的尊严。

我们停下车,走向香蒲丛的边缘。我们蹲下来,用手将香蒲茎拨开,发现了雪鹭。我用手肘轻推了一下哈尔。一只雪鹭扑向一只小青蛙。眨眼之间就会错过这个机会。我们观看雪鹭穿着"金鞋"沿着池塘边漫步。雪鹭的爪子是黄色的。

在观鸟的狂喜之中,我们已经没有了时间的概念。雪鹭的羽毛如同卷起的法国花边随风飘舞,给它们的飞翔增添了娇媚。一只雪鹭飞起,另一只紧随其后。它们的舞步轻盈欢快。哈尔向我探过身来,轻轻地哼起了一支爱尔兰民间小调。那两只雪鹭交错着舞步——一起一落,一起一落——翩翩起舞。

家　燕

湖面海拔：4204.75英尺

　　母亲与我们之间的联系究竟是怎么回事？它的作用是呵护还是伤害我们？她的子宫是我们栖身的第一处景观。正是在那里我们开始学习做出回应——活动、倾听、吸取营养并成长。在她的体内我们的尾巴消失，器官健全，初具人形。我们在母体内的生存环境是绝对安全的——黑暗、温暖、湿润。那是在温柔女性身体内部的一种生存环境。

　　当我们在母体内渐渐长大时，一举一动便与母亲紧紧相连。我们一动，母亲就受罪。当我们进入产道时，身体转向头朝下。她痛苦地用劲。我们的头露了出来。她再一用劲，我们像一条鱼似的滑落出来。医生猛击我们的后背，我们开始呼吸。脐带被剪断——这可不是应我们的要求。我们随即便与母体分离。母亲重新拥有了自己的身体、自己的生命,而不是怀着我们的生命。片刻之间,我们便完成了从第一次死亡到初生的过程。

◆◆◆◆

我与母亲在怀俄明州。风中摇曳的白杨闪闪发光,如同灼热的火花。我们沿着格罗文特河散步,身后是蒂顿山。她给我讲述了我出生的故事:她怀着我时的经历、我出生时的情景以及当她初次抱我时的感受。

"特丽,我真不记得还有比那一刻更高兴的时候。有了孩子对我而言就是某种成就。那是一种非言语可以表达的感受。你感到了与其他女人的联系,成为一个真正的女人。"

她收住了话题。

我问她是否认为我选择不要孩子的生活是自私的。

"是的。"她说,"可是我并不是说有那么坏。女人如果自私的话,最终要付出的更多。因为,她毕竟要把自己的一部分给出去。"

"你觉得我应当要个孩子吗?"

"我无法回答这个问题,"她说,"我只能告诉你要孩子对我而言是个正确的选择。"

河对岸,有一群雄雌混杂的鹿。我和母亲观看着两只麋鹿。母亲说他们在吃东西。我说他们在争斗,因为他们的鹿角是拢在一起的。

"你的想象力真丰富,"她说,"让我用你的望远镜看看。"她用望远镜看了看。"好吧,这次算你说得对。"

徒步走回家时,山顶的晚霞令我们着迷,那是一团粉红色的光源。杨柳变成了栗色,群山变成了紫色。黑嘴野天鹅在映着山林的河面上漂浮着。一对白头海雕在蒂顿山前飞过。它们的头似乎比山顶的白雪还要明亮。

翌日,天一亮我们就醒了,再次来到河边的洼地。我们看着一群叉角羚在河滩上吃草。一只雄羚羊在向我们摇头摆尾。

"这次又是我的想象吗?"我转向母亲,递给她望远镜。

"这能怪他吗?"母亲答道,"我们都是漂亮的女人呀!"

◆ ◆ ◆ ◆ ◆

今天下午,我抽空独自采摘西红柿。当我的手指从繁茂的枝叶中寻找那一个个鲜红、饱满、熟透了的果实时,感到自己完全投入到现实之中。真可谓种瓜得瓜,种豆得豆。我的菜园对我的要求并不多。我摘着西红柿,轻轻地把它们摆放在铜制过滤盆里。我不停地摘着西红柿。有些西红柿轻轻一碰就掉下来了。

◆ ◆ ◆ ◆ ◆

今晚,我观望着太阳在湖后落下。云朵如同虹鳟鱼畅游于青石般的天空中。我可以认同它的美丽或憎恨生成这种美景的根源——河谷的烟雾。无论怎么样,我都是在自欺欺人。

◆ ◆ ◆ ◆ ◆

母亲结束了六个月的化疗。从某种意义上来讲,随遇而安,重新开始生活是容易的。我欢迎这种尽情享受生活的态度。我感到母亲每天都在用心生活。而我则不是。

佛教认为世上有两种痛苦：一种痛苦导致更多的痛苦，而另一种痛苦则能够结束痛苦。

我想起了一只家燕。它不知何故把小腿缠在了一张铁丝网上。当时我正沿着熊河的河堤散步。当看到那只鸟时，我的直觉是停下来帮它脱身。可是又想到，不行。我无能为力，那只燕子注定是要死的。但我还是无法离开那只鸟。最终，我用手将它从铁丝网上解了下来。它的心脏在我的手指上怦怦地跳动。这只燕子已经筋疲力尽。我把它放在草叶上，坐在近处观望。每呼吸一下，它都向后摆一下头，直至它的呼吸越来越弱，它那小胸脯渐渐地平息。它的眼睛半张着。这只家燕终归还是死了。

痛苦向我们展示出与我们心心相连的纽带——或许，我与母亲之间的脐带从来都没有被割断。死亡并不产生痛苦。产生痛苦的是抵制死亡。

游 隼

湖面海拔：4205.40英尺

离大盐湖不远处，便是市里的垃圾场。遍地的垃圾堆积如山。你可以视它为臭气熏天、丑陋恐怖的怪物，也可以视它为研究社会的宝藏，这完全取决于你自己的看法。但不管怎么说，冬季都是访问它的最佳时光。

在过去的几年里，每逢圣诞节期间查点鸟类数目的时机到来时，似乎我都会被派去垃圾场。当地的奥杜邦鸟类保护协会的主事人告诉我让我去是因为我懂鸟。其实不仅如此，其中也有私下对我的关照。我被派去垃圾场是因为他们私下里都知道我喜欢去那儿。

就观鸟而言，没有比那儿再好的去处了。城市里的废弃之地成为野生动物最后的栖身之所，成为它们最大的边疆。如同赶走

"低收入的房客"一样，我们已经把野生动物赶出了城区。

我在圣诞节期间查点鸟类数目的那片垃圾场曾经生长着香蒲，可现在我已经记不起它们了。尽管有推土机的作业，还是有几簇香蒲又从垃圾堆下钻了出来，成为水鸭、绿头鸭和各种其他水禽的重要栖身之处。我见过苍鹭立于垃圾场旁边。有一次还见过一只雪鹭。不过在多数情况下，这片地方都是垃圾，最适合于椋鸟和海鸥。

我喜欢坐在废弃的赫夫蒂牌家用器皿垃圾堆上，风将黑色的垃圾袋吹得鼓胀起来。坐得高一点好观景。几千只椋鸟覆盖了垃圾。我的落眼之处皆是带着羽毛的垃圾。

椋鸟喜欢暴饮暴食，像醉汉似的你冲我撞。它们不挑食，像我们一样什么都吃。三只椋鸟捡起了一个可食用的火鸡骨架。然后，它们钻进去，把它顶在头上，像是头盔。六条腿顶着一个火鸡骨架走来走去——在垃圾场数鸟你可要有好眼力啊。

我对椋鸟杰出的适应能力深感敬佩。它们处处为家。我看见它们栖身于纽约第五大街的屋篷下，也看到它们藏身于蒂顿山区荒野的白杨树中。在它们的食物中，昆虫占了50%。它们是美国象鼻虫最有力的捕食者。

以观鸟新手的眼光来看，椋鸟也还挺漂亮的。在秋冬两季，它们的羽毛显得斑杂蓬乱。可是到了春季，它们羽毛边际的淡色消失了，取而代之的是黑油油的、色彩斑斓的羽毛。

来博物馆的学生通常都会这样来描述一种鸟：优美的黑鸟，身上有一抹抹绿色、紫色和粉红色的光泽。

"个头有这么大，"他们说（用双手比画出垂直约7英寸的距离），"鸟嘴是灿烂的黄色。它是什么鸟？"

"椋鸟。"我答道。

接下来是他们那种沮丧且窘迫的表情。

"就这些？"

鸟的名字是鸟的前序。

我理解学生的心情。当我在垃圾场观看椋鸟时，我也不喜欢它们。它们普普通通。它们争强好斗。它们品行卑劣，轰赶别类。当一只鸥无意中从湿地飞过垃圾场时，它们会一拥而上地扑过去。鸥飞走了。椋鸟想独占垃圾场。

或许，从观察描述椋鸟的行为中，我们看到了令人懊悔的我们自身的缺点：我们的人数之多、我们的争强好斗、我们的贪得无厌以及我们的冷酷无情。像椋鸟一样，我们独霸世界。

相似之处不仅如此。白天，椋鸟在旷野里觅食，与蓝鸫那样的当地鸟争抢地盘。它们会把后者驱逐出去。傍晚，它们三五一群地回到栖身之地，与诸如金色啄木鸟、岩燕、树燕及山雀之类的鸟类争夺鸟巢。它们再度侵入了其他鸟类的领地。

椋鸟是善于模仿的老手，它们模仿北美鹑、双领鸻、金色啄木鸟及菲比霸鹟的歌喉。春季，成群的椋鸟覆盖了还没有长出叶子的树枝，一展歌喉。其中有高亢急速的鸣叫，也有如溪水潺潺的低吟。如同一流的冒牌货，它们以假乱真。它们满嘴谎言。

这样的物种在大地上产生的影响是什么？答案很简单：多样化的消失。

我们与椋鸟关系的不可思议之处在于：我们讨厌它们，我们希望它们起到杀虫剂的作用，因为我们怕生病。可是在我们尽力鼓励帮助鸟类的同时，又不由自主地除掉那些特定鸟类的特有习性。我倒希望看到一只雪鹭扑向一块我们吃的圈饼。

那个想让莎士比亚剧中的鸟儿在纽约中央公园飞翔并慷慨无私地将椋鸟从英格兰引进美国的人是无可非议的。毕竟，我们赞同为一种我们不太瞧得上的鸟类营建更多的栖息地。或许，我们大量引进椋鸟的唯一价值在于它们使我们或多或少地领悟到大量集结的鸟类给人的感觉会是什么样子。

椋鸟群起落飞行时的和谐一致令我心醉神迷。我忘却了时间，忘却了身在何处。在垃圾场，你只需轻轻地一挥手，它们就飞起。几百只椋鸟在空中回旋、转弯、滑翔，看不到领队。那是一个群体。那是一种狂热的飞行。它们的身影如同黑色的斑点映衬于蓝色的天空。我观看着它们在垃圾场上空飞翔，它们的队伍不断地壮大，在高空中形成了布满羽翼的一片苍穹。

陡然间，鸟群惊慌地聚成一团，随后，这团羽翼中露出一片空隙。椋鸟群中驱逐出一只游隼，可是它却没有空手而出。收拢翅膀，他[1]抓住了一只椋鸟并在半空中撕扯着他的猎物。鸟群再度惊慌失措，之后，椋鸟逐个散开，回到了垃圾场。

圣诞节期间在市垃圾场查点到的椋鸟数目看来不错，有几千只，可是与一只游隼相比，它们却显得毫无个性。一个世纪之前，那游隼或许能抓到一只短颈野鸭。

我将继续在垃圾场查点鸟类的数目，寄希望于他们私下还能关照我。可是请不要误解我的动机。我可不想再观望椋鸟了。我等待的是游隼——那只对曾经遮天蔽日的鸟群有着记忆的游隼。

1　此处原文用的是"他"，故沿用原文称谓。

细嘴瓣蹼鹬

湖面海拔：4206.15英尺

1975年，犹他州议会通过了一项法令，规定大盐湖的湖面海拔不能超过4202英尺。近十年之后，大盐湖湖面海拔达到4206.15英尺，超越了法规。有什么办法才能制约西部这种新近的"违法"行为呢？

犹他州议会正在审查控制盐湖的几种措施，共有五种备选方案：

方案1：掘开堤道

建于1957年的南太平洋铁路堤道将大盐湖一分为二，西边由普罗蒙特里角[1]至湖畔的山区。由碎石铺垫的堤道长约13英里。所有流入的淡水都从大湖南边的分支进入。置于堤道中间的两条15英尺深的暗渠使得水流从大湖的南分支流向北分支，但是其流速远远低于淡水注入南分支的水流。结果，大湖南北分支的水流落差约4英尺。因此，南分支湖水的含盐量相对要少一些，从而影响了盐水褐虾及藻类的数目。

如果在堤道上掘开一处大缺口，大湖南分支的水位便可降低1英尺，从而赢得足够的时间，待多雨的天气慢慢平息，并使得大盐湖恢复原状。

预计耗资：300万美元。

方案2：蓄水

应对西部的洪水问题，可筑起一条大坝。熊河是大盐湖最大的支流。在所有注入大盐湖的溪流中，有60%流入熊河。在熊河上筑坝蓄水，建一个水库。已提供了九个不同的水库地址供参考，但是初步的探索表明，最大的蓄水量仅30万英亩英尺，对于缓解洪水问题收效甚微。

预计耗资：1亿美元以上。

方案3：分流

大约两千万年前，由于一个火山坝的形成而将熊河从蛇河中

---

[1] 普罗蒙特里角（Promontory Point）位于犹他州东北部。1869年5月10日，由美国加州萨可拉门托向东修筑的太平洋中央铁路与由内布拉斯加州奥马哈向西延伸的联合太平洋铁路在此地接轨，标志着第一条横跨美国大陆的铁路竣工。

分流出来。那么，现在为什么不能索性使它改道，再重新回到原先的河道呢？就不要再顾及什么水权的政策、州际边界及工程后勤方面的问题了。

预计耗资：2亿美元。

方案4：筑堤

从位于博克斯埃尔德县的科林镇到位于图埃勒县南边的州际80号公路北，筑起大盐湖沿岸的防洪堤。这似乎是个颇为理性的方案。

预计耗资：5亿美元以上。

保护诸如污水处理厂、州际公路及机场等重要的公共设施的短期防洪堤方案已在筹划之中。

第二种筑坝的方案基于长远目标，即在现有的铁路堤道上筑一道连接安蒂洛普岛（Antelope Island）北端至锡拉丘兹（Syracuse）本土社区[1]的大坝。再筑一道连接安蒂洛普岛南端至80号州际公路的大坝。

其他在岛屿之间筑坝的方案包括将普罗蒙特里角、弗里蒙特岛[2]及安蒂洛普岛连接起来——一个依次排列的水利工程实施方案。

这个工程项目需要一个庞大的抽水设备，将注入熊河、韦伯

---

1 安蒂洛普岛是大盐湖中最大的岛屿。锡拉丘兹是犹他州的一个市区，濒临大盐湖东岸，是通向安蒂洛普岛的门路。1969年修建的堤路将锡拉丘兹市与安蒂洛普岛连接起来。
2 弗里蒙特岛（Fremont Island）是大盐湖中的岛屿，以该岛的发现者J. C. 弗里蒙特（John Charles Fremont）的名字命名。

河及乔丹河的水流抽走，从而把坝内的水位控制在可接受的水平。

预计耗资：2.5亿美元。

方案5：西部沙漠提水工程

这原本是杨百翰的主意。1976年美国陆军工兵部队首次对该工程项目进行考察。此方案建议在靠近大盐湖湖畔的地方，确切地说，是在湖的西岸筑坝，将水抽过大坝让其自然地流进大盐湖西边的沙漠。已经确定这个方案是不可行的，因为它威胁到美国空军的轰炸靶场。我们将会淹没一个至关重要的国防设施。

必须设计这样一个方案：将湖水提升，越过霍格阿普山脉，引向纽芬兰山西边的沙漠，以便把对轰炸专用地产生的影响控制在最小的程度。这将意味着要把湖水提升至相当的高度，使它通过地心引力流入一个可蒸发的蓄水池，然后，再返回大盐湖。

西部沙漠提水工程被视为万不得已之策，只有在前所未有的多雨天气连年不断的情况下方可采用。

预计耗资：9000万美元。

◆ ◆ ◆ ◆ ◆

众参两院经过多次辩论，决定掘开南太平洋铁路堤道。这个方案可以花最少的钱，最直接地缓解水患。

议会通过了30号议案，拨款3500万美元用以在堤道上掘开一个300英尺的缺口。此项工程即将动工。

最后表明，只有采取措施才是正确的选择。

❖❖❖❖

"假若有人一年前就告诉我,我要进行十一个月的化疗医治卵巢癌,我绝不会相信。"母亲说道,"现在化疗已经结束,我不知道我是怎么支撑下来的。想想你迫不得已,靠自己的意志渡过难关的情景还真是有点不可思议。"

我们是在去母亲生日午餐的路上。她出生于1932年5月7日。那天是她52岁生日。

"将来对你的孩子谈起我时,你会怎么说?"当我们在犹他酒店的餐厅就座后母亲问道。

我将餐巾铺在膝盖上。我不愿意想这样的事情。

"我宁愿你本人来给他们讲你自己。"我边答边喝了口水。

她略停片刻,然后,也将餐巾铺在膝盖上。

"告诉他们我是瀑布后面的一只鸟巢。对,就这样说。"

❖❖❖❖

大盐湖吞没了通往安蒂洛普岛的堤道。堤道不复存在。道路被切断了。轻轻的水浪一波接一波地横亘南北。湖水漫过的道路中可见露出的半截路标:限速每小时45英里。这条规矩肯定也适用于鸟类。向北30英里,候鸟保护基地也被淹没于水中。

三个公园娱乐处的人正在移动最后一处船坞。当时我坐在船坞的木架上,吊车在移动我左边的木架。我问是否我影响他们作业了。

"你想坐多久就坐多久,女士,"工头答道,"其实,你想走多远就走多远，只要你还能活着走那么远……"

那几个工人继续干他们的活儿。十只白鹈鹕缓缓地拍打着翅膀，轻轻地从我们的上空飞过。正在干活的一个工人抬头看看鸟，又看看我，露出不解之情。五只反嘴鹬飞向北方。一群桂红鸭飞向南方。海番鸭、斑颊鹏鹏及海鸥漂浮在湖面上，几只细嘴瓣蹼鹬在水上单足独立，不停地旋转。

那几个工人面露倦意。其中的一人往后看了看，把两根木板条扔进板条堆里。

"你们知道吗？雌性细嘴瓣蹼鹬，也就是船坞之间的那只小鸟，它的羽毛比雄性鸟的羽毛鲜艳，只有这种鸟是这样。"

无人理会。

"你们看看她是怎样才能不停地旋转啊？"我边说边继续拿望远镜观鸟。

"让我猜猜看……"一个工人答道，"有人给她上了弦，但是却丢了钥匙。"

"那是它们从湖底搅动起食物的方式。它们的脚掀起一阵旋风，以便从中觅食。而且，以这种方式觅食，它们可以少吃进沙子。我听说有的细嘴瓣蹼鹬每分钟能转六十圈呢。"

"谁能一辈子就在那儿数一只鸟转多少圈呀？"他们中的一个人疑惑地问道。

"我就是以此谋生的。"我说。

那三个人停下手里的活儿，瞪眼看着我。这次，我笑了："说说看，你们对于州长要建一条通往安蒂洛普岛的新堤道的方案究竟是怎么想的？"

"我?"刚才抬头看白鹈鹕的工人问道,"我只是在这儿干活的。"我告诉他,从他的眼神看,他可不仅仅就是在这儿干活的。

他咧嘴笑了笑,不由得使我想起了我的弟弟。

"这话也就是你我之间说说而已。他们应当让大湖自行其是。无论如何它都会自行其是。它一贯如此。他们可以在大湖决定退潮时再来重新筑路。"

在打碎一些沥青之后,他停下来喘口气。"大湖每周都会发生变化。在1月份,你可以开车去安蒂洛普岛。可是现在去,你得坐船或插翅膀飞过去,"他笑嘻嘻地说道,"就你今天站的地方,一周之后,就会泡在没膝盖的盐水之中。"

另一个工人随声附和:"上个月,这里是一片泥滩。每天,我们都眼看着大湖将路一块块地吞吃掉。"

"你无法预料这里会发生的变化。去年2月,我看到像提货卡车那么大块的冰山在湖上漂浮。可是从现在起再有一个月的时间,这里就会到处是蝇虫,如同噩梦一般。这个湖就像磁石吸铁一样,特别招蝇虫。还是赶快回家吧,这里又热又难受。"

那个工头又补充说:"在大盐湖,你不是被煮熟了,就是被冻僵了。即便天气饶了你的命,盐湖蝇也不会放过你……"他哼着"感恩而死乐队"[1]中的一支曲子走开了。

两只麻鹬从空中飞过。三只大苍鹭等距离地在湖边捉鱼。当我从船坞上跳下来时,湖水轻轻地拍打着我的脚腕。

---

[1] "感恩而死乐队"(Grateful Dead)是组建于1964年的一个美国摇滚乐队,开创了"迷幻摇滚"的先河,是美国60年代旧金山迷幻乐浪潮中最长寿也是最出众的乐队。1995年由于杰里·加西亚(Jerry Garcia)去世,乐队宣布解散。

工头转身向我说道:"不管新闻里怎么报,大湖还在涨。"

◆ ◆ ◆ ◆

我离开了堤道上的那几个工人,在一片干地上找到一处遥望安蒂洛普岛的有利视角。从我现在坐的位置望去,它像一只披着鹿皮的动物侧卧沉睡着。位于大盐湖东岸这片长着马力筋、飞舞着丛斑蝶的乡土几乎让我相信这是一处宁静的、可以预测的地方。

我专注地用望远镜观看着安蒂洛普岛,细心观察着湖岸线,留心沙滩在何处结束,下面的岩石又是从何处露头。那个岛屿显得安谧静穆,可是我熟悉那里的情况。那里有野牛出没。我还见过鹿和土狼。兀鹰紧盯着山脊,搜寻着腐肉。而且,那里是风的故乡。然而,尽管有了人类的插手,安蒂洛普岛依然保持着相当原始的状态。在岛北端的州立公园有少许游人设施,但随着堤道没入水中,它又恢复了荒无人烟的原状。

大盐湖的湖水一浪接一浪地拍打着安蒂洛普岛的岸边。那有节拍的水浪变成了耗损我母亲身体的力量。当我观望着一群群细嘴瓣蹼鹬展翅飞往岛上那些宁静的海湾时,我想起了母亲睡时的模样,我想象着那些缠绕着她的梦,琢磨着我必须依靠自己的体验方能得知的她所知道的一切。随着光的变化,安蒂洛普岛变成了蓝色。母亲醒了,我转过了头。

我再也无法登上安蒂洛普岛了。对我而言,是母亲的身体漂浮于那不可预测的湖水之中。

明天,母亲要去做"第二次检查",看看化疗效果如何。当一年前拿掉原发肿瘤时,癌细胞已经布满了她的小肠。史密斯医生将做一个肠镜，取样做活组织检查，希望癌细胞都被清除了。他信心很足，期待着母亲痊愈。

母亲的体力在恢复。她和父亲又开始打网球了。父亲告诉我们她发球还是那么无力。

我们都感到焦虑不安。可是母亲却是个例外。她说无论检查结果如何，她都不在乎。我们所拥有的只是现在。

加州鸥

湖面海拔：4207.75英尺

"情况看来不错，"史密斯医生手舞足蹈地走进了房间，"我看到的全都是健康的粉红色细胞组织。我太满意了。"

"这么说，你真的认为黛安娜体内干净了？"父亲问道，"再没有癌细胞了？"

"只有到周三病理学报告返回后，我们才能下结论。不过，咱们不妨这样说，我现在是持谨慎乐观的态度。现在，他们随时都会把她送回病房。咱们周三见。"

史密斯医生离开了。

我和父亲相互注视着对方。

"我们没听错吧，是吗？"

"你相信吗?"我喊道,"这是个奇迹。我就知道妈妈能行。我要给史蒂夫打电话。丹和汉克还在学校上课。"

"我要给家里的其他人打电话。"父亲说。

医护人员用轮椅将母亲推回病房,我们匆忙返回她的病房迎接。我们在病房走廊与她相遇,向她竖起了大拇指。

"坦诚地说,"她睡眼蒙眬,含含糊糊地说,"你们断定没有癌细胞了吗?"

我和父亲含着泪水点点头。她握住父亲的一只手,不肯松开。就在此刻我才意识到母亲的生存愿望是多么强烈。

她再度举目望着我们:"真的吗?真的没事了?"

"都是健康的粉红色细胞组织,"我答道,"史密斯医生说他太满意了。"

"我真有点不相信你们——就这样放过我了,"她说道,"我现在就想睡觉。我太累了。我想睡觉,想进入梦乡,彻底地放松,这是我一直想做而又不能做的事情。"她深吸了一口气,合上眼,感叹道:"我难以相信。"

护士拿来一束朋友们送来的春天的鲜花。

"噢,你们见过这么漂亮的花吗?"母亲说,"请把它们拿到我身边。"

◆◆◆◆◆

史密斯医生要我们家人今天下午在母亲病房与他见面。这没什么道理。

"为什么他要我们大家都来这里只是再重述一下好消息呢?"

史蒂夫问道。

父亲在走廊里来回地踱着步。"又有问题了，"他说，"我能感觉到。"

母亲挺平静。"真没想到我会那么傻，"她说，"我真不该相信你们的话。"

我心中一阵难受。丹和汉克坐在母亲的床边。布鲁克倚墙而立。

史密斯医生拿着病理学报告走进病房。

除了母亲之外，我们全都站了起来。他环顾四周，在门边的一把空椅子上坐下。

"病理学报告不像我所期待的那么好。"

父亲走出了房门，又走了回来。

"也不全都是坏消息，但也不全是好消息。在十五个活组织检查中我们发现其中的三个含有用显微镜才能看到的癌细胞。对不起，黛安娜，原来一切看上去都是那么好。我的判断不够成熟。只是我们急于求成。你一直这么努力地配合治疗，而且表现得那么好……"

母亲摇了摇头。她感到恼火。她猛然转向我和父亲："我本来是能够应付这种情况的。你们为什么不行？"

史密斯医生试图继续安慰她："依然还有机会治疗。如果再进行六周的放疗……"

"我听都不想听这个词。"母亲抽泣着说，"一切都结束了。我已经厌倦了。你们全走开，让我独自待一会儿。求你们，都走吧！我需要独自待一会儿。"她侧身面向墙壁。

我们离开了。我不胜悲伤。我欺骗了她。我感到是自己的盲目乐观害了她，极度内疚。为什么我不能尊重她那种轻视最终结果而珍重每一天的信念呢？我们都想让一切归于原状。我们都想为了自己而让母亲痊愈，因为那样我们就可以各自过自己的生活。我们忘记的是她也在过她自己的生活。

我逃向熊河，逃向鸟类，期待有谁能解救我。

加州鸥曾在1848年解救过摩门教徒，清除了蟋蟀，保住了庄稼。从此，加州鸥成为一种传说，一个我们熟悉的故事。

19世纪40年代西进运动中关于大盐湖恶劣环境的传言，使得人们对西部大盆地的向往有所减弱。但是，摩门教徒是个例外。他们视它为圣地。

杨百翰在大盐湖流域挥手说道："这是塑造圣人之地，也是圣人生活之地。这是上帝指派给我们的地方，我们要在此地居住，直至他给我们指出别的出路。"

这是上帝之土。与世隔绝，沙砾遍地的一方水土正是摩门教徒寻求的地方。一片没人想要的土地意味着宗教自由，以及可以任意组建摩门社区而不受迫害。对于不怕吃苦、勤于劳作的摩门教徒而言，那是一片理想的土地。他们是一族由天国之梦驱使着的人民。他们发现了他们的死海和约旦河。他们对西部大盆地的沙漠有着似曾相识的感觉，即便不曾亲临此地此景，至少也从传说中熟悉了它。

然而，一切并非容易。对于那些初来乍到、储备不足的人家而言，在冬季营地过冬是相当艰难的。他们的家畜大多被野狼和印第安人的袭击所毁灭。野生动物啃吃了他们的庄稼。1847年的收成只有几小片"零零星星的土豆"。忍饥挨饿的拓荒者只好以"乌鸦、秃鹰、狼肉、树皮、野草及野花"充饥。

一位当年的拓荒者在日记中写道:"我不停地挖呀挖呀,直至浑身无力,两眼发黑。此时,我才坐下来,吃点草根,然后再继续干活。"

1848年的收成似乎不错,教徒们的士气高昂。可是眼看每家人都要过上丰衣足食的生活时,成群的蟋蟀侵入了他们的麦田。人们曾这样描述蟋蟀:"无翅短粗、狂妄的黑色怪物,凸出的眼睛像是圆形眼镜。通常落在铁丝网架上……是怪异的杂种。"

拓荒者们用扫帚、铁锹、干草叉和火来对付蟋蟀,但似乎什么都无法阻止它们的进攻。种田人及其家人心力交瘁,绝望之中,他们跪在地上向上帝祈求帮助。

  举目仰望,我看到从西北方向飞来一大群像鸽子似的鸟。当时大约是下午3点钟……估计有几千只鸟,黑压压地像一大团云。它们遮天蔽日地越过我们头顶,在田地上留下大片阴影。我看得见海鸥在离我们1英里以外的地方落下。它们挺温顺的,来到距离我们二三十米远的旁边。

  起初,我们还以为它们也是来吃麦子的。这更增添了我们的恐惧。可是很快便发现它们只吃蟋蟀。不用说,我们放弃了与蟋蟀的搏斗,把田地让给了我们温柔的访问者。

拓荒者的祈祷灵验了。他们的庄稼得救了。

一百多年之后,摩门教徒依然会聚集在一起,讲述加州鸥帮助他们消除蟋蟀的故事。讲述这些白天使是如何拼命地吃蟋蟀，撑饱了肚子，飞到大盐湖的岸边反刍，然后，再飞到田里继续吃。我们将加州鸥命名为犹他州的州鸟。

◆◆◆◆◆

我坐在大盐湖的湖畔，注意到加州鸥全都朝着同一方向飞行。从下午4时至黄昏，它们轻拍羽翼，缓慢而平稳地飞向西南方。我随意地获取了这条信息。翌日，我返回原处，又目睹了同样的飞行。经过这些年来的相处，加州鸥终于吸引了我的想象力。

我必须追随而去。

◆◆◆◆◆

加州鸥是在飞向它们在大盐湖岛屿中的那些繁殖地。它们在荒芜偏僻的地方虽然有所得，即可以免遭捕食动物和人类的侵扰，但也有所失，那就是食物的紧缺。由于含盐量高，大盐湖没有鱼。除了不能满足加州鸥饮食总需求量的盐水褐虾之外，湖水不养其他鱼虾。因此，为了生存，加州鸥必须在繁殖地的岛屿和觅食地点之间飞很远的距离。觅食飞行的来回距离在50—100英里。为此，它们每天都要从哈特岛和甘尼森岛飞到熊河候鸟保护区。白鹈鹕、角䴙䴘、大苍鹭以及其他集群营巢的鸟类都必须做同样的长途迁移，到大盐湖周围的湿地觅食。

在盐湖各岛屿上集群营巢的鸟类数目随着盐湖水位的波动及人为的干扰而变化。与加州鸥相比，大苍鹭、角䴙䴘和白鹈鹕对这些外界的压力更为敏感。不同鸟类之间最明显的区别是它们的地域感。大苍鹭机警谨慎,易受惊吓。角鸬鹚和白鹈鹕生性胆怯。受到干扰时,大苍鹭率先弃岛离去,白鹈鹕和角鸬鹚紧随其后。加州鸥则从不离去,它们只是在空中盘旋着,朝着侵入者尖叫。

大盐湖岛屿中的苍鹭、鸬鹚和鹈鹕的数目在不断减少,可是有证据表明加州鸥的数目却呈上升趋势。在面对环境压力时,加州鸥的适应能力更强,因而也更少受到伤害。

犹他州自然历史博物馆鸟类馆馆长威廉·H. 贝利对于大盐湖鸟类的研究堪称一流。据他的研究记载,1932年6月29日在甘尼森岛栖息的加州鸥成鸟有六万只。这是大盐湖有史以来加州鸥聚集最多的数目。

自从大盐湖涨水以来,大多数在岛屿上集群营巢的鸟不是弃岛离去,就是数目大幅度减少。发生这种情况的原因大致有三:由于水位升高而缺乏筑巢地;岛上游人的增多;最重要的是,由于湿地被淹,食物短缺。

在干旱的年景,鸟的数目也会减少,但原因不同。在低水位时,多数岛屿与陆地相通,使得鸟类更容易受到捕食动物和人为干扰的伤害。由于湿地的缩小,它们也受到食物短缺的威胁。

集群营巢的鸟类、盐湖湖水的波动及湿地三者之间的平衡是极为脆弱的。

早在1958年,贝利博士就颇有预见性地写道:

> 如果现有的趋势继续下去,集群营巢的鸟类将会彻底放弃大盐湖中的岛屿。苍鹭已经放弃了它们在湖中长期以来的

所有栖息地。鸬鹚仍在艾格岛勉强生存，但也在逐年减少。1935年鹈鹕面临了一场生死攸关的变故，后来似乎是慢慢地有所恢复，但其生存仍面临着危机。加州鸥则正在向人造的堤坝和盐湖东边的岛屿迁移，寻求藏身之处。

从现在开始，我们只能凭借早期探险家日记中的记忆，看到大盐湖群岛中鸟类栖息的情景。霍华德·斯坦斯伯里上尉[1]于1850年4月9日写道：

> 绕过安蒂洛普岛北角，在它西边约1英里处，我们来到一个小岩石岛。岛上无任何植物，寸草不生，可是实实在在地布满了各种野生水禽：野鸭、白颊黑雁、苍鹭、角鸬鹚以及众多的鸥群。它们聚集在这里筑巢。我们发现在岩石的裂隙中有许多用树枝草茎搭建的鸟巢。这给我们提供了足够的食物，我们可以尽情地吃鸟蛋，主要是苍鹭蛋。季节尚早，大多数其他水禽还未到产蛋的时期。

同年的5月8日，他写道：

> 成群的鹈鹕和海鸥多年占据着的小水湾中的峡地和水畔现在第一次受到干扰，大概是人类的干扰。当这些鸟展翅高飞时，简直是遮天蔽日。它们在我们的上空盘旋，使得周围

---

1 见本书19页注释。

的岩石回响着它们那刺耳的叫声。地上密密麻麻地布满它们的鸟巢,恐怕有几千个。

我曾在熊河候鸟保护区的老堤坝上见过几百只海鸥集群营巢,却从未在大盐湖的岛屿中见过。漫步于加州鸥群落的地盘,令人迷失。在海鸥的尖叫声中,你欲开口说话,可是你的声音却被淹没。当你走在鸟蛋壳上时,它们会铺天盖地,一拥而上。你会立即意识到自己是个外来闯入者。

几百只海鸥在我头顶上方的几英寸处盘旋,不停地发出"哈噗!哈噗!哈噗"的尖叫声。有几只鸥的翅膀触到了我的前额,警告我离它们的鸟巢太近了。地上有那么多的鸟巢,我不知道在何处下脚,更不知道该怎么做才好。最后,我只好原地不动,静而观之。

加州鸥的鸟巢是地上一个浅浅的坑。它们收集筑巢的材料并垫底。海鸥(通常是雌性鸥)靠身体筑巢,有时借助于爪和嘴。她会将羽毛、干草和树枝干净利索地摆成一个杯子形的巢。筑巢的简陋或精细取决于筑巢材料的质量及数量。

位于熊河候鸟保护区的鸟巢是简陋的。加州鸥和其他动物的骨头上面缠绕着羽毛和干草,看上去颇像送葬的花圈。鸟巢中央是一窝窝红棕色的鸟蛋,蛋上沾着褐色的斑点。

我在候鸟保护区看到的多数加州鸥正值孵化期,此过程需要二十三至二十八天。雌雄鸟共同承担这项责任。

我疑惑在如此众多的加州鸥和鸟蛋中,这些鸟如何辨识自己的鸟巢和鸟蛋。可它们没问题。那就像父母认自己的子女一样。每一窝鸟蛋的色彩和形态仅有着细微的差别,考验着我的眼力。

而每一窝又都拥有其家族的独特标志。

有的雏鸟是早熟鸟,即它们在孵化期就相应成熟。它们身上有一层厚厚的胎毛,刚孵出后,很快就能离巢并自行觅食。多数水禽的雏鸟都具有早熟鸟的特征,以应对专吃地栖鸟类的捕食动物。

相反,晚成的雏鸟则天生无助,通常浑身光秃无毛,双眼紧闭,在孵出后相当长的一段时间里完全依赖父母的照顾。晚成雏鸟通常都是燕雀类的鸟,具有在树上筑巢的优势。因此它们的天生无助也无大碍。

谁都忍不住要去捧起一只小鸥。我得承认我尝试过,不过它那厉害的小鸟喙却不容我接近。它们一出壳就是浑身斑点的小斗士,摇晃着上颚的破卵齿。它们与蛋壳的搏斗不屈不挠,从二十分钟到十个小时不等。它们脱壳后,身披湿乎乎的"盔甲",直面世界。

我的周围到处都是正在晃动、破碎、裂开的鸟蛋。我在离鸟巢几步远的地方,俯身观望,发现自己正与一只雏鸟相互凝视。

从现在起一个月之后,也就是6月,雏鸟就会披上幼鸟的羽毛,看上去就像离篝火太近的鸥,浑身烟灰色。它们会拼命地伸展身体,拍打翅膀,直到有一天,体内一种神奇的力量令它们跃跃欲试,离开地面。渐渐地,随着几步助跑,它们的翅膀便将它们送上天空。几周之后,成年的加州鸥就可以轻快自如地飞行了。

到了7月,加州鸥便会携带幼鸟离开繁殖地。据熊河候鸟保护区的环志[1]记录记载,多数大盐湖的加州鸥都在太平洋沿岸过

---

1 戴在候鸟身上的金属或塑料环形标志,用作研究候鸟迁徙规律的依据。

冬，北自华盛顿，南至加利福尼亚。

我喜欢观看加州鸥在西部大盆地翱翔。将加州鸥引诱到内陆是大盐湖的又一个骗局。在我悲伤的日子里，大盐湖上空那简单的飞行和简朴的身影总能化解我的哀愁。

"滑行！"海鸥用身体在天空中书写道。而我，在片刻之间，做到了这一点。

◆ ◆ ◆ ◆

我到大盐湖去寻求方向，在变化之中给自己重新定位。每去一次都不同凡响。湖在变，我也在变。不变的总是这里的海鸥，平凡依旧——黑色、白色和灰色。

我拒绝相信母亲会死。由于拒绝承认她的癌症，拒绝相信她的死亡，我拒绝了她的生命。拒绝使得我们听而不信。我无法听到母亲的话。我只听到了我想听的话。

但拒绝也是谎言。它使我们对于自己无法承受的事实真相听而不闻、视而不见。它牵着我们的手，将我们引向安乐之乡。拒绝在熟悉的土壤中开花结果。它迎合我们的欲望把我们拉下水，并聪明地在我们周围筑上一堵墙以确保我们的安全。

我想拆毁围墙。由于我们无法正视母亲的病情而使她产生的怒火烧毁了我心中的防线。我深感内疚。这是一种无法饶恕的内疚，因为它是因缺乏勇气所致。出于自己急于治愈的欲望，我伤害了母亲。

我继续观望着海鸥。它们那由盐水浸过的羽毛变得清新，那羽毛的变化仿佛发生在我自己身上。

渡　鸦

湖面海拔：4209.10英尺

今天上午，母亲开始做放疗。医务人员在她腹部用黑点定位，并用一支神奇的蓝色记号笔画出一个格网。

"当医师将我的身体转向他们的靶心之后，"母亲说，"放疗师便会漫不经心地走进来，看看我的报告，然后说：'你知道吗，坦皮斯特太太，对于这种癌症，你的存活概率不足40%。'"

"那你是怎样说的？"在开车回家的路上，我问道。

"我真记不得当时我说话还是没说话。他重新调节了我头上的机器，又把我的身体在不锈钢板面上移了移，然后走出房间，迅速地用遥控器关上隔断以使自己免吃射线。"

"你有什么感觉，妈妈？"我问道。

她将双手交叉在胸前。

"我感到受了虐待。"

今天下午,我好言相劝,让母亲到大盐湖游泳。我们已经多年没到那儿游泳了。我们仰身漂浮于湖水之上,凝视着天空。尽管刺眼的阳光令我们眼花缭乱,清凉的湖水依然支撑着我们。我听到了盐水褐虾的喃喃细语,感到了它们那橘红色的毛茸茸的身体摩擦着我的身体。我指着盐水褐虾给母亲看。她抖动了一下身体。

我们就这样漂浮了几个小时。我们在宁静之中分解和化解,与盐湖水和天空彻底地融为一体。

返回时,我们的发际带着盐粒,肚脐上沾着沙土。这一切提醒着我们刚才的经历不是梦。

◆ ◆ ◆ ◆ ◆

今天,南太平洋铁路堤道被掘开。大盐湖南分支的水从300英尺的缺口处泻入甘尼森湾,如同长期受压抑的情感迸发出来。

我好羡慕这种释放。

斯科特·马西森州长推测在未来的一两个月里,大盐湖南北分支高低悬殊的水位线将趋于平衡。随着新的双向流动,甘尼森湾和吉尔伯特湾的含盐量将重新分布,形成一种混合的盐湖水。

我们总算是捍卫了一小片大盐湖的领土完整。

◆ ◆ ◆ ◆ ◆

我们给父亲过了生日。他生于1933年7月26日。每年过生日时，他都会提醒母亲，他比她小一岁。母亲则每年都会用同一种答复来反击：

"那只能说明你的幼稚、我的智慧。"她让他知道今年她要善待他，不会再像他过四十岁生日时，用黑色纸给他包生日礼物。

史蒂夫、丹、汉克和我，以及布鲁克和安给父亲送上一个燃烧着蜡烛的大蛋糕。

他今年五十一岁。

远处的大盐湖闪闪发光。从1983年9月25日至1984年7月1日，它又上涨了5英尺，创有史以来大盐湖上涨纪录第二。从1982年9月18日至1984年7月1日，它净升9.6英尺。相比之下，以前大盐湖两年期的最高净升是4.7英尺，比如在1970—1972年。

"许个愿……"母亲说。然后，我们大家都看着他一口气吹灭了蜡烛。

✦ ✦ ✦ ✦

我真希望古老的索尔泰尔会馆依然矗立在大盐湖畔，守护着它。在20世纪初，这个富丽堂皇、建于木架柱上的伊斯兰风格的会馆曾风光一时，至高无上。它的影像呈现出犹他州居民另一个时代的浪漫。

今天，我漫步于索尔泰尔会馆的旧址。码头处的几根泛黑的架柱还立在那里，像是渡鸦。

1962年，赫克·哈维发行了电影《鬼魂的狂欢节》，[1]后来风行一时，成为《恶夜活跳尸》[2]的先驱。《鬼魂的狂欢节》的女主角亨利小姐来到犹他州弹管风琴。当地的牧师在介绍她到其教区时说道："我们现在有了一位可以惊天地、泣鬼神的管风琴师。"

亨利小姐对死者的兴趣引导她神情恍惚地来到大盐湖。当她站在通往索尔泰尔会馆的湖畔木板路上时，看到一个又一个复活的死尸湿淋淋地从大盐湖中现身。她追随着这些怪物，看着这些黑眼黑衣的复活死尸走进舞厅，情有所动，为他们弹起了管风琴。

在我们这一代人看来，索尔泰尔会馆已成为一个废弃的、充满邪气的建筑物。而我的外祖父母却不这样看。我记得在索尔泰尔会馆被烧毁后不久与莱蒂和桑基共进晚餐的情景。

我的外祖父母是在月光下的索尔泰尔会馆坠入爱河的。

"我记得当我们站在湖畔的木板上眺望湖面时，她的薄纱衣裙随风飘舞的情景。我还记得当我们返回会馆之前的那一两个热吻……"外祖父说道。

外祖母含笑描述着她那件镶边独特的桃红色衣裙。那式样在20世纪20年代非常时髦，她经常穿着它去度假。她夸耀外祖父善于抓住时机，机敏过人，时常在游戏竞赛中给她赢得洋娃娃。

---

1 《鬼魂的狂欢节》(Carnival of Souls)是美国导演、制片人赫克·哈维(Hert Harvey)拍摄的恐怖片。哈维在开车路过大盐湖时发现了位于湖畔的索尔泰尔会馆。它那与世隔绝的位置、阴森可怕的外貌使哈维产生了拍摄一部恐怖片的念头——一个关于死尸复活并在大盐湖畔的舞厅跳舞的构思。
2 《恶夜活跳尸》(The Night of the Living Dead)是1990年美国发行的另一部关于复活死尸的恐怖片。

他们描述了乘敞篷火车由大盐湖城到索尔泰尔会馆的旅途。傍晚,当火车将旅客运至栖于木制架柱、悬在大盐湖之上的会馆时,人们欢歌如潮。

会馆的舞厅提供了当时一些杰出的乐队:哈里·詹姆斯、韦恩·金、鲍勃·克罗斯比以及盖伊·隆巴尔多。

"舞池是用钢索悬起来的,"我的外祖母说,"天花板由巨大的镜面玻璃球灯装饰,将满天的星光反射于舞厅。"

"乐队会一直演奏到子夜,"外祖父补充道,"也就是当末班车回城的时候。"

当索尔泰尔会馆在1925年4月12日初次被大火烧毁之后,就再也没有重获经济大萧条前的辉煌。尽管它于1929年重新对外开放,可是公众的流动性越来越大,乘火车去大盐湖旅行的新鲜劲儿日渐衰退。1968年它被正式关闭。两年之后被人纵火烧毁。

1981年,开发商沃利·赖特试图再筑索尔泰尔会馆。他从希尔空军基地[1]购买了吊架用作整体构架,并想用钢筋水泥再现这座土耳其式的建筑。然而,今非昔比。水滑梯、冲撞船以及各种快餐店都无法留住过去的好时光。不仅如此,沃利·赖特可谓屋漏偏遭连阴雨。他的工程还未竣工,大盐湖就涨水了。

于是,在大盐湖畔又多了一处废弃的遗迹。在大盐湖畔,现在依然有鬼魂在星空闪烁的夜色中翩翩起舞。

---

1 位于犹他州北部的一个重要的美国空军基地。

粉红色的火烈鸟

湖面海拔：4208.00英尺

1984年夏季，大盐湖水位降低了1.35英尺。水位下降的原因一半是由于正常的水汽蒸发，另一半则归功于在堤道上掘口。或许，我们暂且可以松口气了。

今天上午母亲来了。

"你有空吗？"她问道，"塔姆拉·克罗克·普尔弗昨天下午做了脑瘤手术，我想给她寄这封信，不知是否妥当。我可以读给你听听吗？"

我们走进客厅。我拉开窗帘，我们在长沙发上坐下。母亲稍停片刻，然后开始读信：

亲爱的塔米：

当我听到你昨天做手术的消息时，心痛欲碎。我一直在想你是这么年轻，怎么能经得起这种不得已的痛苦。塔米，假若可以的话，我情愿替你来承受这一切苦难。我知道你眼下正在经受的痛苦，但我想让你知道我为你的祈祷及我对你的爱将与你同在。我真想与你面谈，与你敞开胸怀，同洒热泪。然而，有些时候，你必须独自经历某种磨难，而这次就是其中之一。当我说"独自"时，我的意思是，你不得不自己来应对这种病魔。你必须决定如何来对付它。我知道你是一个坚强的年轻女子，也是一个不屈的斗士。

十三年前，当我被告知自己患了癌症时，我也有种种不同的反应。在做手术的前一天晚上，大家给了我祝福。愿我得的不是癌症，愿我的肿块是良性的，我会平安无事。

在手术过程中，我经历了一种精神的震撼，它改变了我的生活。在术后恢复病房中将要醒来时，我感到在圣父的怀抱之中。我感受到了他对我的爱以及他对无法使我免除这种病痛的愧疚。相比之下，倘若我不患癌症，便无法体验到他给予我的如此之多的恩惠。他给了我信心、希望、力量、博爱以及我以前从未感受过的欢乐与平静。这些天赐的精神礼物就是我的奇迹。我懂得我们所面临的考验并不重要，重要的是我们怎样来应对这种考验。

我送给你一本书，题为《医治心灵》。作者是诺曼·卡曾斯。他曾患有两种不治之症，但战胜了它们，活了下来。去年，这本书对我的益处胜于我所读过的任何其他书籍。它帮助我意识到我也能在自身的恢复过程中助一臂之力。我们可以通过积极的思考来帮助自己。在他的书中，他说："死亡并不是我们的敌人。真正的敌人是总是生活在对死亡的恐惧之中。"

我想在身体状况允许的情况下尽可能地充满活力和创造力地生活与思考。今年，我做了两个大手术，进行了一年的化疗、六周的放疗，堪称是我一生中最艰难的一年，但也是最美好的一年。这一年使得我感觉并看到了我以前从未感觉与看到的事情。它浓缩了生命，让你聚精会神地度过每一天。你把握住了一天的时时刻刻，而当日近黄昏，你看到夕阳西下时，便会因自己能够与日月同辉而心存感激。

当你想放声痛哭时，塔米，千万不要为了显示坚强而强忍泪水。让人们去帮助你，去爱你吧！我无法用语言描述让人们帮我做事对我有多么重要。起初，我拒绝帮助，然而，倘若不是那六位漂亮的女子每天接我去接受治疗，我真不知道怎么样度过放疗这一关。是每次都会见到一个不同的朋友的愿望使我有所期盼，而我对她们给予我的爱和支持心存感激。

当我做化疗及放疗时，吃了许多维生素。我相信它们增强了我的体力。如果有需要我帮忙的地方，千万别客气。

愿万能的上帝赐福予你，塔米。你是一个不同凡响的年轻女子，我想让你知道我对你敬佩之至。

爱你的黛安娜

母亲读完了信。随后是一阵漫长的沉默。她朝我看了看，

"你觉得发出这封信合适吗?"

◆◆◆◆◆

我们的通信表露出友谊的所在。一封信含有丰富的感情色彩。执笔在信笺上书写,书案前的遣词酌句,将信折好放入信封,用舌头轻舔信封口,把信封好,写上地址,贴上选好的邮票,然后再把它投入邮箱,这一切细微之处无不含有脉脉温情。

事情并没有完结。我们的信带着翅膀,这些纸鸟从我的住所飞向你的住所,鸟群在大地上把思想传递。信一经打开,就取得了联系。于是,我们在世界上便不再孤独。

可是,当笔墨派不上用场时,我们怎样与大地沟通?当地球备受蹂躏时,我们又如何表达我们的同情?

我在子宫中感到的心跳——我与母亲同步的两个心跳——是大地的心搏。所有的生命都有其生命的鼓点,这种同时奏起的鼓点形成了一种只有神灵才能听得见的节奏。我可以将我的心跳敲进大地,我的双手抚摸着大地,我的心随之跳动,跳动,如同皱领松鸡对着一根原木不停地敲打着鼓点。[1]我的双手抚摸着大地,我的心随之跳动,跳动。我敲打着生命的鼓点回归大地。

◆◆◆◆◆

"当靠近地面的空气变得比紧贴地面的空气热时,蜃景就产

---

[1] 据说,皱领松鸡敲打鼓点的形式不同凡响。它通常要寻找一根原木,直立于原木之前,通过急速地拍打翅膀,在空中形成一种"呼呼"的声音。

生了。"布鲁克说。

我们正在位于内华达境内文多弗城东部的盐碱沙漠[1]中散步。我们走过了被当地居民刻上字迹、留在沙中的岩石。时值9月中旬的一个周日,天气炎热。一道银光在我们的前方闪烁。

"我不相信那是蜃景,"我说,"它看上去像是大盐湖的另一个分支。"

"它是蜃景,特尔[2],"布鲁克接着说,"我们看到的湖实际上是显得湿润的沙漠表面。由于紧贴着沙漠表面的热空气和热空气之上的冷空气的作用产生了这种幻影。想想看当我们站在一片微微倾斜的坡地上往下看会是什么情景?"

"什么情景?"

"由于光的弯曲,显示出天空倒置的影像。所以,看上去就像是一个湖。"

"我认为它就是一个湖。"

我们继续向那银光闪烁的地方走去,想验证自己的正确。可是我看到的而布鲁克不认可的那片湖水却渐离我们,流向远方。我们只好就此罢休。

我让步了。

布鲁克咧嘴一笑。我忘了他是个善于分析的生物学家。

---

1 此处指位于大盐湖西边,犹他州及内华达州交界处的邦纳维尔盐碱沙漠。它绵延3万英亩,地表盐层最深达1.8米,形成了一片无边无际、白茫茫的大平原。由于其地势平坦、幅员辽阔,可使游人看到地球的曲线,令他们产生视觉上的幻影。
2 作者特丽的昵称。

"那是个幻影。它显示的东西根本不存在。空气折射了阳光,将沙子变成了水。懂了吗?"

我望着他,点点头:"我想它是烈日下的一个希望。"

◆ ◆ ◆ ◆

父母正在瑞士。我今天收到了母亲的信。信中写道:

亲爱的特丽:

　　我越来越感到自然世界是与自己沟通的纽带。自然风景使我返璞归真。我可以抛下家中的繁杂琐事,拿起一个旅行包上路,奔向我想去的地方。脱下累赘的衣服,随心所欲,让阳光热身,让轻风拂面,是多么惬意呀!当我与自然独处时,我找到了内心的平静及安宁。

　　约翰一直充当着我的向导,特丽。他不满足于坐下来静观风景,而是要积极地投入自然之中。那是他的本性使然。当十九年前我们初次去夏威夷时,我们在那里奔跑,我们拥抱着那里的一切。我们不只是观看大海,而是跳入海浪中,品尝咸咸的海水。我们迎来毛伊岛火山口的日出,观望绵延不断的自然风貌。我敢说我们看到了地球那弯弯的曲线。我们每天都沿着海滩散步,拾贝壳,心中充满赞美之情。我们冲进风中,倒在沙滩上,看着小滨鹬飞来飞去。

　　现在我们也正在做同样的事情。我们在阿尔卑斯山中徒步旅行,走得要比我想象的远得多。我们在靠近奶牛群的草地上过夜,那些奶牛的颈上系着铃铛。我们行走于没膝的野花丛中。大自然成了我们婚姻中的第三者。它将我们联系得更紧，让我们陶醉于万物亲和的真实世界之中。

我时常想着你。请转达我对家中每一个人的问候。

你是我们的至爱
妈妈

我把信折好，放回信封，然后给布鲁克打了个电话。或许，本周末我们可以去南部旅行。

◆ ◆ ◆ ◆

我喜欢开清单。或许这与我的背景有关，我生长于犹他州，又要谋生，勤劳俭朴是我们的特征，尽管我这个人既不勤劳，也不俭朴。或许，是由于当你在清单上划掉一件做完的事时那股劲使你喜欢开清单。划掉了这件事，继而转向下一件。从清单上我可以清楚地看到一天的成就。也许，是清单那种民主的性质令我着迷。纸上所列的每一件事都同等重要。于是"采花"与"洗衣"分量相当。重要的是在所列事项上画的那条线。别介意喜欢做的事项在中午就被划掉了，而难做的事项，那些迟早要拖延的事项，被拖到了次日的日程上。问题在于我的用心可敬。我的清单会为我辩护。

观鸟者一生的清单则是另一种序列。重要的不是你划掉的部分，而是添加的那部分。那是你一生中所看到的鸟类的清单。首次看到的鸟被称作"上了黑名单"。

观鸟者一生的清单可谓个人一生所观之鸟的记载，一本所观之鸟的种类、地点及鸟自身的集锦簿。它为那种传统列单的方式平添了乐趣。在这种情况下,你往单子上增添新物种,而不是划掉什么东西。那些以此种方式列单的人通常不知道他们总共列了多少种鸟。因为这种列单是随意性的,想起来就列上去了。

当一天结束时,我就会写下所有看见的鸟类的名称,并大声将这些鸟名读出来,也不管它们是否在场。这颇像举行一个聚会。待到曲终人散之后,谈论到访的来客。总是有些你期盼会来的人,也会有一些不速之客。偶尔,也会来一位稀客。

在每一份观鸟清单中都会有被列为"稀客"的鸟类,一种或几种鸟,走失了方向,远离其通常的分布区域。它们是寻常时节迁移鸟群中的不速之客。它们是异国他乡的孤独旅者。

《犹他州的鸟类》一书的作者威廉·H.贝利对这种罕见的鸟类定义如下:"自1920年以来,或近五十年以来,或以后五十年之内出现过一两次的物种,后者的前提是该物种出现的频率与以往相同。"犹他州这种罕见的鸟类至少要有一种登记在录的鸟标本验明正身。

1962年7月25日,克利尔湖鸟类保护基地主任唐·纳尔逊在犹他州的米勒德县观察到一只美洲火烈鸟。它在那里待着,一直过了哥伦布节[1]。纳尔逊拍了张彩色照片为证。

再次看到火烈鸟是1966年8月3日。W. E. 里特和鲁本·迪茨在位于安蒂洛普岛东北岸一带的布法罗湾见到一只火烈鸟。这只鸟被水冲洗得发白,离家已是千里之外了。于是他们推断这是

---

[1] 每年的10月12日,为美洲发现纪念日。

一只从大盐湖城的特雷西鸟园或霍格尔动物园的逃逸者。打了电话,但所有笼中的火烈鸟都完好无缺。

第三次看到火烈鸟是1971年的夏天。人们在熊河候鸟保护区看到一只火烈鸟,它从6月初一直待到9月29日。人们再次拍照,证实了这次目击。

我亲眼看到的火烈鸟骄傲地栖在犹他州各地的草坪以及拖车式活动房场所那些碎石铺地的花园中。当然,这些火烈鸟不是"大红鹳"[1],而是粉红色的塑胶制成的火烈鸟,在任何五金店都可以轻易买到。

令人不解的是,我们非要创造一种带有异国风情的生活环境。1985年,美国售出了四十五万只塑料火烈鸟。而且,这个数目还在上升。

粉红色的火烈鸟在郊外的草坪上摇摇晃晃,象征着我们与自然界那种违反自然规则的关系。

如今我们再也看不到路易斯·阿加西斯·富尔特斯[2]在美洲热带雨林所画的那一群群可爱的火烈鸟了。我们已经想象不出它们在我们尊贵的世界中落足的影像。而当它们真的来到我们周围,给我们的风景增色时,它们又被视为"稀客"。我们再也不会对这种情景信以为真。

在犹他州还来过别的稀客。

1919年7月2日,粉红琵鹭飞过了位于内华达州境内文多弗

---

1 此处为其拉丁文学名:*Phoenicopterus ruber*。
2 路易斯·阿加西斯·富尔特斯(Louis Agassiz Fuertes,1874—1927),美国著名的鸟类学家、艺术家及鸟类插图画家。一生中曾为六百多本书创作插图。

城[1]附近的巴恩斯牧场。从未见过此鸟的巴恩斯先生射下一只鸟，作为稀物收藏于家中数年，成为谈论的话题。后来，它莫名其妙地不见了，之后又失而复得。现在它被收藏于犹他州自然历史博物馆中。

火烈鸟和粉红琵鹭并非是造访大盐湖周边湿地仅有的罕见鸟类。其他的稀客还有于1955年10月19日在熊河候鸟保护区露面的赤颈鸭。1963年12月15日，比尔·平格里在湖畔猎鸟俱乐部附近看到了另一只赤颈鸭。

当一种鸟出现，由于缺乏记录在案的标本（即手中之鸟）而形成疑问，但一个或多个观鸟者又不断地提供"足够的证据，名正言顺地将此种鸟列入观鸟清单"时，此类鸟就被列为"假定的"。在大盐湖周边所看到的假定鸟类包括：赤颈䴙䴘、棕颈鹭、路易斯安那鹭、丑鸭、黑海番鸭、北美蛎鹬、漂鹬、高跷鹬、斑尾塍鹬、白腹海鹦、北森莺以及棕榈林莺。

当美洲火烈鸟或粉红琵鹭时常会像粉红色的落英在碧空中飘逸时，你又怎能抵挡住一颗期盼的心？

当赤颈䴙䴘、斑尾塍鹬和漂鹬来到我们的乡土时，我们又怎能让数据统计表成为我们生活的桎梏？

当艾米莉·狄金森[2]写"希望是只鸟儿，栖在心灵的枝头"时，她是在像鸟类那样提醒我们，要放飞我们心中的希望，并梦想成真。

---

1 文多弗城位于美国内华达州与犹他州的交界处，故上述两州都有文多弗城。
2 艾米莉·狄金森（Emily Dickinson，1830—1886），美国19世纪女诗人，与惠特曼同为美国现代诗歌的开创者。

雪 鹀

湖面海拔：4209.15英尺

　　大盐湖的东岸冻结了。依我看，它在渐渐地与世隔绝，满目荒凉。雾低垂，天地几近相连。几只渡鸦，几只孤鹰，还有那无情的狂风。

　　直立于地面上的冰霜晶莹剔透，像狼颈上耸起的毛。芦苇及香蒲的残枝败叶尽裹于冰凌之中。大盐湖不只是迈进了湿地，它还占领了湿地。

　　由于水位的升高及盐分的降低，大盐湖可以冻结，而且已经冻结。沿湖边一带透明的冰层中充满了气泡，如同被挤压的高音符。

　　我默默地行走于这空旷的大地，意识到了候鸟保护区冬季单调的色彩。

我来到这里或许是因为昨夜的梦。梦中我站在冻结的湖畔，眼前是一只海豹皮制作的独木舟。我沿冰面走向独木舟，并用手捧起一把零碎的海豹皮及其内脏。一位年长的爱斯基摩人说："你要做的事还多着呢。"陡然间，独木舟被撕开了。它是一个由柳条编制的笼子。它是一条鱼的骨架。

1月份，这片荒漠处于最严酷的时节，我想亲眼目睹它狂野的风貌。湖面如钢。我将驼毛围巾紧紧地裹住脸部，只露出眼睛。我必须不停地走，以保持暖和。湖面封冻，我的脚下毫无弹性。

我想将这个湖视为一个女人，视为我本人，拒绝被驯服。犹他州或许想在她的身上筑坝，在她的岸边修路，让她的水流转向，但是，最终都无关紧要。她将比我们存活得长久。我视她为一片荒原，淳朴天然，自有主张。大盐湖解除了我对她的种种猜测和臆见，说道："我不是你所看到的那个样子。探寻我吧，根据你的印象，得出你的见解。"

我们所受的教育让我们不要相信自己的亲身经历。大盐湖教我，亲历才是我们所拥有的一切。

◆ ◆ ◆ ◆ ◆

一个月之前，这里还是一片冰天雪地，单调而寂静。今天早晨，春天来临了。那是一幅明丽如星的鸭群图：尖尾鸭、绿头鸭、赤颈鸭和短颈鸭纷纷由南方及西南方飞来。空中充满了野性的呼唤，处处回荡着鸟类的方言。苍天之上皆是飞舞着的翅膀。

母亲并不像我那样热衷于鸟类。这是她第一次来熊河。我们观望着十几只苍鹭捉鱼。在它们身后，我看到一个鸟的骨架，一堆蓝色的羽毛及鸟骨。我诱使母亲前去查看。再往前走，我们发现了一只鸟翅膀。

"这是一只大苍鹭……"我边说边捡起它。贴着尺骨上的初级飞羽像梳子上的齿。雪地上有血迹。还有更多的鸟骨，更多的羽毛，以及留下的痕迹。

我们弯下腰仔细察看。

"你觉得是什么动物吃了鸟？"

"可能是狐狸。我也不知道。我想苍鹭太小，土狼不会吃它们。"

起风了。风将这些白茸茸的羽毛吹向四方。它们在雪地上停留片刻，像摇篮似的前后摇动，然后，便在风中旋转着飘走。

我们向西行。蓝翅鸭聚集在黑肉叶刺茎[1]之间。在毗邻大盐湖的那条路上，路面已受损，倾斜的冰块纵横交错。我试图翻越它们，但难度太大了。这些带冰的路面沿着湖岸延续数英里。我们无法继续前进。

"我想让你看看《上苍有眼，暂时不言》[2]，"母亲说，"托尔斯泰写了这样一个人物。他被诬陷为杀人犯，在犯人集中营中度过了余生。二十六年之后，在西伯利亚服刑时，他遇到了真正的罪犯，并有了洗刷罪名重获自由的机会，但是他没有选择后者。

1　藜蔓生灌木，产于北美西部的荒漠平原地带。
2　俄罗斯作家托尔斯泰（Leo Tolstoy, 1828—1910）的短篇小说。

此时，他已经没有了回家的心愿，继而撒手人寰。"[1]

我问母亲这个故事与她有什么关系。

"我们每个人都得面对我们自己的西伯利亚，"她说，"我们必须与自身内心的孤独无助和平共处。没人能解救我们。我的癌症就是我的西伯利亚。"

突然，有两只像燕雀大小的白鸟飞入我们的视线，并在雪地上落了下来。

"妈，我不认识这种鸟。它们是一种新鸟。"

她递给我《野外观鸟指南》。我急速地翻阅着页码。她在用双筒望远镜观望。

"它们以白色为主，背上有黑色。我在它们头上看到了一抹红褐色。"她稍停片刻后，又说："当它们飞起时，我还看到它们羽翼的末梢也是黑色……"

我急忙抬头，看它们是否飞走了，不过它们只是向前移动了几步。我又继续翻阅《野外观鸟指南》。

"我找到了。它们在第412页，是雪鹀！"我一边将《野外观鸟指南》递给母亲，一边注视着那两只鸟，以便确认无疑。

"简直难以相信！"我看了看母亲，又看了看雪鹀，"这在候鸟保护区可是罕见的。以前，我从未见过它们。"

我们观望着它们在融化的雪地边上觅食。母亲放下了双筒望远镜。

---

[1] 小说的结尾是，尽管主人公以慈悲为怀，没有告发真正的罪犯，后者还是自首了。但当释放主人公的命令到达时，他已经去世。

"通常都是在哪里能见到它们？"她边问边又翻阅着《野外观鸟指南》，这次是在看雪鸮分布地理位置图。

"雪鸮通常分布于极地周围，繁殖地在北极的冻原地带。"

母亲仔细地观望着雪鸮："特丽，你说托尔斯泰是否也知道这些鸟呢？"

◆ ◆ ◆ ◆ ◆

我和母亲今天共进午餐。她让我看了塔姆拉·克罗克·普尔弗给她的回信。[1]信中写道：

亲爱的黛安娜：

在这种艰难的时刻，我感到你的理解力远比我更胜一筹。你的信令我受益无穷，而你对我和我母亲一如既往的支持如雪中送炭。

你给我上了最有价值的一堂课。有时，你不得不完全依赖别人的帮助、同情和爱心。在亲朋好友的支持下，真实显示出上帝的慈爱。

非常感谢你作为我二十九岁的生日礼物送给我的书及洗发水。我真以为我的头发在还没有掉光之前就会灰白了。

我时常幻想自己能有更多的选择和机会。可如今我既为从生活中所学到的东西感到兴奋，又为自己没有未来而感到痛心，内心备受煎熬。

---

1 作者母亲的信见"粉红色的火烈鸟"开篇。

我的信仰在支撑着我，黛安娜，想到我们能够像上苍的圣父圣母那样设计并创造我们自己的世界就令人激动。

现在我开始颠三倒四，忘却了时光的流逝。通常在早晨4点钟，我的枕头就因我将面临的挑战而浸满泪水。我在哭泣，黛安娜。我要说，请帮助我笑吧，我真的想笑。请帮我找到那些我忽略的、理当心存感激的细节。

黛安娜，现在我比以往任何时候都想多做些事情，可是我无法集中精力想出我想要做的是什么。而后，我才恍然大悟，即使我想出来了，也没有体力或精力去完成它。我知道，我想要阿德里安、卡纳斯、克里斯琴、杰纳瓦，但最想要做的是养育并拥抱着可爱的阿德里安。我们怎么可能同时又悲伤又充实？

我告诫自己，要振奋，不要为前途担忧。可是随后，我又想到我的孩子们。但愿我能面见一百个好心而健壮的女人，选她们来抚养我的孩子，并像我那样教诲他们。或许，下周我会在报纸上刊登一个广告。

黛安娜，谢谢你给我做出的榜样。我将永远地爱你。

塔姆拉

◆ ◆ ◆ ◆

鸬鹚的眼睛是祖母绿色的；雄鹰的眼睛是琥珀色的；鹧鹕的眼睛是红宝石色的；彩鹬的眼睛是蓝宝石色的。这四种宝石折射出鸟类的心灵。这些鸟是大地与上苍之间的媒介。

我们忽略了鸟类的眼睛，而只关注它们的羽毛。

白鹈鹕

湖面海拔：4209.90英尺

候鸟保护区失去了往日的生机，格外平静。由于缺乏食物及栖息地，春季鸟类交配与繁殖的热闹场面不见了。尽管鸟类物种的数目与往年大致相同，但鸟的数量却下降了，而且是大幅度下降。今天下午，我看到一个白脸彩鹮的鸟巢随着一棵淹在水中的白杨树一起漂流。鸟巢中有三枚鸟蛋，但我没看见成鸟。

在野生动物资源保护协会犹他州分会倡导下，今春我们进行了集群营巢鸟类的考察，以便监视由于大盐湖水位上升对鸟类栖息地及数目产生的影响。

除了安蒂洛普岛上的加州鸥和甘尼森岛上的白鹈鹕的鸟巢之外，大盐湖诸岛中那些原有的地巢都不见了。这意味着集群营巢鸟类现在依赖着大盐湖周边的植物生存。

大苍鹭、雪鹭、牛背鹭以及角䴙䴘在树木、灌木或人工建筑中筑巢。

弗氏鸥、夜鹭及白脸彩鹮则在诸如灯芯草和香蒲之类显而易见的植物中筑巢。

褐胸反嘴鹬、黑颈长脚鹬及其他涉禽通常在诸如盐滨草或盐草这样的低矮植物丛中收集些草根、草秆筑巢。

野生动物资源保护协会犹他州分会的水禽生物学家唐·保罗预测,白脸彩鹮和弗氏鸥将由于洪水受到最沉重的打击,数目骤减。

"看看周围,告诉我你瞧见了多少片芦苇丛?"他边说边向候鸟保护区那边挥了挥手,"全没了。我想,那些鸟也没了。今年夏末我们的数据就会出来。"

我的身体随之转了360度,看到的只是一片汪洋,听到的只有邦纳维尔湖的湖水拍打着山岩的回声。

大熊河流域的鸟纷纷逃难;我亦如此。

❖ ❖ ❖ ❖

对我而言,一切都变了模样。我刚从医院回家,在那里拿掉了右侧乳房上的一个小囊肿。这是第二次了。囊肿是良性的。但我依然对于前景的不确定性而深感惴惴不安。术后的伤痕向我警示这个家族的病史。看看母亲,再看看我自己。莫非癌症也是我的必经之路?

还在孩提时,我就意识到我的外祖母莱蒂只有一侧乳房,当时我也没有大惊小怪。她的身体就是那样。她喜欢在热气腾腾的浴缸里泡澡。我总是坐在浴缸旁给她读我喜爱的童话故事。

"再读一个,"她总是这样说,她的身心得以彻底放松,"你读得太好了。"

我记住的全是外祖母的美丽——她滑润透明的肌肤,她的身子随着海绵的揉擦缓缓移动的样子,让水从双肩徐徐流下。我喜欢她身上那股薰衣草的味道。

看到母亲身上的刀痕也没有让我感到吃惊。它不像她母亲的伤痕那样令人触目惊心。她胸部的皮肤平展紧绷,手术没有让肌肉受损。

"只不过是不方便,"母亲说,"仅此而已。"

当我照镜子时,布鲁克站在我身后,亲吻着我的脖子。我低声对他说:"托住我的乳房。"

◆ ◆ ◆ ◆

成百上千的白鹈鹕并肩直立于一片残留的柏油路断面上,直至它最终沉没于大盐湖中。它们看上去并不像逃难的样子,互相碰撞,咬嘴,大口喘气。它们喉部那橘红色的大气囊来回呼扇着,那是它们让身体变凉的器官。有些白鹈鹕在理毛,有些在展翅。另一些直立着,向前走几步,倾斜身体,然后滑入水中,再像软木浮标似的猛然露出水面。它们那洁白的身影和橘红色的长嘴令它们在这片荒漠上呈现出某种亦真亦幻的景色。

白鹈鹕在大盐湖的家在甘尼森岛,那是160英亩贫瘠的地带,位于大盐湖西北的湖湾。大约有1英里长,半英里宽,高出湖面近78英尺。

迄今为止，大盐湖湖水的泛滥还是有益于白鹈鹕的。铁路架桥将普罗蒙特里半岛南端与大盐湖东岸连接起来，减缓了盐水向熊河的侵入。注入熊河的溪水使河水水位升高，保持了河湾水流的清澈，促使了鱼虾的繁殖。从而，也使鹈鹕的数目增多。

如同加州鸥一样，甘尼森岛的鹈鹕也必须每天长途飞行到有淡水的地方去寻觅鲤鱼或雪鲦。许多鹈鹕的鸟群根据沙漠的气温特征，白天飞行，夜间觅食。甘尼森岛与世隔绝的地理位置对幼小的鹈鹕起到了天然屏障的作用，因为除了天气炎热及无情的海鸥之外，那里没有食肉动物。熊河湾成为它在大盐湖唯一的觅食场地。

在交际能力方面，甘尼森岛的鹈鹕与加州鸥也禀性相同。白鹈鹕喜欢群居。只要有一只鸟行动，众鸟就会尾随而上。拿捕鱼来说，四只、五只、六只以至数十只或更多的鹈鹕以群体的方式觅食。它们形成一个圈捕鱼，将鱼像牛羊那样驱成一群，赶到浅水中，这样便可更有效地将它们捞起吞食。

鹈鹕集体合作的捕鱼方式颇有益处。这使得它们的食源更集中，节省了能量，成效显著：吃得饱饱的。鹈鹕在返回甘尼森岛时肚子（而不是喉囊）里装满了鱼。它们让小鹈鹕在它们喉咙深处啄食反刍的碎鱼。

以群落的名义齐心协力是个不错的模式。杨百翰曾尝试过此模式并称之为联合公会。

联合公会是基于摩门教构架，旨在建立一个完全自足社会的绝妙规划。它是由保守人士播下的社会主义的种子。这位"美国的摩西"[1]是如此热衷于当地产出所有需要的产品，以至于首创了当地的桑蚕丝绸业，让圣徒们放弃因喜爱丝绸衣服而对东方的依赖。

实用主义者杨百翰建立联合公会的灵感不是来自上帝，而是来自洛伦佐·斯诺，一位摩门教使徒。他于1864年以先知[2]之名在北犹他社区建立了一个贸易合作社。百翰城成为人们互相帮助、齐心协力的一个样板。

该城建于1851年，位于沃萨奇山脉之麓的博克斯埃尔德克里克，在大盐湖以北60英里处。它原先只有大约六户人家，到了1854年，洛伦佐·斯诺率另外五十家迁入。后者是应百翰教友之召，在那里居住并管理那个地区的摩门教徒。

居住在百翰城的家庭是由教会领袖精心挑选的。其中包括一名教师、一名泥瓦匠、一名木匠、一名铁匠、一名鞋匠以及其他各有所长的手艺人和商人，以确保该社区经济和社会生活的活力。

洛伦佐·斯诺是依据社会生态学的模式来组建社区的，即个人之间的合作要在一系列特定的相互行为中进行。每个人都要在自己的"生境"中活动，加强和支撑整体机构或"生态系统"。

鉴于要保障大约一千六百位居民的生活需求，使徒斯诺组建了一个日用商品合作社。摩门教历史学家伦纳德·J. 阿林顿解释道："正是由于他欲将这种贸易合作社作为整个社区经济生活及所需工业发展的基础，才使得该社区自给自足。"

1　摩西是基督教《圣经》中率领希伯来人走出埃及的领袖，此处指杨百翰。
2　宗教中常用的概念，指能够与神交流并预见未来的人。此处指杨百翰。

随后，百翰城合作社又增添了制革厂、乳制品厂、毛织厂、养猪养羊场。其他企业还包括罐头厂、制绳厂、木桶厂、温房、苗圃、制刷厂以及马车修理店。还专设了教育部以监督指导学校及神学院。

社区甚至还为流动人口提供食宿，宣布设立"流动人口管理部"，让他们通过伐木来换取一顿饱餐。

当百翰城合作社被并入杨百翰的联合公会之后，会员们被告知：

> 如果教友们不幸因火灾或别的灾难而使房屋财产受损，联合公会将为他们重建或重置房产。当这些教友或其他联合公会会员不幸去世时，公会会长便成为其家庭的监护人，从生者的利益出发，关照料理死者为其遗孀及子女留下的股份遗产。当儿子结婚成家时，如其父生前所望，给予他们以房屋及持家之职。如果他们奉命出使或生病也应受到类似的关照。

截至1874年，该社区四百户人家的经济生活都是由这个联合公会操持管理的。城里没有别的商店，十五个百货公司（后来增加到四十个）为社区生产所需的货物并提供服务。每家每户都从这些资源中获取其食品、衣物、家具和其他生活必需品。

1877年，公会秘书的档案中记载，五百八十五位股东所持的股本为191000美元。各百货公司支付给三百四十名员工的总收入超过260000美元。

杨百翰所倡导的"要关照所有会员自身特性"的理想社会似乎开花结果了。百翰城合作社甚至引起了英国社会改革家布朗蒂尔·奥布赖恩的注意。他特意提到摩门教徒已经"起死回生"。爱德华·贝拉米[1]在百翰城住了一周，收集小说《回顾》的素材。那是一本预示一种新的经济社会秩序即将诞生的乌托邦小说。

事实证明，家用产业是促使经济发展的坚固基础。

然而，有迹象表明不可避免的衰退已经开始。一名百翰城居民的后代告诉阿林顿，他的祖父与另一位当时显赫一时的百翰城公民于19世纪60年代后期合伙经营。他们的男子服饰店是城里仅有的一家可以买到非手纺粗布材料的店铺。当他们梦想成真，生意兴隆之时，被要求加入公会。他们婉言拒绝，结果，城里的百姓立即被通告不得到他们的店中购物。当社区某些人不顾教会的官方通告，执意与他们做生意时，教会就安排人在店铺门口记录下所有进店购物的人名，尽管合伙经营的人是身份相当好的摩门教徒。这种手段迅速击垮了他们的生意，迫使他们到别处开店。

社会生态学的模式——百翰城合作社——开始瓦解。该模式的推行者们忘记了一个关键的因素：多样化。

1880年7月20日的联合公会备忘录记载："公会一致通过以下提议：反对与公会离心离德的行为，反对所有那些擅自开店、

---

[1] 爱德华·贝拉米（Edward Bellamy, 1850—1898），美国作家。他的小说《回顾》（*Looking Backward: From 2000 to 1887*, 1888）描写了一位沉睡百年的美国人在2000年苏醒时看到的美国，那是一个合作友爱的乌托邦式的国度。当时，曾轰动一时，美国出现了一百六十五个"贝拉米俱乐部"，讨论并传播此书的观点。

为他们建房或与公会作对的行为。"

历史向我们表明，以构建企业帝国的名义而排外的做法总是以失败而告终。对不一致的恐惧削弱了创造性，而创造性存在于顺应时局的发展之中。

当时，洛伦佐·斯诺担心百翰城合作社无法适应和及时满足日益增长的人口需要。这种担忧不幸言中。火灾、债务、税务及罚款都向公会压来。使徒斯诺因非法同居（一夫多妻）罪被告上法庭。他在犹他州监狱服刑十一个月之后，被联邦最高法院免罪释放。由于19世纪90年代的大萧条，合作社的商店最终倒闭。截至1896年，百翰城原先繁忙的工业区留存的仅有新杂货铺货架上封存完好的蜂蜜。

联合公会十五年的苦心经营为犹他州的百翰城增辉添彩。它是社区合作社的样板吗？在某种程度上是。但是自给自足的体制与自我持续的体制之间有着根本的区别。一种排斥多样化，而另一种则需要多样化。杨百翰的联合公会想独立于外在世界，白鹈鹕的包容万物的公会则暗示这是行不通的。

❖ ❖ ❖ ❖ ❖

"你会数鸟吗？"一天上午，唐·保罗在奥格登机场问我。

"一、二、三……"我调侃道。

"上来吧，你会做得挺好。"

我们登上"空中飞车Ⅱ号"，前往甘尼森岛进行野生动物资源保护协会犹他州分会一年一度对白鹈鹕繁殖状况的普查。

飞机做好起飞准备并开始在跑道上滑行。片刻之间，我们就飞上蓝天，在农田上飞行。原先星罗棋布、长满谷物的熟悉的田园已被水淹没，陡然间，我们飞行于一片汪洋之上。从空中俯视大盐湖如何掌控大地之风景，就会对它改天换地的能量产生敬畏之心。

"我真没想到……"我凝视着下方。

"没人能想到会是这样，"唐答道，"除了鸟之外。"

当我们俯瞰这片"内陆之海"时，犹他州诗人艾尔弗里德·兰伯恩对它的描述闪现在我的脑海：

> 这片海的轮廓很独特，颇像人的手掌。五指并拢，指向北方和西北方。形成拇指的那片水域被称作熊河，而分布于拇指与其他四指之间的群山是普罗蒙特里山脉。在手掌中有四大岛屿：斯坦斯伯里岛、安蒂洛普岛、卡林顿岛及弗里蒙特岛。另外还有三个小一点儿的岛屿分布于北部：斯特朗斯诺布岛、甘尼森岛及海豚岛。

当洛伦佐·斯诺苦心经营联合公会时，兰伯恩居住在甘尼森岛，生活在他自己的与世隔绝的"公会"之中。艾尔弗里德在岛上住了一年，想把那里的75英亩地变成家园。但他的想法不切实际。道理很简单，那岛只适合采矿而不适宜农耕。鉴于摩门教禁止烈酒的教规，他精心培植的葡萄也没有促使他在岛上居住的愿望成为现实。

我可以在我的右下方看到淹没在水中的熊河候鸟保护区的办公室。苍鹭和鸬鹚栖于它们的房顶。位于我们左下方的弗里蒙特岛看上去像是一片满目疮痍的燧石群。

"那儿没有鸟群,"保罗说,"没有土生土长的草,什么都没有,只有威尔士小型马[1]和羊。那座岛已经毫无生气了。它现在归私人所有。基特·卡森[2]在一块凸出的岩石上画了个十字架,可是我找不到。我曾经试过。"

飞行员瓦尔将飞机滑向左侧。又有三个岛屿映入眼帘。

"那是斯坦斯伯里岛和卡林顿岛,那边那个小岛是哈特岛,以前叫作鸟岛。那里原来布满了正在繁殖的鹈鹕、苍鹭、海鸥、燕鸥和鸬鹚。可是现在你看,它几乎全被水淹没了。"

在我们的下方,盐水褐虾如同红褐色的丝带随着水浪漂荡。海鸥、鹛鹏及瓣蹼鹬正沿着红褐色的丝带觅食。

"实际上,在大盐湖的南分支已经没有盐水褐虾了,"保罗说,"所以,那里大多数的瓣蹼鹬和鹛鹏都迁移到了这里。"

"前方就是甘尼森岛。"飞行员通告。兰伯恩的描述精确无疑:

> 那是一片从山脊的沙漠中凸起的岩石,一个由纵横交错的粗犷砾岩形成的黑色石灰岩岛屿。

飞机沿西岸在岛上盘旋。飞行员尽力将机身向右倾斜,以便唐·保罗看清需清点的鸟类。他开始把那里群集的鹈鹕记载下

---

1 适合生活于山地与沼泽的一种小型马。
2 基特·卡森(Kit Carson,1809—1868),美国边疆开发者,因对美国向西扩张做出贡献,跻身于英雄人物之列。在美国西南部如内华达州、科罗拉多州、加利福尼亚州都有以他的姓氏命名的城市和地名。

来。岛上有一窝一窝的鹈鹕。

"多数鹈鹕都很小,"他解释道,"成鸟都在熊河湾觅食。刚才飞过去的时候我看到它们在觅食。"

我们又在岛上盘旋了一圈,让他继续清点鸟的数目并在他的甘尼森岛地图上做标记。

"从鸟巢来看,它们都是同步的。"

"同步的?"我问道。飞机飞向东岸,看上去那边的岩石更多。在东岸,我没看到集群营巢的鹈鹕。

"在集群营巢的鹈鹕中,它们的繁殖活动是高度同步的。在任何特定的集群营巢的鹈鹕中,排卵、孵卵、喂养雏鸟都是在五至十天之内发生的。"

我们又飞向岛的西岸。他让瓦尔将机身向右倾斜,并尽量低飞。

"可是,这种特殊环境的有趣之处是,就总体而言,甘尼森岛上鹈鹕的繁殖活动又不是同步的。不同鸟群繁殖周期的阶段可以相差四至八周。"

"那有什么益处吗?"我问道。

"科学家们推测,集群营巢的鸟类增加了个体成功找到食物的机会。为达到以上目的,这些鸟或是在鸟群中相互传递哪里食物充足的信息,或是促使鹈鹕成群结队,并以鸟群的形式离开小岛,这样便可利用暖流的效应。然后,当它们发现觅食场地时,就会集体捕鱼。"

"如果每群鸟的繁殖及喂养时间相同,"唐·保罗接着说,"群居经济模式就没有益处了。众鸟争抢食物不仅会减少食源,而且会导致鹈鹕的死亡。然而，一个月之后，情况就不同了。那时有充足的食物。甘尼森岛鸟群之间依次交错的繁殖阶段在生态学方面颇有意义。"

"我们可以再试一次，"瓦尔说，"那里有一个兰伯恩于1850年搭建的三角形营地。"

我看到了山峰上的三根木棒。我试图确定兰伯恩小木屋的具体位置，却只看到水鸟积粪挖掘者的工棚。当我们在岛上做最后一次盘旋时，我辨认出了兰伯恩描述过的北部山崖："一只盘卧的雄狮。他那巨大的头面向东方，凶猛的爪放在下部的岩架上。"

山河依旧。

"情况就是这样……"保罗说道，"空中飞车Ⅱ号"开始了返航的水平飞行。

"数了多少只鸟？"我问道。

唐·保罗看了看他的记录，"一万只正在繁殖的成鸟。"

水、石、鸟。我不知道杨百翰是否去过甘尼森岛，或观察过白鹈鹕和谐的社会。但是假若当时他更多地关注大地而不是"上苍"的话，他管理西部大盆地圣徒的思路或许会有所改变。

黄头黑鹂

湖面海拔：4209.55英尺

母亲的病情似乎很稳定。

大盐湖似乎也很稳定。我期待已久，想去看看鱼泉国家野生动物保护区。眼下似乎是最好的时机。保护区是另一处沙漠中的绿洲，毗邻沙漠试验中心，后者是位于西部大盆地中的多个军事轰炸靶场之一。

我沿着那条古老的马车道，在山艾丛[1]中穿行。从盐湖城出发到达目的地要向西驱车四小时。那是一片贫瘠荒凉的乡土。一道隐隐约约的绿色显露在地平线上。那是灯芯草，一方供鸟类活

---

1 美国西南部荒漠地带生长的一种灰绿色灌木。

动的缓缓流动、随风摇曳的舞台。

鸟儿全在这儿：反嘴鹬、长脚鹬、众多的水禽、大苍鹭、夜鹭、苇鳽、黑鹂、斑翅鹬、彩鹮、白尾鹞以及燕鸥。我坐在泉水边上，目不暇接。这时，一只雪鹭"啪"地一声将一只黑白翅的蜻蜓捉进口中。

鸭子也来了。草地鹨和黄头黑鹂是暮色中最后的歌手。镶嵌在西部大盆地的邦纳维尔湖，一汪碧水，轻轻地撞击着盆地的边缘。今晚，群山宛若紫色的薰衣草，被轻风吹起一道道蓝色的皱褶。

星光闪烁，一弯新月。我把睡袋扔到地上。沙漠的寂静如同水面上的一束光，给我以启迪。

✦✦✦✦✦

鱼泉那边有沙丘。那是待长途旅行者探索的秘密。它们是动物的盔甲。风扬起了沙子，露出了沙漠的骨架。沙丘也是血肉之躯。

而且，沙丘是女性的象征。那流动敏感的曲线，是女人的背。还有她的胸部、臀部、胯骨和盆骨。它们是大地自然的形态。让我赤裸裸地躺下，消失在大地之中，成为隐生状态[1]。

风从我身上吹过。沙粒掠过我的肌肤，钻进我的耳和鼻。我只感觉到自己的呼吸。我的肺活量增大了。风越来越强。我吸了一口气，任凭沙漠之风摩挲着我。一只渡鸦近在咫尺。我呼出一口气。渡鸦飞走了。

在沙漠中，一切尽在瞬间。

---

1 在生态学中，隐生状态意为某种生物依靠自然环境的保护色藏身，避免被发现和关注。

美洲潜鸭

湖面海拔：4208.50英尺

1985年9月，唐·保罗的调查结果出来了。野生动物资源保护协会犹他州分会就鸟类数目及繁殖地的调查表明，大盐湖水位的上升对其周边集群营巢的鸟类造成了影响。一些鸟类适应了变化，而一些则没有。数据的收集是由洛杉矶城电力照明部资助的。最近，后者由于降低莫诺湖[1]的水位而被野生动物协会[2]告上法庭。

---

1 位于美国加州，是多种鸟类的栖息地。多年来，由于向洛杉矶城区供水，使得该湖的湖水减少，湖面缩小。
2 美国非营利倡导环境保护及教育的组织，有五百多万名成员，并在全美四十八个州下设附属组织。

大苍鹭、雪鹭和鸬鹚这些在树上筑巢的鸟都是湿地洪水的受益者，因为人和树上的食肉动物都无法进入水禽管理区。这些鸟喜爱的筑巢地是死树。由于泛滥的盐湖水，导致大批树木死亡。那些曾经为歌雀遮阳蔽日的白杨树和复叶槭如今都只剩下光秃的枝干，成为苍鹭和鸬鹚集群的窝巢。

然而，它们也有它们的问题。比如，它们原先在低矮的柽柳灌木丛中筑巢，但几周前水位上升时，它们的卵及雏鸟就被洪水淹没。

不出所料，依靠茎秆坚硬的灯芯草而生存的白脸彩鹮和弗氏鸥损失最惨痛。占全球总数80%的白脸彩鹮栖息于犹他州，因此，损失可谓重大。

1979年犹他州白脸彩鹮的数目估计在8690对。1985年根据集群营巢调查的记载是3438对。弗氏鸥数目的下降更为剧烈：20世纪70年代后期的调查表明，正在繁殖的弗氏鸥有1000对。而今年则只有51对。

人们希望众多正在繁殖期的彩鹮和弗氏鸥的成鸟幸免于难，并迁移到西部大盆地更稳定的湿地。在鱼泉和内华达州的鲁比湿地，这两种处于繁殖期的鸟数目都呈上升趋势。熊河东北部的卡特勒湖和贝尔湖湿地的彩鹮和弗氏鸥的数目也处于上升状态。

在大盐湖周边营造地巢的鸟之中，反嘴鹬和长脚鹬被彻底驱除了。几乎没有留下泥滩，它们的繁殖地被洪水侵占了。有人看到一些成双结对的反嘴鹬在犹他与内华达州际公路铺满碎石的路肩上筑巢。

在过去的一百多年里，加利福尼亚州失去了95%的湿地。在过去的两年中，犹他州失去了85%的湿地。当湿地被毁灭时，与它们一起消失的不仅是在那里栖息繁殖的鸟类，还有许多别的物种。以犹他州为例，虎纹钝口螈、豹斑蛙、兰花、金凤花、数不尽的昆虫和啮齿类动物，以及依赖它们生存的鸟类和哺乳动物全都消失了。

湿地是地球上最具繁殖力的生态系统。它们也是受到威胁最大的生态系统。

在全国范围之内，有七十六种濒临绝种的物种依赖湿地生存。毫不夸张地说，全国的湿地正在消失，使得这片国土不会再有鸟鸣。在洪水中失去孵雏的长嘴杓鹬对其物种的生存而言，成为尤其珍贵的一代。无论是由于干旱，比如对北部草地深穴的影响，还是加州中部盆地中的高度污染，或者仅仅是由于开发——我们的湿地都正在消失。

湿地是大盐湖另一个充满矛盾的难题。这里的湿地在自然地消失。对犹他州湿地的鸟类及动物造成威胁的并非是严酷的冬季或每年的洪水泛滥，而是缺乏土地。当大盐湖一年一度的涨水处于正常范围时，鸟类只是迁移至高处。它们总会发现新的栖息地。它们也总会打造新的栖息地。可是，如今，它们没有这种选择了。它们如同惊弓之鸟，从高速公路的路边和正在迅速扩大的飞机场上陡然飞起。

它们是狼狈不堪的难民。

在大盐湖涨水之前，每年秋季有成千上万只的小天鹅（现在被美国鸟类学家协会称作"冻原天鹅"）落在熊河湾。在10月中旬至11月中旬之间，据统计在熊河候鸟保护区有多达六万只小天鹅,成为北美迁移小天鹅中最大的群落。

1984年11月,据统计,在候鸟保护区只有二百五十九只小天鹅。一年之后,仅有三只。

◆◆◆◆◆

鸟类生性爱投机取巧,然而,随着高速公路及交通的飞速发展,供鸟类生存的资源日益减少。

今年,犹他州立法拨出9800万美元用于控制洪水。管理者为犹他州水禽所考虑的选择方案有:等待湖水回落,因为显然它终究会回落;去寻找更多的栖息地,特别是那些新出现的湿地;或者,降低湖水的水位。

野生动物资源保护协会大盐湖城分会的水禽生物学家蒂姆·普罗文指出:"湿地并不自行繁衍雏鸟,从不。湿地只是在候鸟的迁移期收留它们。让鸟类在那里待上一段时间,每次二、三、四个月,养息觅食。自从洪水泛滥之后,在湿地繁殖的七八十万只鸭子数目下降了85%。"

他继续说道:"大盐湖湿地曾经拥有最多的美洲潜鸭,但这些鸭子极易受高水位的影响,受洪水打击最大。它们现在不繁殖后代,数目下降了60%至80%。我们从直接统计数据中发现了栖息地的损失与繁殖力之间的关系:70%的栖息地受损,70%的雏鸟就没有了。我们的美洲潜鸭正在向别处迁移,而在那些地方,它们的繁殖力会减弱,也更易受到肉食动物的威胁。"他凝视着窗外:"我看到美洲潜鸭、帆背潜鸭、阔嘴鸭、桂红鸭静静地伏在水面上,像是受到了惊吓。"

"熊河的湿地多久才能重现？"我问他。

"可能要在大湖退水之后的三至七年，它才会开始产生重要的转机，因为土壤含盐量过高。要恢复土地的养分，要使湿地再长出植物，这个转变过程需要十五至二十年。"

"事实上，那里的生态系统是不能复位的。陆地上的其他任何生态系统都无法取代或吸收这片复杂的湿地。有一种临界，我们一旦跨越，便无法恢复。当鸟类的死亡率高于出生率时，我们就麻烦了。无人知道对策。我们正在寻找对策。"

双领鸻

湖面海拔：4208.40英尺

祖母咪咪、母亲和我都根据自己的星座算了命。这似乎是件合情合理的事情。如咪咪所说："如果占星术可以对各种人类的困惑有所明示，为什么不算一卦呢？"

我们决定在大盐湖畔野餐，聊聊我们的星座图。我们坐在湖边用来加固湖堤的巨石上，各自在阳光下找到了自己的位置。三个女人：一个狮子座，一个双鱼座，一个处女座。一个祖母，一个母亲，一个女儿。

天气晴朗但十分炎热。我们看到了六只棕硬尾鸭、一对美洲潜鸭、反嘴鹬和长脚鹬、成群的弗氏鸥、落在黑肉叶刺茎藜上的小伯劳以及草地鹨。

我和咪咪全神贯注地开始了我们的观鸟程序：定位、聚焦、观察、确认。当被观察的鸟飞走之后，我们仔细研读《野外观鸟指南》，为先前看到的究竟是什么鸟而争论不休。

母亲被我们逗乐了，她说但愿能像我们那样喜爱鸟。但是，自从看过阿尔弗雷德·希区柯克[1]的电影《群鸟》之后，她就没缓过劲来。当蒂比·赫德伦[2]在海鸥（不管是环嘴鸥还是加州鸥）愤怒的复仇中仓皇逃离时，她分明看到了自己的影子。

◆ ◆ ◆ ◆

"说说看，你相信什么？"母亲问道。

"我相信每个女人都应当至少有一双红鞋……"我答道。

母亲笑着说，"我是认真的。"

"我也是。"

"当我是一个有四个孩子的少妇时，我总是为自己的未来活着。"她说，"我做的每件事都是为未来而设计的。所以，我总是那么忙，忙得昏天黑地，为了明天，为了下周，为了下个月做准备。然后，有一天，所有这一切都改变了。三十八岁时，我发现自己得了乳腺癌。我问医生我应当为自己的将来做什么准备。当时的情景我依然记忆犹新。他说：'黛安娜，我的建议是从现在

---

1 阿尔弗雷德·希区柯克（Alfred Hitchcock，1899—1980），原籍英国，世界闻名的电影导演，尤其擅长拍摄惊悚悬疑片。他导演的电影《群鸟》（1963）以鸟群攻击海边小镇的故事，象征着人类所应遭受的一场来自天国的惩罚。

2 电影《群鸟》中饰女主角梅拉妮·丹尼尔斯的女演员。剧中梅拉妮几度受到海鸥的袭击，被群鸟啄成重伤，精神几近崩溃，后来，在朋友的帮助下，钻进汽车，逃离被群鸟袭击的小镇。

起你要好好地过每一天。'医生走后，当我躺在床上时，我在想我能活到明年送儿子上一年级吗？我能亲眼看到孩子们成家吗？我能享受儿孙满堂的天伦之乐吗？"她把目光投向远处的湖面，她光着脚，两腿伸开，一顶白色遮阳帽压住了她黑色的短发。"一生中，我第一次开始全身心地投入到每一天的生活之中。我还活着。我的目标再也不是长期的规划，而是每天的目标。这样的生活方式对我更有意义，因为每天结束时，我都会估量一下自己一天的成果。"

一群滨鹬从我们眼前飞过。

"我相信当我们全身心地活在眼下时，我们不仅自己活得好，而且是为了别人活得好。"

咪咪问她："黛安娜，那么，为什么我们就这样心甘情愿地放弃了我们自己的权威呢？"

"这很容易理解，"我贸然插嘴，"我们不必思考。让别人去操心管事吧。为什么我们如此害怕自私呢？为什么我们总是以别的事为借口，分散自己的注意力，远离自己的创造力呢？"

"同样的理由，"母亲答道，"这很容易。我们自己无法想象出何时我们就会永久地离家人而去。你不能总是给予而耗干自己。我们得想方设法找个地方给自己加油充电。"

"可是那与我们的文化传统是不相符的，"咪咪说道，"我们所受的教育就是要牺牲自我，勤俭持家，吃苦耐劳。还有其他我致力于培养的美德。"她笑着说。

"我讲个笑话。"我说道，"男人怎样给女人以礼遇？"

"我不知道……"母亲答道。

"他先把她当偶像似的供起来,然后,再让她从圣坛上走下来。"

咪咪笑了。母亲忍住没笑。

"别乱讲,特丽。"

"噢,妈妈,放松点。没人监视我们——除非这些石头里装了窃听器。"我拿起一块石头,看看下面。

"我们还没动我们的星座图呢。"咪咪边说边拿出她的图。

我和母亲找出了我们的。我们交换着看彼此的星座图。事先我们已经听了有关每个人星座的录音磁带。

"我喜欢关于特丽干净整洁、做事严谨那部分,"母亲打趣道,"我记得当你大约十三岁时,站在你卧室中间的情景。你壁橱里的东西全堆在地板上,桌子上堆满了作业本、绘画纸。我记得当时我在想,我有两种选择——我可以在她的一生中天天对她唠叨,让她保持房间的整洁——或者,我可以关上门,保持我们之间良好的关系。"

"感谢你选择了后者,"我说,"不过,布鲁克的想法或许正相反。"

"黛安娜,在你的图解中令我惊奇的部分是,"咪咪说,"你一生中所处的那种渴望幽静的自身需求与对家庭的责任感之间的紧张心理。"

"我想,为此我已经付出了身体上的代价。"母亲边说边把目光转向湖面,然后又转向我问道:"你的图解有让你觉得惊奇的地方吗?特丽?"

"我觉得对我最有益的部分是我意识到自己能有三种思路。

记得她说我看一个茶杯时的情景吗,我可以说'这杯子真可爱,看看那白骨瓷上粉红色的玫瑰花';或者'这杯子真奇妙,想想它在人类历史中的位置',或者'看看这只杯子,它的边缘有咖啡沫和色斑'——你的怎么样,咪咪?"我问道。

"人活到了七十九岁,还能知道些什么呢?只不过是对我已知的认可而已。我意识到了自己强烈的好奇感,自己想理解周围世界的义务感。我努力地去听我必须要留意的那些特征。我意识到如同一只狮子,我有率直强硬的个性,但我希望自己可以逐渐变成一只充满智慧的狮子。"

"我相信在一生中,我们必须出于正当的理由做些事情,因为我们乐意做这些事情,而不期待有所回报。否则的话,就会不断感到失望。"她不停地把绿松石的手镯在手腕上来回抚动着,"因此,我有了两个儿子,约翰和理查德。我生儿子是因为我想要,而不是因为当我年老时有所依靠。当我五十岁时,就退出了所有的社会团体及各种俱乐部,这样便能有时间与孙儿们相处,这并不是因为他们以后会对我和杰克[1]有所回报,而是因为那是我想做的事情——而且我一直喜欢做。相信我的话,这些都是自私的决定。"

接下来是一阵沉默。

咪咪望着我:"你呢,特丽?"

"我相信直面生活,不要因畏惧失去得太多而害怕冒险。"我没往下说。在我身边站着刚从癌症的阴影中走出来的母亲,以及

1　杰克是约翰的昵称,此处指作者的祖父小约翰·亨利·坦皮斯特。

已经迈入老年门槛的祖母。她们是看着我出生的女人,而我则要目睹她们经历死亡。

我们三人凝视着远处的湖面,那如同中国青花瓷般的湖色,荡起的湖波令我们心醉神迷。

"你们发现鸟类保护区的变化了吗?"我轻声问道。

咪咪把她那宽厚的手放在我的手上,"我不知道……"她喃喃地说,"你只是随它而变化。"

一只双领鸻在我们坐的地方几英尺之外落下。

"呵哟—嘀儿!呵哟—嘀儿!呵哟—嘀儿!"

"那是只什么鸟?"母亲问道。

"双领鸻。"咪咪答道,拿起了她的望远镜。

我站起来,想看个仔细。突然,它开始假装断了只翅膀,在沙地上拖着那只翅膀转圈。

"它受伤了吗?"母亲问道。

"没有,"我说,"我们肯定是离它的巢很近。它在试图分散我们的注意力。那是个防护手段。"[1]

"我们跟鸟也差不多。"咪咪说道。她满头的银发在阳光下闪烁,"我们走吧。"

当我们起身离去时,母亲转向我说道:"我真高兴你穿了你的红鞋……"

---

[1] 每当双领鸻的鸟巢受到威胁时,成鸟都会假装受了重伤,此举通常能引诱食肉动物远离它们的鸟巢和雏鸟。

小天鹅

湖面海拔：4208.35英尺

雪花飘飘。红苹果悬挂在光秃秃的枝头。

我刚从塔姆拉·克罗克·普尔弗的葬礼上回来。那是儿时伙伴和家人的重聚。我们的邻里乡亲都在教堂的木长椅上坐下。我紧挨着母亲坐，思忖着我们能够在一起的时间还有多长。

◆ ◆ ◆ ◆

走在经过风暴洗劫之后满目疮痍的大盐湖湖畔与走在正常涨潮之后的湖畔，情景大不相同。没有贝壳，没有蠕动的海草或螃蟹。留下来的是一则苍白的故事：羽毛、白骨、偶尔映入眼帘的埋在盐中的鸟以及囤积在流木中的一汪汪盐水。除了猎鸟季节之后冲上岸来的子弹壳之外，大盐湖那荒凉的湖畔几乎了无人迹。

昨天，我漫步于斯坦斯伯里岛北岸。当一群小海鸥掠过湖面时，大盐湖映出了它们柔嫩的羽翼。天气寒冷，风声阵阵。浅浅的碎浪轻声叹息着一层层地打向湖岸。我注意到前方有一大团白色的物件，离湖水荡漾的岸边几英尺之遥。

那是一只死天鹅。它的身体扭曲着躺在那里，如同被遗弃的恋人。我久久地观察着这只天鹅。它的羽毛上没有血迹，也无枪伤。很可能，这是一只最近从北方迁移而来的天鹅，被疯狂的大盐湖洪水击昏了。它是被淹死的。

我在这只鸟旁边跪下，脱掉鹿皮手套，抚摸着它的羽毛。这只天鹅的肢体依然柔软，说明它刚死不久。我把它的两只翅膀从体下拿上来，平放在沙地上。把它卷在一起的长脖子铺开可非易事。但是，最终，我将天鹅的下颚平铺在岸上，还是把它抻直了。

它那黑色的小眼珠已深陷入黄色的眼眶内。它是一只小天鹅。我寻找两粒黑石子，找到了它们，并将它们像两枚硬币那样置入它的眼眶中。它们在那里立住了。随后，我学着母亲和祖母用唾液给我洗脸的方式，用我的唾液擦拭天鹅的嘴和脚，把它们擦得漆黑铮亮。

为了装饰这只天鹅，我已忘记花了多少时间。令我铭记于心的是躺在它的身旁，想象着这只白色的大鸟展翅飞翔的情景。

我想象它那颗强壮的心驱使它不分昼夜地向前。我想象它从极地冻原腾飞时深深的呼吸。我想象它们飞向南方时在秋天晴朗的夜空所看到的璀璨的星光。我想象着它们在飞过一轮明月时的身影。我想象着湖光潋滟的大盐湖像母亲般地呼唤着天上的天鹅，而突如其来的风暴使得它们生离死别，造成千古遗恨。

我试图倾听它身体的宁静。

暮色中，我离开了那只天鹅，它像耶稣遇难的十字架，留在沙滩上。我不忍回头。

美洲雕鸮

湖面海拔：4208.45 英尺

"那真是地地道道，原汁原味，"咪咪这样评论在犹他州米尔本过的感恩节，"林中的小木屋，桌上放着火鸡，一家四代共同祈祷。那是典型的美国式的。"

她说得没错。我们纷纷聚集到我叔叔婶婶位于乡间小镇的住所。里奇和露丝邀请所有坦皮斯特家族的人到那里过感恩节。那天，来了二十六位亲友。

当咪咪、母亲和露丝在厨房准备盛宴时，我们这些孩子又回到了童年。

"一会儿就该吃饭了……"咪咪提醒道。

我们如同脱缰之马，冲向外面，七个男孩，两个女孩，不像表兄妹,倒像亲兄妹。当我们的表兄弟们去寻鹿时,我与表姐琳恩沿着小溪边散步。

"黛安娜怎么样?"她问道。

"挺好,"我答道,"我想当她意识到医生已尽了最大努力时,心情会调节得好一些。可是你不能根据病情预测去生活。我妈妈有一种神奇的能力,顽强地生活。我真的认为她的状态挺好。"我弯腰捡起一支羽毛。

"这是美洲雕鸮的羽毛,"我说着,把它递给琳恩,"或许,晚上我们可以去看美洲雕鸮。今晚是满月,知道吗?"

我们回到家,与前厅里的祖父和父辈们相聚。

"看到什么了?"里奇问道。

琳恩给他看捡到的羽毛。

"美洲雕鸮。"他说着,指向他牛仔帽饰带上插着的一支美洲雕鸮的羽毛。

我和琳恩都笑了。杰克拿过羽毛,用手指轻轻地拂了一下。"挺漂亮的……"他说,把它递给了我爸爸。他们继续讨论犹他州的政治,爸爸挥动着羽毛,强调他谈话的要点。

"他们现在引进了太多外州的承包商,"他激动地说,"我们州的就业机会都不足了。"

"而且,投标变成了对谁都免税。"里奇补充说。

屋子里,咪咪做好了肉汤——用的是她祖母曾用过的菜谱——并通报可以吃晚饭了。露丝打开后门,摇响了三角铃。我们在巨大的松木桌前各就各位。我的叔叔用低沉的声音祈祷,感谢上帝让我们相聚。

"阿门!"我们齐声说。一盘盘的菜在我们手中传递。

晚餐后,我的表兄鲍勃生了一盆火。男人们在地板上躺下睡觉。咪咪和露丝仔细地查看火鸡架,看还有无剩下的肉丝,琳恩将剩菜分盘装好。

"给你这个,黛安娜。"露丝说着,递给母亲火鸡的叉骨[1]。

母亲接过叉骨,用毛巾将它擦拭干净。

"我们是把它放干再拉还是现在就拉?"她问道。

"咱们现在就拉吧。"琳恩说。

母亲把叉骨的一端递给我,她知道我的那端会断。

"拉吧。"她说着,脸上带着恶作剧的笑意。

---

[1] 鸟胸部的Y字形骨,又译"如愿骨",英文为wishbone。据说二人同拉吃剩的叉骨,得长段者能实现愿望。

走 鹃[1]

湖面海拔：4210.90英尺

我要为博物馆在西部沙漠进行一次野外考察，问母亲是否乐意陪我去那里特定的选址看一看。我已将自己原先在博物馆教育部的任职换成了驻馆博物学家，以便有更多的时间进行野外考察、写作，并可以多与母亲相处。

我们沿通往内华达州的80号州际公路西行，母亲的萨博牌汽车如同一条鱼在被淹的高速公路上摇摆着行进。瓣蹼鹬在原来的马路中间隔离带上盘旋。透过天窗，我观望着海鸥。一个行将没入水中的绿色路标上写着：大盐湖10英里。

"我从来没见过这景象，"母亲说，"他们怎样处理这些水？"

---

[1] 美国沙漠中的一种杜鹃鸟，行动时更多是跑而不是飞，而且跑得很快。

"把水抽掉。"我答道。

大约开了70英里之后,我们看到了将要在盐碱地上筑坝的地点。在紫色的银岛山脉的衬托下,这整片区域看上去如同海市蜃楼。

只有在此时,它才是湖。

我们驶近一个九层的水泥建筑物,新竖起的"犹他之树"。它那些如同巨大网球似的色彩明亮的球体(或树叶?),每个直径13英尺,挂在一个高83英尺的闪光的竿顶。我们下了高速公路,出了车门,走向它的底部。

我跳上它的基座,大声读出牌子上的字:

"《隐喻》,作者卡尔·莫门[1]。"

我们二人不约而同地看着那棵钢筋水泥铸成的树,然后,相互看着对方。这是一位欧洲建筑家的作品,他将西部沙漠视为"一张巨大的、空空如也的白色画布"。这是他的创意,"在那里立起个什么物件来打破它的单调乏味"。

在晨曦下,它的影子如同一片蘑菇云投在盐碱滩上。

"这是西部路边的又一景……"母亲说。

又一辆车停下来。我们回到车上,继续赶路。从汽车反光镜中望去,那棵人工制造的树在盐碱滩上立起,如同一个小阳具,

---

[1] 卡尔·莫门(Karl Momen, 1934—),美籍瑞典裔艺术家,据说当他开车路过大盐湖西部的沙漠时,被那里博大空旷的景色所打动,于是就有了在沙漠中竖起一棵树的思路。他自己出资,于1982—1986年建成了"犹他之树",并将此建筑捐赠给犹他州。它位于荒凉的大盐湖沙漠,在80号州际公路以北,离犹他州境内的文多弗东约25英里处。

被周围的开阔空间衬托得相形见绌。

我们在一家州际赌场入住。内华达州境内的文多弗之于大盐湖城的人,就如同拉斯维加斯之于洛杉矶。我和母亲都得到了一些赠券,可兑现价值10美元的5分硬币。母亲和我都认为在吃角子的老虎机前消磨一晚比看电视有趣。在旅馆的房间安顿妥当之后,我们就来到赌场。

我们得先让眼睛适应那里的环境:昏暗之中闪烁着霓虹灯;黑色的墙和华丽的天花板;附近通道中播放棒球赛录像的喧嚣;以及那不绝于耳的铃声、赢者硬币哗啦啦的响声和他们的欢呼声。

我们坐在两个相邻的红凳上,开始往老虎机里塞5分的硬币并拉着摇柄。刚一上手,母亲就开始赢钱——樱桃、铃铛、单条和双条。我将凳子朝机器边移了移。我也开始赢了。我的眼睛都没有离开那不停闪烁着的红樱桃。我们不约而同地飞速急剧地摇着摇柄。母亲在赢,我也在赢。5分硬币像骤雨般地落入我们银色的盘子里。现在我的左脚放在我们两个机器之间的踏板上。放入五枚5分硬币,拉一下摇柄,一阵旋转声,出现三个条;5分硬币哗啦哗啦地落下。

我们周围聚了一群人。

"这俩女人运气真好!"

我们最想要的是三个"7"。

再放入五枚5分硬币,拉一下摇柄。樱桃又回来了,向前,再停止。我在与"7"沟通。我在心中已经看到了它们。集中精力,我不停地对自己说,也不停地对着机器低声说:"来吧……

来吧……"五枚5分硬币，拉一下摇柄；整个晚上，我都在为了那100美元的大宗钞票投入5分硬币。我的目光闪烁，我的胳膊放松。五枚5分硬币，拉一下摇柄；五枚5分硬币，拉一下摇柄；五枚5分硬币，拉一下摇柄；一枚5分硬币，拉一下摇柄……

7—7—7。母亲望着，我也望着。赌场经理顿足叹息。两百枚5分硬币开始落入盘子。那是十张10美元的钞票。或许，拿这100美元，能再赢两千枚5分硬币。可是在那种令人晕眩的凯旋之时，我还是见好就收。

赌场经理一脸的沮丧。我和母亲则笑得眼泪都流出来了。她的睫毛油顺着双颊往下流。

"咱们要吸取教训啊。"我说着，一只脚依然放在老虎机一侧。

母亲拿出她的手绢，笑着擦眼睛，"噢，特丽，别这样。就这一次，倒霉也认了！"[1]

◆ ◆ ◆ ◆ ◆

今天，我收到了咪咪的信。他们正在犹他州的圣乔治城过冬。信中写道：

亲爱的特丽：
　　一周来，杰克每天都要查邮箱。今天下午当他在睡觉时，我决定自己来看看有无信件。来信了，而且是你的信，

---

[1] 此处作者母女两人在开玩笑，觉得赢来的硬币对她们而言成了某种负担。

白色的大信封，字迹清晰。

收到你的信真开心。我很高兴现在你拥有了自己的时间，尽管调换工作会有个适应期。

今天早上我4点就醒了，为的是看哈雷彗星。我小心翼翼地穿上拖鞋、长袍和外套，这时突然听见有人问道："可以问问你起来做什么吗？"

杰克也要起来。我们无法从走廊上看到南面的地平线，于是便决定去寻找它。我们出门时是清晨5点15分。问题是上哪儿去找。

我们试了一下通往布卢明顿希尔斯的路，最后来到布莱克路。那儿是观看彗星的最佳位置，但是此时已是早晨6点钟——太晚了。

然而，那是多么美妙的一个早晨。看着光缓慢地出现在东方——色彩瞬息万变；日出时的桃红色和粉红色，深紫色，蓝色和灰色——我不是去看哈雷彗星的，大地及天空的美丽使我不虚此行。

我感到我有必要尽全力去看"哈雷彗星"。作家洛伦·艾斯利[1]用他的文字使它在我的眼前活灵活现。他在孩提时就见过它，并希望成年后再次看到它[2]。他几年前去世。我感到自己要为了他而看彗星。感谢上帝，我在11月总算

---

1 洛伦·艾斯利（Loren Eiseley，1907—1977），美国人类学家、科普作家、生态学家及诗人，以描写人类与自然的作品而著名。其作品对于环境保护运动起到了推动作用。
2 哈雷彗星每隔七十六年左右出现一次。

是看到了一点儿。直至来年的3月22日，我都看到了，之后，月光就太明亮而看不见了。

彗星位于东或东南的天空，在摩羯座稍南一点。它向宝瓶座移动。先找到宝瓶座，然后直接向东看，过了人马座——要特别关注那两颗构成其星尾的星。但愿你能找到它，为我们两人去寻找它。而我也会尽力找。4月份，彗星会低悬于地平线，在西部山区很难看见。

昨天，我与黛安娜在电话里聊了聊。听起来她挺好的，像以往一样忙。

特丽，我每天都多次想到你。你做梦了吗，亲爱的？把你的梦寄给我。把梦写下来是很有益的。如果你乐意，我们可以在电话里谈论你的梦。

我和杰克感觉好极了，我们都很欣赏对方。携手走过五十五年之后，我们对彼此都有了深深的理解。偶尔爆发一场大战，反而给生活增添了活力。

我期待着回家时去看鸟类保护区。

爱你的
咪咪

◆ ◆ ◆ ◆

我看到它了！在黎明前，它悬挂在东南方向的地平线上，若隐若现。哈雷彗星。一团天空中的灰尘。借助双筒望远镜，我想我甚至看到了它的星尾。它悬在空中，像是一滴泪珠。

当晨曦融进了黑暗，彗星消失了。

"再给我一次机会……"我屏住呼吸,低声重复着,"再让我看它一次吧。"

◆ ◆ ◆ ◆

盐湖的湖面海拔是4210英尺,而且还在上涨。州长办公室再度考虑要将大盐湖湖水抽到西部沙漠,期望在南太平洋铁路堤道掘口,降低盐湖水位,为天气好转、雨季过去赢得时间。

犹他州议会拨专款用于进行必要的环境影响研究及做出西部沙漠提水工程的最终设计。据披露,由于盐湖水位的升高及其他因素,所估费用已增加至近9000万美元。

该工程涉及将湖水抽到位于霍格阿普山脉的一条运河,然后,再将水引入盐碱沙漠。在那里,泄洪会在纽芬兰山脉的西边形成一个500平方英里的蒸发湖。这个西部沙漠蒸发湖中的湖水将由两道大坝控制:邦纳维尔大坝,约25英里长,沿浮岛南转向80号州际高速公路,然后,再沿80号州际公路延伸12英里;2号大坝,由纽芬兰山脉南端伸出,向东南方延伸7英里。该大坝工程将含有一条漫坝,使得盐分极高的盐水返流入大盐湖的北支,从而以高强度蒸发的方式改变西部潟湖的湖面海拔。

将含盐度高的盐水返流入大盐湖有两个原因。首先,当盐水的盐分增高时其蒸发率则迅速下降(此项工程的主要功能是蒸发湖水);其次,沉淀于可蒸发潟湖湖底的盐会降低潟湖的蓄水量,而最终降低此项目的可行性。

本月,州长办公室要求对该项目做一次复审,确定削减总费用的方案。

新的分析表明，削减此项目费用的主要途径是改变原来的提水方案，由修建分水设施及12英里长的运河从盐湖南支抽水变为从盐湖的北支抽水。此方案的可行之处在于盐湖北支的含盐量在1984年下降了22%，在堤道掘口之前下降了15%。

另一项削减费用的方案是设想将邦纳维尔大坝建得低一些——其风险是在某种情况下，大坝会被水淹没。

这些设计方案的变化将此项目的总标价由9000万美元降至6000万美元。现在它被称作西部沙漠提水工程的"瘦身方案"。

◆ ◆ ◆ ◆ ◆

"我原以为湿地会永久在这里。"我站在被淹的候鸟保护区边上对咪咪说。

她的目光扫视着大盐湖。

"时过境迁。"她说。

◆ ◆ ◆ ◆ ◆

然后，我们在艾德岛吃了午饭。食物充满乡土风情：土豆泥、肉汤、炖牛肉、玉米和一切两半的三明治卷。这顿饭吃得很舒服，除了饭后在选择带回家的巧克力时费了些心思外，没有任何繁文缛节。

咪咪谈起了我的母亲，谈到当一个女人年过五旬时，将怎样审视自己生活中的成就。她们信奉什么？她们的价值观是什么？当子女们大都长大成人，她们拥有了新的自由时，她们应当做些什么？

"能够真实地探索挖掘这些机遇堪称是女人一生中美妙的时光。你的母亲这些年来变化很大,"咪咪说,"我觉得这些变化与她的癌症有很大关系。在20世纪70年代初,当许多妇女在重新思考她的家庭角色与个人的自立时,我看到黛安娜关注的是她的健康、生存和活命,为的是能够将你们这些孩子抚养成人。经历了这一路的磨难,她变得更富有哲理。她懂得如何保存自己的精力,也知道自己生命的限度。对此,我十分敬佩。"

"你的母亲去世时是什么情景?"我问咪咪。

"那时我二十八岁。我刚生下约翰,就得知母亲死于胃溃疡。那是突发感染。之前她正计划从华盛顿特区来这儿看孩子。"

她稍停片刻。

"我永远也不会忘记我姐姐发给我的那封电报。我无法相信。那是怎样的绝望。陡然间,世界显得一片漆黑。我无法想象生活中没有她的日子该怎么过,我对于她再也不能看到她的第一个孙辈而悲伤无比。可是,我要告诉你,特丽,日子还是要过下去。那可不容易。你的心中总是有那么一处无法填补的空缺。但是,在没有母亲的情况下你也能过得去,而且,我敢说,你会一天天变得更加坚强。"

◆◆◆◆◆

母亲,她有些心神不定。昨天,在电话中她说可能无法参加夏季我们家定于在蒂顿的徒步旅行了。

"我想可能是我腹部的肌肉拉伤了。"她说道。

但愿她说的是真的。

◆◆◆◆

雨下得没完没了。大盐湖的水涨个不停。

◆◆◆◆

当尤多拉·韦尔蒂[1]被问及她支持何种事业时,她答道:"和平、教育、环保及宁静。"

母亲、咪咪、杰克和我正在犹他州的圣乔治城寻求宁静。

今天清晨,我们决定取消原定的去莫哈维印第安人保留地的比弗丹湿地徒步旅行。拂晓时,内华达的核试验基地又爆破了一枚原子弹。

我与咪咪正在起居室看书,杰克在屋外,母亲在厨房中喊道:"他们来了!"

我们跑到阳台上。成百上千支持裁减核武器的人走了过来,那是一条缓缓流动的河流。和平大游行。我们离开房间去迎接他们。

他们走过我们面前,走上丘陵,走向格林谷。那是由孩子、父辈和祖父辈三代组成的游行队伍。

"我想加入他们。"我们为他们拍手时母亲低声说。

从游行示威者的队伍中传来一阵歌声:

---

[1] 尤多拉·韦尔蒂(Eudora A. Welty, 1909—2001),以擅长描述美国南部而著称的美国作家和摄影家。

我们是温柔充满爱心的人

我们为了我们的生活而行进，行进——

我们与他们共同行进。这是我第一次听到母亲和咪咪在教堂之外唱歌。

◆ ◆ ◆ ◆

透过眼睛的余光，我看到沙漠上栖着一只走鹃。我从未将这种鸟视为爱国鸟。可是，现在我却对他另眼相看了，因为他头的侧面那一抹红、白、蓝色如同绘制的国旗。

喜 鹊

湖面海拔：4211.30英尺

摩门教会宣布1986年5月5日的周日[1]为天气祈祷日，祈祷大雨不要再下。"再现邦纳维尔湖公民协会"也将那天定为祈祷日，祈祷大雨接着下。每个组织都视对方为异教。

周一下雨了。

◆ ◆ ◆ ◆

成群的喜鹊落在我们的院子里。它们的喧嚣使我无法睡觉。它们栖在久经风霜的栅栏上，蓝绿色的尾巴如同长尺上下摆动

---

[1] 日期似有误。

着，指责我一事无成。

一连数周我什么都没干，我没工作。我不想见任何人，也懒得说话。我想做的事就是睡觉。

周一，我的情绪跌到了深渊的岩底。岩底不同于底岩，后者坚实可靠，给人以施展的空间，充满光明和新奇。岩底是岩石的底部，是难以翻身的下腹部；即便是它翻身，我也是那怕见日光的蜘蛛，仓皇而跑，去寻找下一处藏身之地。

今天我感觉强多了，知道了每天应当顺应自然的节奏生活，不要对自己有过高的要求。作为女人，我们的心中有一轮月亮。如果要求我们一年三百六十五天都以满月的精力来工作，那未免太过分。我是一弯新月。我们热切期待的那种精力隐藏在月亏的那部分。

母亲从圣乔治城打来了电话。昨天，她一个人在宰恩国家公园行走。她终于有了独处的机会。她的言语中充满了兴奋："在没有经历面对死亡或濒临死亡的过程之前，没人知道有什么东西能取代它的位置。死亡便是毫无希望。"

母亲全身的生命节奏都在加速。我看到她那永无止境的好奇心在增强。她要吸取所有新鲜事物的愿望在扩展。她是一只翱翔于天地之间的鸟，羽翼上承载着新获取的对于生命价值的理解。她在阅读禅宗、克里希那穆提[1]和荣格[2]，向自己提出以前从来没有勇气去探索的问题。她豁然开朗，桎梏她的锁链开始断裂，个人心灵的启示取代了正统的教义。

---

1 克里希那穆提（Jiddu Krishnamurti，1895—1986），印度精神领袖与神智学家。
2 荣格（Carl G. Jung，1875—1961），瑞士心理学家、精神病学家。

"等我回家时,我们举行一个喝小榭树茶[1]的茶会,"母亲说,"据说此茶能增强免疫系统。我现在就在喝。似乎我都喝上瘾了。"

一时间,开朗达观一扫几个月来她内心的阴影。

"一切皆在内心之中,"她说,"我需要走得远远的,让沙漠提醒我自己的真实面目。红岩石中所暴露的那一层层的地质纹映出了我内心的深度。"

她在电话那端停息片刻。

"还记得以前我问你信奉什么吗?"

我点点头,顺着她的思路走。"记得,"我说,"那么你信奉什么,妈妈?"

"我信奉自己。"

◆ ◆ ◆ ◆ ◆

昨晚,我在浸礼会的一个巡回会上讲话。之后,我与一个肯尼亚的朋友——瓦格利·韦格瓦-斯通——谈论关于黑暗与群星的问题。

"我是在非洲的天空下长大成人的,"她说,"我从不畏惧黑暗。清澈明亮的繁星成为在黑夜里给我们指路导航的地图。我常常只要抬头一望,就知道身在何处。"她停顿了一下,"我的儿子们可没有这些向导。他们与黑暗毫无联系,他们没有丝毫的想象

---

[1] 取自沙漠里的蒺藜科植物的叶子和细枝,用作抗氧剂和舒痛剂等,可作为抗癌辅助治疗。

力来展示夜空中那些可以畅游的星路。"

"我有个挪威朋友说：'城市之光是扼杀崇高思想的罪魁祸首。'"我补充道。

"说得太对了，"瓦格利笑着说，她那低沉洪亮的嗓音附和着我，"我是基库尤人[1]。我们的人民相信如果你贴近大地，你就贴近人民。"

"为何如此？"

"一个非洲妇女在土壤里培养的东西终究会养活她的家人。同样，她养育家人最终会滋养她所在的社区。这是一个生命循环的问题。"

"由于我们忘记了与大地的亲情，"她接着说，"我们人与人之间的亲情也变得淡薄。我们躲避责任，生怕连累。我们宁愿被动地忙碌，而不是积极地投入。在美国，时间就是金钱。在肯尼亚，时间就是交际。我们看待投资的方式不同。"

✦ ✦ ✦ ✦

"到头来全是钱的问题。"今天早上爸爸在电话里说。

"我从山区燃料供给公司得来一条消息，似乎州长要推行西部沙漠提水工程。要铺37英里长的6英寸天然气管道线为抽水机提供燃料。管道线将由阿马克斯公司[2]厂房附近的一处选址到邻近霍格阿普山脉的提水站。如果山区燃料供给公司获得了这笔高

1　肯尼亚最大的族群，居住在靠近肯尼亚山的高原地区。
2　国际著名的美国矿业公司。

达2700万美元的合同,来修建为抽水机提供燃料的传送线,他们就会在一两个月内公开招标。我想去看看那片地,这样在我们真正开始规划时,心中有数。你想与我一同开车去吗?"

我当然高兴出去走走。

开车去西部沙漠可不容易,尤其是沿着大盐湖西岸走。我们上了80号州际高速公路,向北转去湖畔,然后,沿着土路颠簸而行,直到爸爸觉得该下车走走,活动活动筋骨才停下。

"在铺管道之前,你得到那片土地上感受一下,"他说,"情况绝不像它显现的那样。你看到了什么?"

我们站在霍格阿普山脉的一道山脊上。

"我看到了一望无际的盐碱滩、鼠尾草、黑肉叶刺茎藜和滨藜。"

"依你看挖掘容易吗?"

"看上去挺容易的,没多少岩石。"

"问题就出在这里。"

我们离开山脊走向盐碱滩。爸爸的脚步敏捷有力。看上去轻轻松松的一段路竟然走了几个小时。爸爸开始挖一个洞做试验。那个洞很快充满了水。

"显然是地下水面。"我若有所思地说。

"没错,"他说,"由于湖水水位的上涨,这些盐碱滩充满了水。必须把这个因素加进成本之中。"

他又挖了几个洞,结果相同。

"我想得到这份工作,"他在阳光下眯着眼睛说,"如果能为这项工程出把力将令人激动,尽管我认为这整套思路颇为荒唐。

我们将强行把湖水抽入它原本无意去的地方……湖水会回落的,那时湖里还剩下什么?"

"假如是下述情况会怎么样?"我问道,"比如州长说:'我决定不采取任何措施。大盐湖有升有降。这是一个自然现象。我们的公路建在易涝的滩原。我们移公路就行了。'"我望着父亲。

"他会被弹劾,"爸爸笑着答道,"湖畔工业在金融方面受到重创。提水工程作为一条出路,不仅能从洪水中挽救盐业和矿业公司、南太平洋铁路,还能挽救一个人的政治生涯。"

"否则就毁了他……"我说。

"执政者不懂得土地、水和空气都有它们自己的思想。我懂得是因为我每天都与这些自然现象打交道。我们的生活是由它来决定的。如果下雨,我们就停工。如果户外温度是100华氏度,我们的人就要遭罪。当大地封冻时,我们就无法铺管道。如果我们不根据天气情况做适当的调节,我们的公司就会倒闭。"他举目望着那一大片水光潋滟的湖水,"没错,这湖有思想,但它一点儿也不在乎我们的想法。"

◆ ◆ ◆ ◆ ◆

犹他州议会专门举行会议,批准拨款6000万美元用于建设启动西部沙漠提水工程。方案已获批准,资金已经拨出,预计提水工程将于1987年2月投入使用,将大盐湖的水抽入沙漠。

◆ ◆ ◆ ◆ ◆

想到要失去的一切,深深的悲哀涌上我的心头。大盐湖的水位涨得如此之高，令我想起记忆中的邦纳维尔湖和再现的邦纳维尔湖。山顶覆盖着白雪的沃萨奇山脉仿佛从碧波粼粼的海面中升起。

我没有做好心理的调节。我不停地梦到我所知道的那个鸟类保护区：湿地边缘那些绿色繁茂的灯芯草，藏身于香蒲之中的苍鹭，池塘中绕着圈子戏水的鸭群。我吹起这一幅幅的影像如同吹起寒夜中那奄奄一息的余火。

没有什么人可以指责，没有什么可去争斗，没有开发公寓大厦的梦想，没有威胁鸟类的有毒废弃物垃圾站，甚至没有一个在熊河上筑坝的方案来引起众人的反对。只有一个简单的自然现象：大盐湖涨水了。

长嘴杓鹬

湖面海拔：4211.65英尺

5月的熊河还在下雪。我开车从百翰城向西只能行3英里，大湖就挡住了我的去路。在发洪水之前，开15英里才到大湖。大盐湖的浪头就在我车门的下方翻滚卷动。灰蒙蒙的天空，灰蒙蒙的湖水。我感到自己与鹈鹕、海番鸭和鸊鷉一起停悬在大湖的中间。我继续向前开，幻想着我那辆旧标致旅行车实际上是一条船。当湖水开始漫进汽车底板时，我才恍然大悟。我停下车，小心翼翼地打开车门，爬上了车顶。

今天的风暴引来了众鸟。目光所投之处，皆是飞舞的翅膀。成群的燕子如蜻蜓点水，在浪尖上觅食。彩鹬、反嘴鹬和长脚鹬在淹没的草中觅食。雁群在它们的上方飞行，让你分不清究竟是雪花在飘还是羽毛在舞。这是不可思议的一天。这一天时间和季节模糊不清。这一天你所熟悉的一切都隐藏在漫天的雪花之后。

◆◆◆◆

翌日,当我再返回时却发现虽然天空晴朗,但鸟儿稀少。路上堆满了被昨天的风浪冲上岸的死鲤鱼,这里成了蚊蝇的天堂。臭气熏天,但这似乎并不妨碍渔民。我拿着休闲躺椅加入了他们的行列。如同沿熊河河畔一字排开的苍鹭一样,我们之间也保持着相等的距离。

这是百翰城以西几英里的一处被频繁使用的地区,当地人称它为"第一河"。这里弥漫着一股不新鲜的鱼卵和垃圾的味道。破碎的水泥板堆在地上。然而,这是鸟类保护区附近剩下的绝无仅有的观鸟之处。

除非你乘木筏去观鸟。

我从望远镜中观望着两只北美䴙䴘。它们的眼睛在白羽毛的衬托下如同红宝石般鲜艳夺目。雄鸟头上的黑羽毛油光闪亮,头顶上的羽毛平平的,颇像格雷丝·琼斯[1]。雌鸟被雄鸟所吸引,与其并排漂浮于水上。陡然间,它们弓起背,伸长脖子,姿态优美地在水平面上飞速地滑行。它们沉入水中。它们又从水中跃起,飞速穿越水面,再沉入水中。

这就是北美䴙䴘的"水上求偶",那种令它们自信的浪漫之

---

1 格雷丝·琼斯(Grace Jones,1948—),美籍牙买加模特、女演员及歌手。

舞。我随身携带着朱利安·赫胥黎[1]的《凤头䴙䴘的求偶习惯》，以便在无鸟可观的情况下在河畔阅读。

䴙䴘隐退于灯芯草丛中之后，我翻阅着这本小书，在赫胥黎描述的"草中特技求偶术"处停下。

> 总之，这种求偶方式是你恩我爱、倾尽全力、充满激情的。在多数鸟类中，草丛所提供的性感的求偶方式或纯粹的示爱表现都是为了刺激双方交配，但对凤头䴙䴘而言，这一切则是为了刺激更深层次的求偶行为。

尽管赫胥黎所描述的是北美䴙䴘的欧洲表兄，但它们毕竟是血脉相连，本性难移。凤头䴙䴘的所作所为也正是北美䴙䴘的所作所为。

我观察的那两只白脖黑背的北美䴙䴘开始绕着圈子追逐，还不停地摇着头。在摇头的间隙，雄鸟挑逗性地用嘴梳理着羽毛。

赫胥黎精确地描述了这种行为："最简单的求偶行为的形式是一阵摇头……"赫胥黎详细地解释道：

> 摇头会在求偶行为之前或之后……在一定的次数中，摇头的强度和长度有所变化，习惯性用嘴梳理羽毛的次数也有所不同……两只鸟相互刺激对方。受强烈情感的冲动，一只

---

[1] 朱利安·赫胥黎（Julian Sorell Huxley，1887—1975），英国生物学家、哲学家和作家，曾任联合国教科文组织首任总干事。他写了许多科普读物，拥有广泛的读者。

鸟轻轻地摇摇头；另一只鸟却还没有达到那个阶段，然而，看到对方摇头的动作对它是一种刺激，所以，它也抬起头，摇一摇。这种举动又影响了第一只鸟，于是双方共同达到了高潮，完成了整个过程。

我现在像是个窥淫狂病人。我左边的渔民问我以前是否来过这里。我不假思索地转向他摇了摇头，颇像䴙䴘摇头的样子，随后，立即红了脸，但愿他没有在看那男欢女爱的鸟儿，误以为我的行为是在向他调情。

我决定沿河边走走。我的脚步激起了一团团的蚊子。它们如同浓黑的圆柱拔地而起，发出的声音如同乐队弦乐部的琴手用琴弓在弦柱上疯狂地、重复不停地拉着一个音符。我又走了几步，这群会飞的柱体变细了，声音又上升了一个八度。

我在望远镜中不停地扫视，发现了三辆毁坏的汽车，其中的一辆头扎进了香蒲丛，那是一辆庞蒂克，一只大苍鹭栖在它的尾灯上。一阵枪声传来。苍鹭飞走了。三只彩鹬也被惊起，然后，游入草丛中。我转身离去。陡然间，我感到自己像那长着两条长腿的鸟儿一样软弱无能。

◆ ◆ ◆ ◆ ◆

在回家的路上，我在一个喜爱的池塘边停下，观看一对桂红鸭。家燕在大桥下飞来飞去。在水泥铸成的桥梁下有十几个用泥巴粘贴的鸟巢。一只家燕正忙着用白色的绒毛铺垫它那杯形的鸟巢。它飞走了，片刻之间便返回了，口中衔着一片绒毛。我很好奇它是从哪里弄来的绒毛——很可能是从大雁的巢里。

尽管美洲燕与家燕都筑巢于桥下,但它们的巢有所不同。美洲燕的巢是封顶的,上面留有一处小洞以便出入。一对燕子轮流往它们还处于雏形的鸟巢中衔泥。在五分钟之内,它们就运送了十次泥。在一小时内,我看着它们往新家中衔了一百二十次泥。燕子不知疲倦地飞向池塘边的泥滩,用嘴衔上泥,飞回它们的建筑工地,摇晃着头将泥倒在鸟巢上。然后,它们使劲地拍泥,把泥绕着巢粘贴成形。它们交替着角色,雄鸟从鸟巢飞向泥滩,装泥,雌鸟往鸟巢上拍泥。他回来,她再飞走。一趟又一趟,这带翅的小身体胸怀目标展翅飞翔,艰苦地劳作。那原先的一个框架渐渐地、一步步地变成了一个封闭式的家园。

瓣蹼鹬的盘旋,鹧鸪的求偶行为,燕子筑巢的过程——这是一幕幕自然史画卷的再现。

◆ ◆ ◆ ◆

在普罗蒙特里角的北部,在为庆祝1869年5月10日横跨美国大陆的铁路竣工钉入金色道钉[1]的地方,有一个偏僻的山谷——杓鹬谷。之所以如此称呼是因为它是长嘴杓鹬的繁殖地。

近年来,北美最大的滨鸟长嘴杓鹬在西部大盆地的数目一直在下降。其原因是由于开荒造田和其他土地开发使长嘴杓鹬失去了大量栖息地。在中西部,它已被收入濒临灭绝的物种之列。

---

[1] 此处指1869年5月10日,当横跨美国大陆的铁路竣工时,在太平洋铁路和太平洋联合铁路的接合处钉入的最后一枚具有纪念意义的金色道钉。

极北杓鹬也濒临灭绝。在世纪之交，在向北迁移的途中，一群极北杓鹬就在内布拉斯加州的草原上占据了40—50英亩的地盘。它们被称作"草原鸽"或"面团鸟"[1]。由于大量的极北杓鹬被击落出售，它们在市场取代了候鸽的位置。射猎者为了捕杀极北杓鹬，追随着它们从一个州到另一个州。那些还记得极北杓鹬叫声的人说它听起来就像"风在船的索具中呼啸"。

如果草原继续缩小，长嘴杓鹬也会效仿极北杓鹬走上同一条路。它那哀怨的叫声如同警示在空中回荡。

长嘴杓鹬（学名：Numenius americanus）源于希腊语"neos"，意为"新"，"mene"意为"月"。它那长嘴的形状颇像一弯明月的曲线。

假若新月意为弦月或暗月，长嘴杓鹬便可与破坏力连在一起，因为长久以来，人们相信妖魔鬼怪都是在月黑天最为猖獗。

在传说中，人们也把杓鹬与黑色巫术联系起来。苏格兰高地有人这样祈祷："请让我们远离女妖、男巫和长嘴的东西吧！"在苏格兰，"whaup"一词既指"杓鹬"，也指一种长着长嘴、深夜在阁楼的屋檐下兴风作浪的恶魔。

在《鸟类的民间传说》一书中，爱德华·阿姆斯特朗[2]写道："带着动人的哀鸣，成群飞过夜空的杓鹬也被视为七大鸣禽之一。在英格兰北部，据说它们的叫声预示着某人的死亡。"

---

1 由于这种鸟在迁移中聚积的厚厚的脂肪层，故被称作"面团鸟"。
2 爱德华·阿姆斯特朗（Edward Armstrong），英国牧师、自然学家和作家，著有多部有关鸟类的书籍，曾获美国约翰·巴勒斯奖，是为数不多的获此奖的外籍作家之一。

他继而说道:"杓鹬低沉柔和的嗓音颇像人的音域,令人在内心中产生疑惑感,我们感到所听之声有些像人的声音但又的确不是来自人类的世界。"

杓鹬一直被视为预示恶兆的灵鸟。自然史中的许多稀奇古怪的事都被杓鹬所验证。一位湿地的老者曾告诉我的一位朋友,在听到长嘴杓鹬的叫声之后,总会出事。他谈到一群长嘴杓鹬从上空飞过的几分钟之后,他们的船就翻了。七人落水遇难。

不过,黑暗的背面就是光明。一弯新月也是复兴之月,很快就会变成蛾眉月,上弦月,然后是满月。在多种文化中,新月时节是播种的时节。蛾眉月时节是管理照料生长之物的时节。

月黑天意味着生长。植物并非是在烈日当头的正午而是在新月的暗处茁壮成长的。

或许,我们害怕的不是黑暗,而是黑暗中的寂静。或者,令我们恐惧的不是无月的夜晚,而是我们所期待的东西没有出现。一群在夜空中由远至近飞来的长嘴杓鹬打破了沉寂,它们的鸣叫提醒我们唯一我们可期望的事情就是变化。

◆ ◆ ◆ ◆

我在杓鹬谷发现了长嘴杓鹬。十几只长嘴杓鹬像报丧的妖魔在我的上方盘旋。

"呵—利!呵—利!呵—利!"

我在它们的领土中,而它们不喜欢这样。由于它们的掩饰,那些隐身于草丛里的杓鹬难以被看到。我只好根据动静来寻找它们。我数了一下,有七只成鸟,多数杓鹬都在啄食。它们在被牛羊啃得不成模样的土地上探寻着,不时地从那些残草丛中扒拉出蚱蜢。另一些弓身低头,在杓鹬的竞技场上你追我赶。两只杓鹬面对面,伸着脖子,长长的鸟嘴指向天空。看来它们是严阵以待,准备出击。双方剑拔弩张,直至其中的一只退下阵来,飞离现场。获胜的那只杓鹬向前走了几步,将它那强壮、尖尖的翅膀举过头顶拍打着。羽翼下的肉桂色闪烁着,像是西班牙舞女鲜亮的衬裙。

比雄杓鹬略大的雌杓鹬伏在地上,它们的脖子向外伸得长长的。我猜想它们是在孵蛋,就没有打扰它们。

草地中的金凤花[1]星罗棋布。在草原土拨鼠遗弃的洞穴里,像丰满多汁的葡萄那般大的"黑寡妇"[2]称王称霸。

这片风景显现的凶兆与敌意让我领教了如何不动声色、小心翼翼,如何发现黑蜘蛛的优雅中暗藏着杀机。我在长嘴杓鹬领地中一块孤零零的圆石上坐下。此时,它们已经习惯了我的存在。这也令我感到振奋——面临着令人紧张的不速之客,我们终归也能安顿下来。当你以慈悲为怀时,尚可接纳此类不速之客。

在天高气爽、空气里散发着盐味的今日,我找到了属于我的空旷的原野和天空,我的一方不受打扰的净土。而且,我还发现了同样需要这种宁静的鸟。

◆◆◆◆

当我独自跋涉于大盐湖北部时,心中颇有些沮丧。我从来没

---

1 美国西部一种有毒的植物,开杯状黄花。
2 北美洲地区一种交媾后就吃掉雄性的有毒黑蜘蛛。

有彻底放松的感觉，因为我意识到了大湖有它自己的意愿。它的情绪瞬息万变。仅仅是盐反射出的炎热就足以让我恼火，而那刺眼的光更是令我寸步难行。不戴眼镜，我就是个盲人。在这片盐碱滩上，我的眼睛很快会被灼伤。我甚至想到当我回家时，原来的绿眼球会被漂成白眼球。说不定我都回不了家了。

我会死在盐碱滩上的想法并非是神灵所示。任何地方都有可能是我的葬身之地。只是因为在大盐湖这一方被遗忘的角落，没有安全的幻想。你站在西部大盆地颤抖着的沉静之中，暴露无遗，孤独无助。在这种情况下，我总是勒紧自己想象力的缰绳。我带在车里的那支袖珍手枪丝毫没有给我以安全感。只有大地的慈悲和心灵的平静能拯救我的灵魂。而且，正是在这里，我发现了优美。

令人不可思议的是，沙漠竟然使我们转变成它的信徒。我信奉行走于一片有着幻影的风景，因为你因此学会了谦卑。我信奉生活在缺水的土地，因为生命因此聚集在一起。我信奉采集白骨，因为那是象征人类进步的精神圣约。

如果沙漠是神圣的，那是因为这片被遗忘的土地使我们想起了神圣。或许，这就是为什么到沙漠进行的朝圣是对自我的朝圣。在无处藏身的地方，我们找到了自我。

在严酷的盐碱沙漠中，我双膝跪地，折服于它的美丽。它点燃了我想象力的火花。它敞开了我的心扉。在这种充满激情的时刻，我的全身都在发热。在我的面前将没有其他的神灵。

荒野令我们心醉神迷。在成长阶段，我曾坐在教堂里听了关于耶稣的教义。他在荒野里待了四十个昼夜，以重获力量。在那里,他能够对撒旦说:"你来吧。"当我想象约瑟夫·史密斯[1]跪在树丛前,接到创立一种新宗教的旨意时,我相信他们在自然中的漂泊之旅是神圣的。难道我们会稍有逊色?

我随身带着一本《摩门经》,其中的"教义及圣约"部分88:44—47写道:

> 大地在旋转,像是插上了翅膀。白天,阳光普照,
> 夜间,月华如水。群星也在闪烁,
> 因为在上帝的威力之中,
> 它们也在辉煌中旋转,像插上了翅膀。
> 你知道为什么我喜欢上面的王国?
> 注视着这一切,便是守望着王国,
> 看到这些情景,便是看到了威风凛凛、驰骋其中的上帝。

我对着鸟儿祈祷。

我对着鸟儿祈祷是因为我相信它们会把我的心语带往上苍。我对着鸟儿祈祷是因为我相信它们的存在,相信它们的歌声标志着每一天的开始与结束,那也是布道前的祈求和礼拜结束时的祝福。我对着鸟儿祈祷是因为它们提醒我所爱的事物而不是所怕的事情。当我的祷告结束时,它们教我怎样倾听。

---

[1] 约瑟夫·史密斯(Joseph Smith,1805—1844),美国摩门教创始人。

◆◆◆◆◆

几百只白鹈鹕飞来了——蓝天上一片白色的身影。它们转弯，消失。再现，这次是蓝天上点点黑色的身影。它们再转弯，消失。再次出现，又是蓝天衬托着白色的身影。通过望远镜，可见它们艳丽的橙色的鸟喙。许多鸟还带有与求偶行为有关的特征——节瘤。

从不毛之地来到野鸭泉那芳草萋萋的岸边对我而言是个可喜的解脱。这只是机车泉众多的小池塘中的一个，位于离杓鹬谷10英里处。野生动物资源保护协会犹他州分会将它评定为"最重要的湿地"，也就是说，它是一个具有稳定水源的地方，可供水禽繁殖、迁移和过冬。我将它称为"最重要的湿地"仅仅是因为它是一片绿色的草地。

布鲁克今天晚上会来。在此之前，我会像个贪睡的动物一样，在草地上蜷着身子，做着美梦。

湿地的音乐响起。红翅黑鹂、黄头黑鹂、歌带鹀。家燕在飞舞之中"啪"地抓住一只蚊子。苍鹭横越长空。

布鲁克到了，我们开始走路。

野鸭泉的路标在梦幻般的天空下呈现出深色的轮廓。它在池塘中的影子像是一个黑色十字架。我们听着美洲潜鸭像猫似的叫声。似乎有成千上万只鸟儿在我们的身后喧哗。我们转过身来，却只见到那如同屏障般的黑肉叶刺茎藜。

我们在睡袋中安顿下来，我依偎在布鲁克身旁。我们有了安全感。相拥在一起，我们共同观望着一只又一只的彩鹮、一只又一只的桂红鸭、一只又一只的苍鹭从我们的头顶飞过。又出了几颗新星。我们试着数星星,直至最终水畔那如泣如诉的鸟鸣将我们带入梦乡。

◆ ◆ ◆ ◆ ◆

太阳升起来了。野鸭泉完全变了模样。昨晚的粉红色和淡紫色变成了富有活力的黄色和蓝色。甚至连夜里将黑影投入水中的灯芯草现在也变成了金色。原先,现入我们眼帘的是大片的草茎,而现在曙光像火柴似的点燃了灯芯草的花冠。每株草的草顶都有星星之火在闪烁。

在湿地度过的夜晚使我亲历了鸟的歌声怎样此起彼伏,由强变弱。黄昏时分以及之后的一小时左右,鸟鸣的频率达到了极致。那近似疯狂的尖叫使得轻松的闲聊都无法进行。但是子夜过后,则是一片寂静。大盐湖深沉的宁静如同母亲安抚的手落在湿地上。清晨缓缓而来,直至湿地上的每一种声音都从睡梦中醒来。

我和布鲁克徒步走过东北部的湿地和大湖的盐碱滩。晶莹的盐粒依附在土堆上,像是皮肤上起的水泡。阳光灼人,黑色的蚊子令人难忍。只有当你全神贯注地观察研究鸟类的习性时才能够得到解脱。

云斑塍鹬与反嘴鹬和长脚鹬一起在滩地上觅食。云斑塍鹬和长嘴杓鹬易被混淆,区别在于前者双色的鸟喙是向上弯,而不是朝下弯。我还发现它们的性格与长嘴杓鹬有显著的区别:更加温柔沉稳,令人可信。当长嘴杓鹬飞近时,气氛会令人不安。它们性情急躁而颇具挑衅性。云斑塍鹬则心平气和。它们除了让你耐心观察之外，别无所求。长嘴杓鹬让你产生内疚感，提醒你擅自闯入了不属于你的地盘。

我们沿着一条受到洪水侵蚀的大坝行走，咆哮的湖水几乎要没过坝顶。这时，一只蓝苍鹭从它的鸟巢中飞起，留下四枚很大的鸟蛋。鸟巢建在一团干枯的黑肉叶刺茎藜中，后者缠绕在颇像一架手风琴的陈旧栅栏上。两只渡鸦盯着鸟蛋在空中盘旋。我们赶快离开，以便苍鹭可以返回。

返回野鸭泉时，我们发现了一只死去的长嘴杓鹬。它的身体已经僵硬，上面裹满了盐粒。我们跪在地上，用手指抚摸着它那长长的、弯弯的鸟喙。布鲁克在思索一个物种出生时的基因信息：基因库中所储存的那些复杂的细胞和记忆。长嘴杓鹬在孕育一个小生命的初期就向小宝宝传达了信息，长出一个毛茸茸的、笔直又向下弯曲的优美的鸟喙。

我默默地为这只长嘴杓鹬祈祷，想起了两天前我坐在静谧的杓鹬谷时的情景。我向长嘴杓鹬索取带肉桂色条纹的羽毛并得到了它们。

这些羽毛来之不易。

黄腹丽唐纳雀

湖面海拔：4211.85英尺

4211.85英尺。大盐湖的湖面海拔已经超越了它1873年的历史最高纪录。现纪录的日期是1986年6月2日，也是我们的结婚十一周年纪念日。

我和布鲁克使劲地摇着一瓶香槟，拔掉瓶塞，让酒喷洒进南湖畔的盐水中。布鲁克用湿淋淋的手将香槟倒入我手持的高脚水晶玻璃杯中。

"这几个月就别管我了，"他说道，"我知道你最需要去哪儿。"

我们为我们的婚姻以及大盐湖不屈不挠的精神干杯。

◆◆◆◆

我发现与母亲相处的时光大多是在静静地回忆,常常是谈论我们穿越沙漠的那些旅行。

上周末,我们开车从圣乔治城回家。当我们穿过她出生的城镇——犹他州的普罗沃——时,她转头对我说:

"我想起了儿时一件很奇特的事……"

"什么事?"我问道。

"我记得一天下午我放学回家时,看到爸爸妈妈站在我们的房前。从他们的表情中,我看得出家里出事了。当我走到门口时,爸爸说:'黛安娜,小黑狗被车撞了。'他们相拥着我哭泣。他们对我说的话似乎不是真的。我问能否看看他。他们告诉我当我在学校时他们已将他埋在后院了。妈妈解释说,她不想让我看到我的狗当时的惨景。在他们的心中,他们使我免受了生活中的一次悲伤。"

"那天夜里,我记得自己穿着睡衣悄悄地出了家门,试图找到他们埋葬我的黑色拉布拉多小狗的地点。我找到了那片被挖的土壤,跪在潮湿的草地上,并开始用双手刨土。我想看看他那破损的肢体。我想捧起他的尸骨,亲自验证他的死亡。我想为我的狗的死亡而痛哭一场。可是,那个坑太深,我没能找到他。"

"现在我又想起这件陈年往事是否有些怪?"

"你说呢?"我问道。

"你说说看?"母亲的话中带着疑惑。

"我说不好——或许,那件往事中含有某种你现在需要的东西,或许那就是它现在浮现出来的原因。"

母亲转过头去。从眼角的余光中,我看到她凝视着窗外。

"或许,从小就不允许我悲伤。或许,我从来都不允许自己悲伤。"

✦ ✦ ✦ ✦

"黛安娜,从现在的情况看没有新的肿块。我们可以再试一种叫做苯丁酸氮芥的药物做化疗,它与两年前你用的顺铂和环磷氮芥不同。它有可能会缩小我们发现的肿瘤。"

"如果我不做任何治疗呢?"母亲问道。

史密斯医生看了看我。我给他使了个眼色,示意我只不过是个旁观者。

"会再出现肿块。我不知道多久会出现,但一旦出现,你将无法进食。那时,我想你就会想把肿块拿掉——于是就会有更多的手术——不过,我们先别想得太远。"

他停顿了一下说道:"你觉得不想试试苯丁酸氮芥吗?"

"不想试。"母亲说。

他又暂停片刻。

"我尊重你的意见。咱们就看看情况的发展吧。黛安娜,我曾期望……"

"我知道,"她插话说,"我只想继续做出自己的决定。我不怕死,可是我怕疼,"她犹豫片刻,"但愿我有勇气面对未来。"

"你有勇气。"他说,"需要我帮助时给我打电话。"史密斯医生将我们送到门口。

母亲转向他,握住了他的手:"谢谢你。你一直是这么出色。"
我们离开了诊所。我望着母亲,问她何以能保持如此坚强。
"特丽,告诉我,我有什么选择?"

◆ ◆ ◆ ◆ ◆

母亲选择在汉克的生日之后再将病情告诉爸爸和家人。这并不是因为她不想让他们知道,而是因为她想保护自己。

"我不想让大家都围着我转,好像我活不了几天似的。另外,这事也太烦人了。"

"我觉得不一定要用'烦人'这个词……"

"生病是挺烦人的,"她说,"相信我的话。"

"妈妈,似乎你采取了另一种生活态度,对吗?"

"最终能够与我的癌症和平共处,那种感觉是挺好的。癌症几乎就如同一个友人,"她说,"我第一次想要与它同行,不再抵触将要发生的情况。在这之前,我总是在想我的人生长着呢,疾病与我无关。现在,我不那么想了。癌症真是我身体的一部分。"

"特丽,我要你帮我度过死亡。"

我把头放在她的膝盖上,合上了双眼。我分不清是母亲的手指还是微风在梳理着我的长发。

◆ ◆ ◆ ◆ ◆

今天,据美国渔业及野生动物局在丹佛地区的督察员所说,熊河候鸟保护区办公室正式关闭。

"我们几乎已经放弃了百翰城以西14英里处的65000英亩保

护区,因为已经无法预测大盐湖。"菲尔·诺顿说。他解释道,维护鸟类保护区的工作人员被调往图埃勒县的达格韦附近的菲什斯普林斯国家野生动物保护区。熊河候鸟保护区的代理主管彼得·史密斯将被派往丹佛地区另行安排。一位兼职秘书将另谋职位。

诺顿先生说,在高峰期,鸟类保护区"雇用了八名全职人员,四名季节性工作人员"。保护区的雇员在1983年开始为大盐湖的高水位做准备。引用的新闻稿说:"通往鸟类保护区长达14英里的柏油路绝大部分已被淹没于水中。"博克斯埃尔德县的县长詹姆斯·W.怀特说:"依照时价,要提高并修复1英里公路将耗资100万美元。"

在一个月前的实地调查中,诺顿先生和史密斯先生报告说:"由于狂风将湖中大块的冰块吹向建筑物,造成政府办公楼15万美元的损失。"

现在,熊河候鸟保护区是鸟的天下。

◆ ◆ ◆ ◆ ◆

1986年7月1日,为了汉克的20岁生日,我生平第一次烤了火鸡。布鲁克昨晚下班回家时,发现火鸡在浴缸里浸泡着。我忘了提前将它从冰箱里拿出来。我想让母亲知道我能传承家庭的传统,感恩节和圣诞节都会有人好好地照料。事与愿违,火鸡难吃极了。

尽管如此,那天晚上还是弥漫着家庭的温暖和亲情。除了我和母亲之外,没人知道母亲的情况。但人人心中有数。有时,只停留于表面现象未必不好。

◆ ◆ ◆ ◆ ◆

从拂晓至黄昏,我一整天都在陪伴母亲。躺在她的身边,给她揉背,将她那发烫的手贴在我的脸上,抚摩她的头发,不停地在她后颈下面放冰块。她非常难受。我们在想方设法减轻她的痛苦。

她咬紧牙关。她浑身抽搐。她大口吸气。

我在劝她用想象力减轻痛苦,要她想象疼痛是什么样子、什么颜色,要她跟着感觉走,而不是与它相抵触。我们同做气功,沉思冥想。

光线越来越暗。已是日落时分。我打开百叶窗,让母亲观云。然后,回到她的床边。她握住我的一只手,低声说:"你能给我一个祝福吗?"

在摩门教中,应当由身为牧师的男人给予摆脱病魔的正式祝福。对外而言,妇女没有这种权威。然而,在私下里,我们这些姐妹之间总是为了我们的家人而相互祈福。

母亲坐起来。我把手放在她的头上,作为女人,我们私下里默默祈祷。

◆ ◆ ◆ ◆ ◆

7月4日到了。全家人决定到蒂顿山去过节。母亲说她在床上躺腻了,要去看看风景。她到底能走多远,我心中真是没底。

我和布鲁克与父母一起去塔加特湖远足。

去年秋天塔加特和布拉德利湖区[1]的一场大火使得那里一片开阔。那是一座野花丛生的花园：火烧后新出的杂草、绣线菊、蓝铃花、白羽豆以及长着心形叶的山金草。花草在树皮被烧黑的扭叶松的衬托下闪闪发光。

在此之前，我从来不知道有这么一处山间的小平地。在一片草木青翠茂盛的地方感觉真好。眼下盐碱沙滩对我而言过于荒凉，因为我的内心也是一片荒原。

我们走到了湖畔，路程仅一英里半。然而，对母亲而言，每一步都是对意志的挑战。她坐在自己最喜欢的那块圆石上，那是我从儿时就熟悉的一块花岗岩石。她把身子倾向林荫，合上了双眼。

"这样感觉真好，"她说道，微风习习，环绕着她，"这种凉爽的感觉真好。我感到我的体内火烧火燎。"

一只红黄黑相间的黄腹丽唐纳雀飞到一棵扭叶松的低枝上。

"你看，妈妈！一只唐纳雀！"我递给她我的望远镜。

"你是来找我的吧……"她说。

---

1 位于美国怀俄明州西北部冰川山区的大蒂顿国家公园，塔加特湖和布拉德利湖平行，两湖之间相距不足半英里。

灰噪鸦

湖面海拔：4211.40英尺

我又回到沃萨奇山脉。我不能再到大盐湖的西部旅行。那里气温高达100华氏度，没有遮掩，令人难受。我从布赖顿滑雪场徒步走向凯瑟琳湖，一路上，大卡顿伍德峡谷[1]的花岗岩为我加油助威。草地上长满了冰河百合。以往的这个时节，它们已经消失了。我采了一朵花，把它夹在我的日记本里。

"为母亲采的……"我对自己说，以便为自己的行为辩护，而实际上我知道这是为自己。

1　位于沃萨奇山脉中的一个峡谷。这个长达15英里的峡谷内有多个自然形成的湖泊，风光宜人。夏季，可供游人野营垂钓。冬季，可供人们滑雪，有布赖顿等滑雪场。

从羊肠小道攀上陡峭的山坡是很好的有氧运动。我做着深呼吸。不停地吸气，呼气，吸气，呼气。

我爬上最后一个隘道，在一个圆形深谷中停下。我感到浑身是劲，心旷神怡。凯瑟琳湖现在只属于我。我的双耳因山高而轰鸣。我的双眼因山风而流泪。我放下背包，拿出夹克和午餐。我看到了我要坐的那块石头。又走了几步之后，我安顿下来。

在山间剥橙子感觉挺好。它让你放慢节奏。你咬一口酸酸的果皮，用牙将皮往后一拉，再用手指剥掉它。做这件事时，你不会思前想后，你别无他念。剥好的水果放在你的手中等待着分割。先分成两半，再分成四分之一份。然后，再精心地把它们剥成小瓣，令人赏心悦目。

我把这剥好的十瓣橙子在我坐的那方平平的花岗岩石上摊开。太阳欲将它们晒干。但我不急，我在等鸟。几分钟之内，北美星鸦和灰噪鸦就来与我相聚了。我吮吸着橙汁，沉醉于湖光山色之中。

这就是我总要回归山野的原因。这就是为什么我总能找到回家的感觉。

◆◆◆◆◆

我把压好的那朵冰河百合带给母亲。去时，我见她靠在门廊的躺椅上，手里端着杯冰水。从她可以进食以来，已经有一周了。

母亲转过身来。当她接过花时，她说："特丽，我现在要做的事情已超越了家庭和亲情。"

◆◆◆◆◆

坦皮斯特家相聚要照全家福。大家都来了：咪咪和杰克、爸爸和妈妈、理查德和露丝，所有的九个孙辈及其配偶，外加两个重孙。一棵爬满了常青藤的大榆树构成了威仪庄严的背景。这是个非常庄重正式的场面。没人想来。让大家来是我的主意。我认为对于咪咪和杰克而言，这是个挺好的圣诞礼物。摄影师将我们都放入镜头之内，然后钻进黑布后面。

"笑一笑！"他喊道，"你们看上去太严肃了。怎么回事，是有人要死了吗？"

我们失去了控制。笑出了眼泪，笑得歇斯底里。理查德看着爸爸，爸爸看着妈妈，妈妈看着咪咪，咪咪看着杰克，全家人你望着我，我望着你。

摄影师从照相机黑布后面走出来，摇着头问："刚才我说了什么这么可笑？"

◆◆◆◆◆

母亲在手术室。布鲁克给我们送来午餐。

男人们在讨论政局。爸爸在琢磨着投标。

汉克在写东西。史蒂夫和丹在大厅里来回走动着。一如往常。

我们等候着。

我悬在过去与未来之间，支撑着我的是蜘蛛吐出的一条跨越河流的游丝。

◆◆◆◆◆

下午5点25分,医生的出现打断了我的沉思。

"她挺好的。"他说,"我们拿掉了肿块。它位于她的小肠末梢,情况比我们预料的好得多。还有些零散的癌细胞,但我们可以应付它们。"

史密斯医生望着我的父亲。

"或许还有一年……"

◆◆◆◆◆

"你们还是没明白,是吗?"母亲对我说,"我还能活多长时间并不重要。我们所拥有的只是现在。但愿你们都能接受这种观点,放弃你们的计划。让我随意地活到死去。"

她的话令我心如刀割。今天下午,她说:"特丽,当我想听天由命时,非要我持有对生命的希望实际上是在剥夺我现有的时光。"

◆◆◆◆◆

我们在母亲的病房里放幻灯片。布鲁克将全家福照的多个版本投在白墙上。我们需要母亲来决定哪张照片最完美。我们还带来了巧克力蛋糕、冰淇淋和气球,因为当天是父亲的生日。

母亲的兴致不高。

我们摇起她的床,以便她能看到照片。最终,她要求重新躺下,而且只是说了句:"看上去那些照片都挺好。"

这个聚会早早地就散了。爸爸、布鲁克和我留了下来。他们俩要到医院外边去散步。母亲睡了。她的呼吸很沉重。我拉了把椅子坐在床边，并开始安静地与她一起呼吸，侧重呼气。

将近一小时过去了，爸爸和布鲁克回来了。我起身，将椅子移回靠墙的地方。

"她看上去放松多了。"爸爸说。

布鲁克望着我。我们吻了吻她，然后离去。

◆ ◆ ◆ ◆

母亲似乎并不见好。她显得更内向，几乎没有精力去顾及他人。就连床边放的那盆曾经令她十分开心的栀子花现在也鲜能给她以安慰。

我和爸爸认为，在一个光线昏暗、四四方方的小屋里住了两周之后，母亲需要的是新鲜空气。未经医生和护士的允许，我们悄悄地把她带出了医院。我们收集起移动她时必需的所有瓶子、袋子和管子，将她推到了室外。

这是一个晴朗的夏日，层层的云彩堆集在沃萨奇山上。我们把她带到长着万寿菊和三色紫罗兰的花园边。夏日的炎热似乎给她那苍白的脸润色。几周内，她的眼睛第一次闪烁着光芒。

爸爸在她轮椅边的草地上坐下，轻声细语地述说着她眼前的美景，温柔地抚摸着她的腿。她开始尽情地哭泣。

我们在阳光下坐了一小时左右，直到她说要回去了。

"谢谢你们。"

在爸爸推着妈妈返回医院的路上，遇上了一只大黑狗。我们停下来。母亲伸出了她的手。那只拉布拉多猎犬舔着她的手掌，然后，把头放在她的膝部。她从扶手上举起另一只手，轻轻地抚摸着它的头。

我的母亲终于释放了她内心的悲伤。

◆◆◆◆◆

母亲出院回到家中。一位半夜看到我们家卧室灯光的邻居送过来一些刚出锅的自制蛋奶冻。爸爸把用玻璃盆装着的甜点拿到凉台上凉一凉，放到不冷不热时才将它端进来。他一口一口地喂着母亲。她一口一口地吃着。我们站在床头观望着。她近一个月来都不能饮食，现在是第一次吃东西。

"好吃……"母亲柔情地说，"真是太好吃了。"

◆◆◆◆◆

这些炎炎夏日残酷无情，因为它伴随着身心的热浪。我已是疲惫不堪，心神耗尽。今天下午，当我正在给母亲服用她的止痛药时，门铃响了，我稀里糊涂地就把药放进了自己的口中。站在前厅的是救济会[1]的几位女士，给我们家送晚饭来了。直到片刻之后，母亲询问羟考酮[2]时，我才发现自己刚才的失误。

几周来不间断的疼痛已把她折腾得筋疲力尽，可是今晚我才意识到这种情况会持续几个月。由于我们对她生命的期望使得每

1　摩门教教会下设的一个旨在帮助与教育妇女的慈善组织。
2　一种镇痛药。

一天对她而言都是一场危机。

"什么时候我才能感觉好一点?"母亲问道。

这是我们大家都面临的问题。

史蒂夫一直在她剧痛的间歇期给她按摩前额。她那一阵阵发作的疼痛就如同产前阵痛似的有规律性。当阵痛发作时,爸爸用冰水浸过的海绵给她擦身来退烧。我观望着家人在奋力抗击隐藏在内心深处的悲伤。

当一天结束,我临行前向母亲吻别时,发现她的脖子上戴着两股黑石和泥制岩石珠做的项链,而不是往常的珍珠项链。

"这是汉克的,"她笑着说,"昨天我回家时,他给了我他这串能治病的珠子。"

"施点小魔术无妨。"我说。

◆ ◆ ◆ ◆

一回到家,我就在草坪上哭了起来。夕阳落在大盐湖中,如同一把银色长剑横亘南北。不过,这次我不是为母亲哭泣,我是为自己而哭泣。我想重新过自己的生活,我想重新回到我与丈夫两人的小天地,我想索回属于我自己的时间。但是,我最想要的是,结束母亲的痛苦。随后,在我的悲伤之中,希望像是另一粒麻醉药渗入我的身心。

我与自己的乐观较量着,直至羟考酮发挥了药效,使我上床休息。

◆ ◆ ◆ ◆ ◆

我发现爸爸跪在地上,从花园里起小橡树苗。

"在这儿——"他抬头看到我时说道,"就在这儿,对吗?"

我摇了摇头,在他身边坐下,"我不知道。我想她会更坚强一些。看到她这么痛苦而我们却几乎无能为力真令人难受"。

爸爸拿起他那堆小树苗,把它们扔进一个袋子。他的泪水很快渗入土壤。我靠近他,把手臂搭在他的手臂上。

"我原以为我们会有更多时间——"他说,"我原来真的以为我们会有更多时间。"

◆ ◆ ◆ ◆ ◆

"要学会放弃。"当我为母亲揉背时她对我说。

"要学会做一个开口的容器,让生命从你身体里流过。"

我不懂。

"那并不是说我在放弃生命,"她说道,"我现在是与生命同行。就好像我在向另一条包容一切的生命渠道移动。突然间,我没有什么可以抗争了。"

当一个女人在谆谆教诲我如何听天由命时,我又怎样劝她为生命而拼搏。

◆ ◆ ◆ ◆ ◆

1986年8月6日的晚上,我们整个大家庭为咪咪庆祝八十岁生日。外面突然下起了雷雨。我们立刻离开起居室,坐在前廊上。背靠着房子,我们观望着一道道闪电在长空中划过。

"那是光的舞蹈。"咪咪说。

母亲独自留在家中。

◆◆◆◆◆

母亲搬到咪咪和杰克家住。

"省得一个人在家单调乏味。"她说。

我们坐在后院的一棵梧桐树下,那里的水管没关,水声如同溪水潺潺。

"这声音能解忧治病。"咪咪说。

母亲卷起裤腿,让水流过她的双脚。她充满活力地弯下身子,用水洗脸。

"别告诉约翰我在玩水,"她说,"那样,明天他就会让我去奥林波斯山[1]爬山。他将子宫切除视为背包旅行的一大优势,因为那减轻了负重。我认识的人中,就他有这种想法。"

◆◆◆◆◆

什么办法都无济于事,母亲疼得直打滚儿。

"肯定出了大问题,"当我和咪咪试着劝她吃东西之后,她说道,"我知道我自己的身体。"

"可是医生说你没什么问题。这只是个非常缓慢的恢复过程。"我争辩道。

---

1 位于犹他州盐湖谷中的一座高山。

我认为她并没有努力配合治疗。她已经拒绝服止痛药,听放松的磁带。

母亲认为我们对于她的话听而不闻,置之不理。

我第一次发现,咪咪看上去像个老太太了。如同我们大家一样,她被拖垮了。爸爸感到了失败,因为母亲离开了家。咪咪和杰克感到了失败,因为母亲的病情日益加重。我也感到了失败,因为我的同情心在减弱。

我们大家全都心力交瘁。

明天,我要离家一周,去位于犹他州博尔德的阿纳萨齐州立公园博物馆[1]参加一个考古挖掘活动,此活动由州博物馆资助。

"我很高兴你能离开。"母亲说。

我也很高兴离开。

---

[1] 这是一个古老的印第安部落——阿纳萨齐——的遗址公园,位于犹他州南部的峡谷中。

草地鹨

湖面海拔：4211.00英尺

清泉润嗓，微风拂面。雷雨过后的埃斯卡兰蒂河汹涌澎湃。清风吹拂着我的纯棉白衬衣，我神清气爽，这是几个月来都不曾有过的感觉。表情丰富、变幻莫测、多情善感的天空令我心动。

周围一片寂静。绿色的刺柏。绿色的白杨。蓝色的鼠尾草。红色的土地。晒得发亮的肌肤。我又寻到了心灵的慰藉，这次是在南犹他州梦幻般的景色中。

我的身后，展示着由阿纳萨齐人在岩石上雕刻的三个人物：一个武士、一个女子、一个怀抱孩子的妇女。他们曾经活过。他们已经死去。然而，他们的精神不朽。

◆ ◆ ◆ ◆

  由十名高中学生，两名指导者（我是其中之一）组成的小分队在阿纳萨齐州立公园博物馆的主管人员拉里·戴维斯的指导下挖掘一个遗址。先测量横切面、四分之一切面，然后，用小锹和小铲挖去顶层的土，这是一个缓慢冗长的过程。每一堆挖出来的土都在一个手推车上进行了筛选。陶器的碎片以及零碎的木炭、骨头和带花纹的石头都被编号保存。午后的太阳照在我们的后背。我们不停地重复着这种繁重的体力劳动，甚至到了某种心醉神迷的地步。我为一天内我们挖出的那么多土而感到惊讶。

  与我们所挖的坑相邻的遗址已经被挖掘过了。拉里告诉我们，他们挖开的是一处墓地：里面葬着一位名阿纳萨齐妇女，时间大约是公元1050—1200年。

  "但是这处遗址的非凡之处在于我们所发现的她的陪葬物：三个带波纹的土瓮，那是用于运水的器皿，以及几个泥制的大球。制作者留在这些物体上的手印清晰可见。"他稍停片刻，接着说："死者戴着绿松石耳环。我们认为她是个陶艺家。"

  "她现在何处？"我问道。

  "我们重新埋葬了她。"

◆ ◆ ◆ ◆

  我感到自己像个陶艺家，要用手中现有的材料塑造自己的生活。但是我的创造是内在的。我的容器是我的身体。我的体内为那些我所爱戴的人留有医治身心的一席之地。每一天都成为一个陶艺家烧制陶器、精益求精的创作过程。

我也必须学会为自己留有一席之地，不能将一切都给予别人。我想起了印度数论派[1]的教义：

> 如果有意识地控制你体内四分之三的能量，仅用四分之一的能量应付外部交流，便能制止那种冲动鲁莽的外在活动，而这种外在活动常使你感到内心空虚，被生活所累。这种制止外向活动的行为不是自我保护，而是发自一个人内心深处的一种反应。

当拉里·戴维斯正在给我们讲解原始工艺的时候，在前台工作的管理员递给我一张粉红色的条子。

给家里打电话。布鲁克。

我从坐着的沙岩石上起身，感到双腿发软。走到电话机旁的那半英里显得十分漫长。

"黛安娜又回到医院了，"布鲁克说，"看起来或许又有一处肿块。"

我的心沉了下来。

"他们能做手术吗？"我问道。

---

[1] 印度六派哲学体系之一。

"明天上午,"他说,"你能想办法今晚赶回家吗?史密斯大夫认为你应当在场。"

犹他州的博尔德四周全是荒野:南临鲍尔湖,东临殿礁国家公园,西临埃斯卡兰蒂峡谷,北临博尔德山脉。没有公共汽车,没有火车或飞机。我自己也没车,只有我们带学生来的那辆校车……

"我会搭车回去,"我说,"我总能搭上车。"

"路上小心,"他说,"我爱你。"

我放下话筒,然后,又拿起话筒往末世圣徒教会医院打电话。

"1—321—1100。"号码我已熟记在心。可是接线员无法接通母亲的病房。我放下电话。我再给爸爸打电话,没人接。我又给咪咪打电话,也没人接。

一位听到我谈话的女管理员,虽然自己无能为力,但对我说:"我会帮你找辆车搭车回去。"

✦ ✦ ✦ ✦

两小时之后,我坐在一辆无窗的黑货车里,两边各坐着一个男人,其中的一个穿着一件剪短的T恤衫,上面印着:"头盔法[1]真烂。"

"你家里有个生病的老太太,是吗?"

"是的,"我答道,然后,戴上我的墨镜,"非常感谢你们让我搭车。"

---

[1] 此处指骑摩托车要戴头盔的法规。

"没问题,"那个黑发男子答道,"但愿你不介意我们回家停一下,再捎带几个人。"

过了博尔德之后,我们在一条土路上开了几英里来到一个刷白漆的大木板房前面。一面破旧不堪的美国国旗在新漆过的旗杆上飘扬。货车停下。

"愿你在溪河工作室愉快……"另一个留长发的男人说。

我在那条小溪边坐下,采了一束鼠尾草。溪河工作室里满地是涂上色彩的轮胎,写有"和平"字样的铁制标语牌以及其他抽象的金属制品。那两个男人名叫罗伯特和麦克。他们是艺术家。如同几乎所有其他在犹他州的居住者一样,我们一脉相承,有着共同的摩门教文化背景。

罗伯特刚过四十岁生日。几个女人为他庆贺。他右臂上那道像蛇一样的伤痕是他参加越战的纪念。

"你多大了?"他问道,"十六岁了?或许你从来就没听说过那场战争。"

我没有感到受宠若惊,"我听过……"

他和麦克开始吹口哨呼唤。肯定是在唤狗。唤来的却是个女人。她咯咯地笑着,围着房子跑,后边跟着个男人。我看了她两次——我想她身上还是穿了点衣服的。

"那人叫什么名字?"罗伯特问麦克。麦克摇了摇头。他们转向我说:"别急,时间不长。我们得把人找齐了。"

片刻之后,两个穿吊带背心、牛仔短裤的女人跌跌撞撞地从灌木丛中跑了出来,后面跟着一个持枪的瘦男人。我无法断定这是否是莱尔·阿布纳[1]或20世纪60年代情景的重现。

"我喜欢让这些小家伙跑。"他叫喊着,一头马和一头骡子在绕着圈子奔跑。

在加菲尔德县这片荒郊野地里,家似乎是个遥远的幻影。

罗伯特和麦克认为我是个不中用的人,问我是否介意上另一辆车。那个将头发进行了挑染的金发女郎上了他们的车。当她打开车的后门时,柔情地说:"噢,又一个床垫,真好!"她一头扎了进去。麦克在她后面砰的一声关上了门。

我钻进一辆黄绿色的福特平拖车的后排座,与一男一女同行。当车已发动,要离开"家宅"时,罗伯特走上前来,示意我摇下车窗。

"见到你真高兴,特丽。但愿一切顺利。"他伸出手。

我伸出手与他握手。他往我手中塞了点什么东西。

"我可不想让我的女孩子在旅行时毫无防护……"

我摇上车窗,发现他塞给我的是安全套。我强忍泪水。

此时,前座上那对正在进行法式长吻的男女问我是否介意绕点路找找那女子丢了的石头。

"我丢了我那块闪闪发光的粉红色的石头,"她说,"我骑着哈雷牌摩托车时丢的。"

朝着布满沙岩石的沙漠望去,满目皆是粉红色的岩石。

我们在一条土路上开了足有一小时,把头伸向窗外寻找那块

---

[1] 以同名连环漫画为素材拍摄的美国喜剧电影,莱尔·阿布纳是片名,也是电影的主人公。

失落的石头，直到她放弃寻找，以另一块石头来取代。

"这块比那块差远了，"她抱怨着，"我是那么喜欢那一块。"

"真抱歉，"我听到自己在说，"我知道当你失掉自己的所爱时是多么痛苦。"

我们在锡皮欧镇停下来加油，却发现油泵不灵了。没料想穿着包身牛仔裤、大腹便便的罗伯特大摇大摆地走上前来。

"喜欢我送你的礼物吗？"他问道，试图用他的胯部将我往车上挤。

"牌子不对。"我把他的手从我的肩上拿开。

❖❖❖❖

五个小时之后，也就是刚过10点，那对男女将我放在了医院门口。我向他们致谢。我们交换了电话号码，成了朋友，结果发现，那女子的母亲是我们博物馆的纺织品顾问。

假若我多问些问题，肯定会发现我和罗伯特几代前出于一夫多妻制的同一个祖宗。这是这个行政区域阴暗的一面。

❖❖❖❖

全家人聚集在母亲的病房。我和布鲁克用目光打了招呼。灯光昏暗。母亲看上去挺平静，知道身体真的出了毛病，那疼痛不是空穴来风，她反而感到放心。定于次日上午做手术。

我靠过去，吻了她，并递给她用软皮裹着的一束鼠尾草。

"你在这儿我真高兴……"她喃喃地说。

"我也同样高兴。"

◆ ◆ ◆ ◆

母亲的手术进行了两个半小时。人人都提心吊胆。爸爸在看书。史蒂夫和祖父在大厅里来回踱步。我在写作。

我们又成了一件件被火烧烤的泥坯。

◆ ◆ ◆ ◆

一周过去了。我和母亲坐在外边,在医院的喷泉边听草地鹨啼鸣,"盐湖城是个可爱的小城……"那是我童年的歌儿。草地鹨很快就要迁移了。

母亲感到害怕,怕在前途莫测的情况下继续生活,担心从现在起她的生活会是什么样子。

"我感到现在只是暂时脱身,病情很快还会恶化。"她说。

她安静而虚弱,身体被折磨得疲惫不堪。

"我不会再回到这里,"她说,"在这个医院我已经受够了。"

掉了20磅,母亲现在体重只有100磅。然而,最能流露她的痛苦的是她的目光。她的目光深沉、暗淡、渺茫。

患癌症的人是慢慢死去的,而你身体中的一部分也随之慢慢地死去。

暴风海燕[1]

湖面海拔：4210.85英尺

十天来，我无所事事，只是静静地观望着鲸鱼浮上水面，潜入海底，再浮出水面。

我和布鲁克在特利格拉夫湾，那是位于温哥华岛北端的一个有趣的小渔村。

我们在帮助杰夫·富特，他正在为《拯救英格兰》[2]拍摄一部杀人鲸的电影。昨天，我们乘坐一艘20英尺长的波士顿捕鲸船到约翰斯通峡湾，从早晨6点直至晚上9点。

---

1 相传这种海燕一来就有暴风雨，故称"暴风海燕"。
2 以拍摄野生动物闻名的一档英国电视节目。

我和三位生物学家在悬崖上安顿下来，他们在离水面15英尺处安置了一个水听器，记录水里的震动情况。在看到鲸鱼之前，你就早早地听到了它们的声音。就连我这缺乏训练的耳朵，都能听出游过来的鲸鱼是一头还是一小群。

有几次，母鲸带着幼崽浮出水面。光滑发亮的黑白鱼身在海中穿梭，背鳍如同旗帜飘扬。我们听着它们的轻声细语。一些鲸鱼悄然无声地通过，另一些则欢声笑语地进入海湾。

约翰·利利推测鲸鱼是在口述传统的影响下发育成长的。口述传统即那些故事。一头鲸鱼的经历对于其生活社区的生存很有价值。

我想起了我们家的故事——尤其是母亲的故事——无论此时还是将来我都是多么需要它们。据说，当一个人去世时，整个世界都同他一起死去。

此言也适用于每一头游过的鲸鱼。

◆ ◆ ◆ ◆

浓雾遮天蔽日，我们漂荡到约翰斯通峡湾之外一个荒凉的小岛。一只暴风海燕把我们引向这里。我们一直跟随着她直至她从我们的视线中消失。或许，她是一个幽灵。

悬崖壁上有一个橘黄色的面具在闪烁。那是一组象形文字：瞪大的眼睛上面是一双凶恶的眉毛，下面是张开的大口。它的倒影在悬崖壁下方的水面上跳动。我和布鲁克从船上跳下，把捕鲸船系在不易滑脱的巨石上。此时正是低潮，潮间各种生物的喘息声使我们感到并不孤独。我们小心翼翼地踏上布满海藻的岩石，登上了植被繁茂的小岛。

云杉、常青树和巨大的雪松令我们显得卑微矮小。浓密的赤杨和刺参的灌木丛拢住了我们的声音。这里潮湿而凉爽。微弱的光线渗入这片原始森林。

我们一前一后地走了大约一个多小时。突然，布鲁克停下。在一面纯花岗岩的石壁底部有几个破烂的松木箱。

三个箱子。三个头颅。其中的一个箱中是骨头：部分的骨架，用雪松编织的垫子包裹着的交叉的股骨。

悬崖下面的一个小洞穴里有一个一脸苦相的头颅。另一个瞪大了眼睛，望着放在别的箱子中的它那掉下来的颌骨。这些骨头要比包裹它们的编织物破碎得快。空地上散落的绳节如同一条条小蛇。

夸丘特尔人[1]。这是西北海岸印第安人古老的习俗，即将死者放在雪松编织的箱中悬挂在悬崖或树木上。

我们没有停留多久，也不想打扰我们所看到的一切。

我们快步走回泊船的地方。回头望着捕鲸船的尾波，我在想若非亲眼所见，人们永远都不会知道在这个岛的中心有人类的遗骨。

✦ ✦ ✦ ✦ ✦

我感到自己在盐湖水中漂浮，任由浪潮推打着我。咪咪今天

---

[1] 加拿大温哥华岛沿岸及西北海岸的印第安人，以高度风格化的艺术——如图腾等——著称。

上午做乳腺癌手术。今天是1986年9月8日，我的生日。

我陪咪咪和杰克去医生的办公室看切片检查报告。

"坦皮斯特太太，"医生说，"我带来的有好消息，也有坏消息。坏消息是切片检查是恶性的。你患的是一种被称作派杰氏病[1]的罕见的乳腺癌。好消息是在这个阶段，它有90%的治愈率。"

我们三人坐在他办公桌的对面，神情麻木。

"我建议做一个简单的乳房切除术。这是个轻而易举的手术，实际上，就像切除一颗黑痣……"

咪咪倾身将双肘放在他的办公桌上："年轻人，我的乳房不是黑痣。"

他眨了眨眼，变得有些慌乱不安。

"当然不是，坦皮斯特太太，我只是想说……"

"我知道你的意思，"她插话说，"而我只是想让你明白我的意思。也许我八十岁了，可是我依然是个女人。"

今天，我看着两个看护用不锈钢床将她推出了手术室。我跟随他们进了病房。他们离开后，我关上了门。

"该死的。"咪咪说着，用手捂住了脸。

◆ ◆ ◆ ◆ ◆

我和母亲回到大盐湖湖畔，坐在一道新筑的堤坝上消磨下午。湖畔的沙滩早就消失了。

---

[1] 派杰氏病是1874年由派杰（Paget）首先描述的发生于乳头乳晕区皮肤的湿疹样癌。

我们没有谈论咪咪，而是脱下鞋，把脚放进水中晃荡。我把手指伸进水中尝了尝。我原以为水是咸的，却发现是淡的。

"都三十一岁了……"母亲笑着说，"生日快乐，亲爱的。"

她递给我一个用白纸包装、系着蓝绿色丝带的礼物。我小心地拆除包装，打开盒子。里面是一个玻璃的圆纸镇，淡绿色的背景上有着金色和黑色的波纹。

我双手捧着这个流动着波浪的小球。

◆ ◆ ◆ ◆

我记得儿时咪咪让我用四指弯向拇指做成一个镜头。我闭上一只眼，用另一只眼透过手的镜头观望。我玩着放大缩小焦距的游戏。草叶变成了树林，碎石地变成了巨石场。流过沼泽地的小溪变成了我们陆地上的大河。我的世界是我的独创。

如今却依然如此。

现在假若我用手的镜头聚焦于大盐湖，我看到的是湖水一浪推着一浪：我的母亲，我的祖母，我本人。我随波逐流，没有供我停泊的码头。

几个月前，这种情景会使我恐慌。如今却不再如此。

我慢慢地、痛苦地发现，在我的母亲、祖母甚至熊河的鸟类那里都找不到我心灵的慰藉。我心灵的慰藉存在于我包容一切的爱心之中。假若我能学会去热爱死亡，那么，我就能够开始在这种变化中寻到慰藉。

大黄脚鹬

湖面海拔：4210.80英尺

"不要想象古代居住在沙漠的人有着浪漫的情调及精神的追求。"考古学家凯文·琼斯说道。此时，我们正走向位于盐碱滩中部的浮岛。"相信我，在一万年之前，人们的生活中没有浪漫。他们的行为就像我们一样——评估所处的境地，根据实际情况做出决定。"

我们爬上通往山洞的这座小山。浮岛是一座由石灰石组成、露出地面的孤岛，与在盐碱滩上的银岛山相距至少1英里。山洞的洞口直径为10米，洞深12米。它的南面是西部沙漠，东边是一望无际的大盐湖。迄今为止，这处遗址还没有进行过考古挖掘。

银岛探险是由国家科学基金会资助的一个项目，为了在西部沙漠提水工程淹没遗址之前获取那里的考古数据和标本。

挖掘浮岛洞是为了减轻该岛施工所造成的不利影响。W. W. 克莱德，一个犹他州的公司，正在挖开浮岛的侧面，用它的碎石筑堤。

凯文把从洞中挖出的一筐土倒在牲口驮着的筛盘里。我的任务是细筛这些零碎的破片。我捡起一个玉片，把它放入一个小瓶中。我喜欢听石头在塑料瓶中那"叮当"的响声。

我又往筛盘里倒了一筐土，在筛子上来回地筛着。我将记录在册的物件牢记心中：细树枝、矮松子及壳、一个角蜥的头、雪松果、念珠、骨珠；几百种小骨头片——股骨、胫骨、腓骨、尺骨、肩胛骨、颌骨、头盖骨（多数是蝙蝠、小啮齿动物和兔子的骨头）；甲虫壳、枯草、种子、滨藜叶、红玉片、黑曜石、篮状石陶器、动物和人的粪化石及骨灰。尘土遍布。很快，我的毛孔都变黑了。

一个小箭头在筛子里前后滚动着。凯文确认那是一个玫瑰泉洞遗址[1]的锯齿状的尖头器具。

我休息一下，进到洞里看看情况。

✦ ✦ ✦ ✦

想想那些制作了闭眼泥雕像的民族，再想想弗里蒙特人，大约在公元650—1250年，即约一千年之前曾居住在西部大盆地东

---

[1] 位于美国加利福尼亚州因约县，出土的箭头及陶器等文物表明印第安人曾在那里居住过。

部及科罗拉多高原一带的沙漠部落。他们足智多谋,种植玉米,灌溉农田,利用野生食物。在许多方面,弗里蒙特人与南方的阿纳萨齐人相似。但在许多方面,他们又有所不同。

阿纳萨齐人是依附于科罗拉多高原生活的一个群体,有着复杂的社会机构:部落、精心制作的地穴以及交通系统。与之不同的是,弗里蒙特人是与他们直接的生存环境密切相联的小群落,他们机动灵活,适应性强,也更加多样化。

一些考古学家认为弗里蒙特人是由该地区已有的猎人和采摘者演变而来。他们由大批的定居人口和村落转变为流动性强的部落。盐碱滩上简朴的小石屋,大盐湖边上郁郁葱葱的湿地,以及犹他州中部的白杨覆盖的山坡都蕴涵着弗里蒙特人的精神。

◆ ◆ ◆ ◆ ◆

浮岛洞直面大盐湖。挖开包裹着干洞穴遗址的一层层外衣,有助于考古学家从两个重要的方面来解释弗里蒙特群体。首先,遗址的存放物表明从一万多年前至不足五十年前曾有采猎部落多次到过此洞穴。在这些洞穴中的分层挖掘使我们看到弗里蒙特人是如何从最初的采猎者发展演变的,他们当时采用的是什么样的技术,这些技术又是如何演进的。挖掘还表明尽管每个洞穴的生存模式有所不同,但从总体来看,它们展示了弗里蒙特人所采用的在大范围内移动的生存之道及安顿模式。

在西部大盆地的石灰石山脉中有着数不胜数的洞穴,为栖息于这个区域的采猎者提供了安身及贮物的天然场所。弗里蒙特人或许经常在晚秋和冬季出没于诸如丹杰勒、霍格阿普、普罗蒙特里及鱼泉等洞穴。大多数上述遗址都位于由泉水滋润的湿地附近。冬季湿地上有以灯芯草为食的走禽可供他们食用。他们的饮食中还有在夏季及初秋采集的松子等可贮藏的食物以作补充。另一些洞穴遗址,比如浮岛遗址和湖畔遗址则是弗里蒙特人采集盐角草和蚂蚱时做短期逗留的地方。

"饿了吗?"犹他州考古学家及出土文物主管戴维·马德森递给我长在盐碱滩上的小片灌木丛中的一些盐角草的种子。

我尝了尝。

"滋味比蚂蚱略强一点,"他说,"两年前,当我们在位于大盐湖西岸的湖畔洞穴遗址挖掘时,在存放物中发现了数不清的蚂蚱碎片。我们挖掘的每一层都充满了昆虫的碎片。我们估计那个洞穴的残余物中有多达五百万只蚂蚱。起初,我们对于这种现象无法给出即时的解释,也不能说明为什么洞穴内的贮存物都是用附近沙滩上的沙子均匀地层层码放。大约二十多个风化了的人面标本给我们提供了第一条线索:多数标本都含有与很多沙子融合在一起的蚂蚱碎片。这就告诉我们那些人食用蚂蚱,并暗示沙子在处理蚂蚱、便于食用方面发挥了某种作用。"

凯文把两筐沉渣分别倒入我们两个的筛盘。我们一边筛,马德森一边继续讲述。

"也就是在去年,纯属偶然,我们发现有数不胜数的蚂蚱或是飘进或是被吹进了盐湖水中,随后又被冲上岸,在沙滩上留下整整齐齐、一堆一堆的风干盐浸的蚂蚱,横亘数英里之长。由于浪潮的大小不同,在沙滩上形成了多达五排的这种蚂蚱堆。它们的宽由1英寸到6英尺不等,厚达9英寸,1英尺所含有的蚂蚱大约在五百至一万只之间。由浪潮淘出的那一排排沉积物实际上是外面裹了一层薄沙的蚂蚱。"

"那太神奇了。"我边说边又将一些骨头放进塑料瓶内。

"而有趣的是,"他补充道,"在那之前,我们一直以为采集蚂蚱是个令人厌烦的差事。现在我们才意识到在湖畔洞穴遗址的采猎者只需用手在沙滩上的蚂蚱堆里捧起一把,直接吃就行了。"

"味道如何?"

"就像沙漠龙虾。"

◆ ◆ ◆ ◆

这些沿熊河湾一带的遗址及其出土文物表明,那里的人们并不是全然依赖玉米生活。大盐湖周边的湿地所提供的丰富资源使他们兴旺发达。各种软体动物、鱼类、水禽、麝香鼠、羚羊、麋鹿及野牛都成为他们的食物。灯芯草、香蒲及马利筋等植物的须根枝叶被用以编织衣物及篮筐。

在八百至一千两百年之前,继而,在过去的三五百年,弗里蒙特人在大盐湖湖畔的生活蒸蒸日上。

弗里蒙特人的生活根据湖水的水位变化而游移不定。大盐湖的水涨,他们则后退。大盐湖的水退,他们再返回。他们的社会不像我们的这般固定。他们随着湖岸线的扩展及缩小而变化。那就是他们生活的潮起潮落。

从许多方面来看,弗里蒙特人比我们的选择多。当我们面临一个涨水的大盐湖时该怎么做?把水抽到西部。弗里蒙特人怎么做?搬迁。他们常常是顺应变化,而我们则是守着变化不动。

我很好奇,在弗里蒙特人的世界中,母亲与女儿是怎么相处的。她们是否并肩行走于盐湖湖畔?当她们在用灯芯草编草篮时,讲的是什么故事?女儿是怎样埋葬她们的母亲,尽其哀伤的?闺中秘籍是什么?我觉得它们肯定与鸟类密切相连。

我又继续筛选的工作。将另一筐土举起,倒在筛盘上,铺开沉渣。那些一万年前在邦纳维尔湖滚动的沙粒如今在我的手中滚动。我不停地筛着一层层的岩层:散落的骨头、泉华[1]、绵羊和林鼠粪、枯草的零星碎片。我将它们放入瓶中,把瓶子放入袋中,把袋子放进盒子,再将盒子放进卡车后面。卡车将把它们运往犹他州历史协会的地下室。能够将我们的历史进行编目推测,分类记存,堪称是人类神奇的能力。在野外工作的每一天的结果到实验室中就要被研究一个月。

"戴维,你为什么做这个?"当我们在小货车上码放物品时,我问道。

"因为我想知道这些人是如何应对变化的。我对西部大盆地考古学感兴趣的是把所有这些碎片都拼起来,这些相关的部分打造出一个全貌。对于文物本身,我从不上心。触动我的是地层学。一层一层的沉积物讲述着人类的故事。"

他转过身,锁上车,然后返回丹杰勒洞内挖开的通道。午后的一束阳光打在一排排沉积物上。戴维对它们的解释绝妙无比。

"你现在看到的是一万年前这个洞穴里几乎从不间断的繁衍生息。"他说着,还在描述着湖内砾沙层,"弗里蒙特人的故事还

---

[1] 在矿泉水周围形成的多孔岩石。

没有完结。"

在驱车返回营地的路上,他又娓娓道来:"在发现弗里蒙特人的一千五百年以来,他们产生的考古记载丰富神奇,堪与世界上任何考古记载相媲美。有关他们如何生活、如何应对周围世界变化的记载是我们的一面镜子,也是所有的人民在任何地点和历史时期的一面镜子。"

我望着窗外这片看似荒凉的风景,琢磨着在这片少雨的土地中人性意味着什么。

盐碱滩上响起的一阵爆破声令我震惊。

"他们在为筑坝做准备。"马德森说。

◆◆◆◆◆

在营地安顿下来。用太阳能热水器冲了澡,换上干净的衣服。当我们"打扮好准备就餐"时,彼此几乎都认不出来了。

"晚饭前还有一个小时,"凯文说道,他骑在一辆全地形摩托车上,"我想让你看点东西。"

我将左腿跨越黑皮座,双臂挽住他的腰。眨眼的工夫,我们就奔驰在银礁峡谷的一条土路上。

"这可不是看鸟的最佳路线。"我高声向他喊道。

"我们不是来看鸟的。"他叫喊着回应。

我们飞跃一座小山,在沙地上颠簸着。我们沿着一条路边长着刺柏、几乎被废弃的路又开了一两英里。前方我能看到的只是凯文的后背。他关闭摩托车,下了车。

"我们到了……"

我们眼前是一列三合板制的坦克模型,每个坦克的侧面都印着一面国旗:日本、英国、俄罗斯和法国。德国坦克上饰有纳粹卐字党徽,那是一辆平面坦克。

"这究竟是些什么东西?"我问道,绕着每辆坦克走着。"这像是个军事舞台,可是我们离它还远着呢,……"

"军事目标。"凯文答道,向坦克扔着石头,"几天前我们在寻找洞穴遗址时偶然发现了它们。"

几只角百灵在坦克周围惊起。

"或许它们会在里面筑巢。"我说。

我们试想着将这些坦克沿着峡谷向着我们营地的方向一字排开,觉得这主意挺好玩。但后来又放弃了它。

"你认为它们放在这儿有多久了?"

"不知道。可是如果你抬头望,看到的不是蓝天,而是军事领空。明天你就数数能听到多少声音爆[1]吧。"

✦ ✦ ✦ ✦ ✦

挖掘小分队又回到通往浮岛的路。

昨晚气温降到了冰冻之下,10月中旬,这在大盆地可不寻常。我们用嘴向双手哈着热气暖手。紫色的风景衬托着橘红色的天空。盐碱滩像着了火,与晨光一起熊熊燃烧。

当我们向洞穴遗址跋涉时,岩鹨鹩的叫声划破了宁静。

昨天,小分队发现了一些绳索。凯文说今天我们应当能挖得

---

1 以超音速飞行的飞机所发出的类似爆炸的声音。

再深一点，看看能否由此再有新发现。这些文物似乎是环状的。

缓慢冗长的工作又在继续。

傍晚前，戴维·泽纳用刷子轻轻地拂去绳索上剩余的沉渣，发现了一只鸟足。他顺藤摸瓜又找到一只足。他小心地将它拿到遗址外面。

"是一条鸟足项链？"我问道。

这两只鸟足，约4英寸长，位于鸟跗骨之下，在圈子上摇晃着。鸟足上的网状表皮与绳索上缠绕的纹路十分相像。鸟足的顶上钻着眼儿，筋肉都被挖空，又在上面缠绕了两圈。鸟足和脚趾细长，指向下方。

我又仔细地看了看项链。我猜测：是大黄脚鹬的鸟足。当它们在秋季飞往南方、春季飞往北方时，是大盐湖常见的过客。那是一种优美的滨鸟。

我想象着一个崇拜鸟类的部落戴着这串项链举行春天的仪式，庆贺湿地的肥沃富饶。

"难道你看不到他们围着篝火跳舞的情景吗？"我对凯文说，"穿着羽毛制作的衣服，吹着刺耳的骨制口笛？"

凯文转了转眼珠："那么，羽毛制作的衣服和骨制的口笛现在何处？"

✦ ✦ ✦ ✦ ✦

那天的晚饭前，我在帮着厨师吉米·柯克曼做饭。

"你觉得那串鸟足项链怎么样？"我问他。

"我私下认为谁都想试试它，但没人敢承认他们的幻想。"

"你是说不够专业水准？"我问道。

"与考古学家的信仰相悖，"他答道，"它是科学，不是艺术。"

我们两人对视了一下，顿时感到心有灵犀。我们悄悄地走进放供给品的帐篷，拉出一个装着塑料刀叉和牙线的盒子，一口气做了十二个鸟足项链。弯曲的绳索由带薄荷味儿的牙线所取代。原先挂着鸟足的地方，现在是白色的叉子在摇晃。我将它们藏在我们背后。

晚饭好了：意大利宽面配蛤蜊卤汁。我们用从家里带来的木柴生起了篝火。大家把草坪椅围拢在一起。吉米像变戏法似的朝火中扔了一把粉末，顿时，紫色和蓝绿色的火苗燃起，但他做得巧妙，没有泄露出他那硫化铜的配方。我通过别人带来的一个万花筒凝视着那诱人的火焰，此时，大家正传递着用一个陈旧的杜松子酒瓶装着的"考古学家苹果汁"，喝着这种味道怪怪的果汁，马德森开始讲故事。他的手势幅度越来越大。又往火中添了些柴。又投入了魔术般的粉末。烈焰冲天。

吉米朝我眨了眨眼，然后，我们两个一起给每位考古学家一条鸟足项链。

他们毫不犹豫地脱掉外衣，戴上项链，跳起舞来。他们围着篝火跳得如同部落男子那般狂野，唱着我从未听过的歌。

◆ ◆ ◆ ◆ ◆

我从野外直接回到博物馆。一个保安人员问我是否刚从外面野餐回来。

"没有，为什么？"我问道。

"我想那是你脖子上挂着叉子的原因。"

"噢,这是……"我答道,看了看我的鸟足项链,"新潮首饰。"

◆ ◆ ◆ ◆

与弗里蒙特文化有关的数千件文物被编目存入博物馆的收藏之中。我们为未来保存着过去。接触文物有一些限制条件:戴白手套、穿白大褂,适度的光线以及室温。每件文物都被编号,并附有出土遗址。从被称作MIMS(博物馆文物编目管理系统)的计算机馆藏信息库中可以查到任何一件文物的详细情况。所有文物都在掌控之中。

然而,有时那些文物也令你想入非非。它们擒住了你的想象力,开始唱着昔日之歌:当骨笛将蓝翅鸭唤到熊河湿地的时光。你听到了笛声。你转过身子。你独自一人。突然,那只鹿皮制作的手套动了起来,你看到一只冰冷的手在普罗蒙特里洞穴里颤抖。它从遥远的千年古代向你招手。

文物是活生生的。每一件都有其自己的声音。它们提醒我们做人的意义,即人类的本性就是要生存、创造美的物品、足智多谋、对于生存的世界充满关爱。一串由弗里蒙特男人或女人戴的橄榄壳项链颂扬的是我们对于装饰、权力及威望的本能欲望。精致的石球、雕刻的骨片和石片赞美的是那些根深蒂固、充满礼仪的私人生活和群居生活的神秘。

有时,你会用自身的经历去识别解读文物。我记得看着一片变形的大盐湖的灰色陶器碎片。碎片表层的图案有了磨损的痕迹。它看上去是如此熟悉,我想起来了——那是站在水中的滨鸟，长腿的滨鸟，耀眼的湖光映照在它们的羽毛上。这是一幅我在大盐湖湖畔看了无数次的图像：黑尾鹬、长嘴杓鹬、反嘴鹬及长脚鹬——它们都是弗里蒙特人熟悉的鸟类。

◆ ◆ ◆ ◆

一个夜晚，一轮满月细心地观望着我，如同我的母亲。在大盆地的蓝光之中，我看到了一块巨石上的岩画。它是一个螺旋形。我将指尖放在中心，开始沿着螺旋圈绕圈。这圈子绕出了岩石。我的手指不停地绕着大地、湖泊、天空。螺旋圈变得越来越大，直至成为斯坦斯伯里岛夜空中那繁星点点的光环。一辆摩托车闪着光，飞驰而过。湖浪叹息着时起时伏，时起时伏。

在这大盆地的西部沙漠之中，我并不孤独。

加拿大黑雁

湖面海拔：4210.95英尺

十七位身着白袍的修士在黄昏前唱着晚祷曲。我和母亲坐在圣三一隐修院[1]内的长条木坐椅上。光影婆娑，乐声缥缈。他们唱的歌译成英语是"带我回家"。我们仿佛坐在一个贝壳之中。在反复吟唱的阵阵圣歌声中，我们俯首祈祷。

晚祷之后，我们走在两旁种植着白杨的乡间小道上，上方是浓郁的树冠。它们被夕阳染成金色。秋风习习，秋叶瑟瑟。母亲轻轻地挽住我的手臂。她身体虚弱，而且显得越来越弱不禁风。

---

1 承袭了西方早期基督教徒的隐修传统，于1947年建于美国犹他州亨茨维尔的隐修院。

身着衬衣和过膝的斜纹布裙,肩上搭着一件斜纹软呢夹克衫,她静静地行走在现实之中。我知道她累了。我也知道10月这个下午充满着生机。若非今日,这种时光会将我送往崎岖不平的峡谷岩群之中,那将是我力量的源泉。

我从母亲的脸上看到了一个50多岁的女人所获取的成熟之美。我还看出她的体重有所减轻,但不是由于病情所致,而是减去了身体不需要的那部分。她在顺其自然。我也是。只是从她直言不讳的话语中我才感到她内心的痛苦。

"过去我总认为修士过的是一种自私的生活,"她说,"如今,我再也不会那样想了。"

◆ ◆ ◆ ◆ ◆

我们找到一处芳草萋萋的小山丘坐下,几群加拿大黑雁在一片黄褐色的草地上吃食。大片的向日葵在蓝天下开放。从我们所在的奥格登峡谷的通道,可以看到亨茨维尔隐修院以西仅几英里之遥的大盐湖。

小群的加拿大黑雁在迁移之前聚集在一起。飘过原野的云彩使它们时而在阳光下,时而在阴影中。

"野雁是我最喜欢的鸟类,"母亲说,"它们似乎知道自己来自何处,去往何方。"

◆ ◆ ◆ ◆ ◆

人们可以将鸟类的迁移视为从A点至B点再返回A点的习惯性运动,并单纯地从生理学的角度解释它:秋季,日照时间变短,气温下降,食物变得短缺,鸟吃得更多。它们食量增大,开始增肥并显得焦躁不安。其间还伴随着环境变化的因素,比如,起风、降温及冷锋来临——于是,众鸟群飞,开始迁移。

除了生理因素之外,迁移是否是一种从祖先那里承传下来的记忆,一种想象鸟类可以飞越千山万水回到家园的原始意象?它是否是一种以直觉的形式表现的大智,是生活中唯一的真正向导?或许一群加拿大黑雁飞向南方不是出于遗传因素,而是出于一个物种集体的意愿?它们总是成群地以倒V字形飞行,白色的羽毛与臀部黑色的尾翼之间黑白分明,如同一弯新月,再次提醒它们是在参与另一个循环周期之中。

我们通常都会识别出开始,但结束却不易察觉。通常,只是在反思时才会意识到事情的结束。沉静。当沉静开始时我们大都不会意识到——只有事后我们才会意识到我们曾经的参与。在加拿大黑雁的夜间飞行中,驱使它们向前的是沉静。

托马斯·默顿[1]写道:"沉静是我们内在生活的力量……如果我们在生活中注入了沉静,那么我们就会生活在希望之中。"

✦✦✦✦✦

我和母亲掰开面包喂鸟。我们在草地上零零散散地放下一些鸟食。那是隐修院的修士用石磨研碎的谷物制作的面包。母亲又挽住了我的手臂,我们行走于齐肩深的向日葵中。

---

[1] 托马斯·默顿(Thomas Merton,1915—1968),出生于法国的美国天主教修士和作家。

白头海雕

湖面海拔:4211.10英尺

总算安顿好了。我和布鲁克把家搬到了移民峡谷路,就在当年杨百翰和摩门教徒走向大盐湖山谷之路的小道上。

今天,我们种了四棵北美云杉。那是父母送给我们的暖房礼物。我挨个儿手捧着每棵树的根球,愿它们在这片松软的土壤(在寒冬之日,这实属罕见)中茁壮成长,愿它们成为我们这个新家的保护神。

爸爸和布鲁克耐心地倚着铁锹等待着。

"对不起,布鲁克,"爸爸说,"这种神神道道的做法可不是我教出来的。"

我站起来,拍了拍手上的土,看了看我的父亲:"你骗谁呀,爸爸！是你从小就教我们用棍杖测水，带我们去看你工作的地方。在那里，你雇了个人像水妖似的寻找水源打井。"

"行了，特丽。"

"约翰，我对这件事的看法是，"布鲁克说，"我们永远都无法弄清它。所以，不妨认可那些无形之物。谁知道呢，没准儿这些树真有灵魂。"

◆ ◆ ◆ ◆ ◆

摩门教深深地根植于一种超自然的世界观。魔杖、预言石[1]、占星术及幻觉都是摩门教创始人、先知约瑟夫·史密斯曾经用过的手段。

有些教徒反对用魔杖探寻矿藏，"并非是因为它引导人们去寻宝，而是因为它给人们带来的信息"。

许多人将魔杖视为天启，用它不仅仅是为了寻找水脉或矿藏，而是为了寻求问题的答案。在民间流传的魔术中，魔杖朝上，意为"是"，不动意为"否"。约瑟夫·史密斯不仅熟悉这种传统，他及家人还是这种习俗的实践者。他们利用魔杖和预言石探宝。

摩门教的批评家以上述情况为据对这种美国宗教的起源及信念表示怀疑。约瑟夫·史密斯发现的埋藏于纽约帕尔迈拉附近的"金页片"[2]含有圣经，经翻译后收入《摩门经》。批评家们对此不

1　在摩门教移民的前期，用以探测水脉宝藏，在此教的历史及神学中有重大影响。19世纪早期的美国人试图用预言石来获取上帝给予的藏宝之地的信息。约瑟夫·史密斯曾拥有数个预言石。
2　《摩门经》的来源。约瑟夫·史密斯自称见到了一位天使，天使告诉他写有上帝启示的金页片埋藏的地点。1830年，他将这些金页片上的铭文翻译编成《摩门经》。

以为然，认为那只不过是他年轻时探宝经历的一种延伸而已。

另一些人则声称史密斯对于魔法魔术的敏感性凸显了他在萨满教方面的天赋，成就了他的心路历程。

我认为，史密斯的言行使我信奉的宗教人性化。我很高兴地得知约瑟夫·史密斯是个呼风唤雨的人，他用占星术来确定魔宝，根据"生肖运势"迎娶妻室。

认可我们无法看到的事物，认知我们未知的事物，在混乱之中建造神圣的秩序，这就是宗教之舞的旋律。

我是在一种信奉个人启示的文化环境中长大成人的，这种启示不会因为《旧约》中的古代先知而被埋没和消失。在摩门教早期，权威存在于个人内部，而不在外界。

1971年当母亲被诊断为乳腺癌时，医生说她存活两年的概率不足20%。母亲并不知情。但父亲知道。我得知此事是因为我无意中听到了父亲与医生的谈话。

几个月过去了。母亲在恢复之中。时逢支联会开会，这是摩门教徒一年开四次的教区会议。我父亲是支联会高级咨议会的成员之一，高级咨议会由几位大祭司组成，在教会的组织及属灵事务方面指导教友。会长托马斯·S.蒙森，当时正在为设立支联会会长进行面晤。那时他是十二使徒之一，位置仅次于当时的先知约瑟夫·菲尔丁·史密斯[1]。

开会前，蒙森会长私下与我父亲会面，他也与所有其他高级

---

[1] 约瑟夫·菲尔丁·史密斯（Joseph Fielding Smith, 1876—1972），耶稣基督末世圣徒教会第十任会长（1970—1972）。

咨议会的成员进行了相同的会面。他问我父亲,假若被提名,是否愿意担任支联会会长?我父亲的回答是不愿意。在一种信奉所有教职位置都是由上帝决定的宗教中,这是一种违反常规的回答。

"坦皮斯特教友,你能解释一下吗?"

我父亲只是说,在他妻子的弥留之际,再时常离开她不合适。

蒙森会长起身说道:"你是一个不受干扰,知道轻重缓急的人。"

会后,我父亲走回他的汽车。他听到有人唤他的名字,起初没在意,但听到再次唤他时,才停住脚步。他转过身,发现是蒙森会长。他将一只手放在爸爸的肩上。

"坦皮斯特教友,我觉得必须告诉你,你的妻子在以后的多年都会安然无恙。我想请你及家人在周四的正午在家中静静地跪下祈祷。教友将在教堂的圣殿中会面,我们将把你妻子的名字加入那些摆脱病魔之人的名单。"

那天在家中,家人都围坐在餐桌前准备吃晚饭。爸爸回来晚了。妈妈满脸怒容。我永远都不会忘记他推开门时脸上的表情。他走向母亲,用双臂紧紧地搂住她。他哭了。

"出什么事了,约翰?"母亲问道。

那个周四,我和弟弟们从学校回到家中祈祷。我们全家人都跪在起居室。没人出声。可是在房子里的一片静谧之中,我感到了天使的存在。

✦ ✦ ✦ ✦

"你想让我懂得什么?"我问道。"信仰。"我的曾外祖母维勒特对我说。母亲、外祖母莱蒂和我正在她的公寓里帮她打包。她要搬到一个养老院去住。"信仰，我的孩子。那是福音中最重要也是最动人的信条。"

那时，我对她的回答不以为然。信仰，对于一个上男女混校的大学生而言，是无知的表现，是一种与逆来顺受有关、与自信果断无缘的被动行为。

"在越战中信仰把我们领向了何处？在保护濒临灭绝物种时，如果不借助于立法，信仰又有什么用？"我争辩道。

"亲爱的，没有善行的信仰是无用的。"

当时的谈话内容我就记住了这些。然而，今天，信仰这个话题又闪现于我的脑海。信仰使我们敢于挑战理性逻辑，激励着我们绝处逢生，因为它与我们的欲望无关。信仰是生命各组成部分的中心。它调动起我们体内的隐形部分，使得我们优雅地生活。它信奉的是一种比我们自身所拥有的智慧更为优越的大智。在虚无缥缈的情况下，信仰成为我们的导师。

即便将来母亲过世，人去楼空，我种下的那四棵树也会生长。信仰支撑着它们的根，那些我永远无法看见的根须。

✦✦✦✦✦

"我不相信这是我的身体，"母亲在诺德斯特龙购物中心试衣间的穿衣镜前说道，"我没想到自己这么瘦……还有这些伤痕……"她有些颤抖。

我从软衣架上取下一套6码红色小羊皮直筒连衣裙递给母亲。她走进试衣间，先伸进一只胳膊，又伸入另一只，然后，扣上前胸扣，立起领子。

"正合适，是吗？"她说着，侧身看看后面怎么样。

"正合适，"我答道，"你看上去真是美极了。"

她转向我，眼睛闪闪发光。"现在，就在这一刻，我坦诚地告诉你，我的感觉真好！约翰肯定会喜欢它，尽管它有点奢侈。"

她把裙子还给我。"这件我要了。"她说，很快地穿上她的毛衣和黑裙。我在她身后举着她的蓝绿色外衣，她伸进两只胳膊，套上了外衣。

"谢谢，"她边说边拿出钱包，"接下来，我们是不是该买圣诞节礼品了？"

那天剩余时间都用于疯狂购物：三件给姑姑姨姨的克里斯汀·迪奥牌的睡衣、给史蒂夫的一件衬衣和一条领带、给布鲁克的一件带有鹿头图案的毛衫、给丹的书、给汉克的吉他弦、给安的陶瓷基督诞生塑像、给一个侄女的银花瓶、给邻居们的开心果、十几个水仙花球、一双与她新买的红裙子配套的黑漆皮轻便舞鞋以及给她的孙女考利和萨拉的两个亚历山大女士娃娃[1]。

在等礼品包装时，她站着，我坐着。母亲又恢复了她的生机和活力。她走得快，我都有些跟不上她。

我们在犹他宾馆吃午餐：清炖三文鱼。我们欢声笑语、津津乐道地谈论着一些闲言琐事。

"咱们以后每年都这样过一天。"母亲说。

---

1 已八十年历史的美国经典娃娃品牌。它由比阿特丽丝·亚历山大·贝尔曼女士（Beatrice Alexander Behrman）创办于1923年。最初的亚历山大女士娃娃设计题材来自童话或文学作品中的人物，后来开发了历史名人娃娃、迷你娃娃等。

我们两人都相信会这样。

当我们取到包装好的礼品盒时,已近黄昏。我开车送她回家。当她走出车门时,惊呼道:"噢,特丽,你看!"

夕阳似一团红艳艳的火球在大盐湖的湖面上闪烁。母亲放下她的购物袋,鼓掌喝彩。

◆ ◆ ◆ ◆ ◆

"我应当怎样告诉她呢?"史密斯大夫在他的办公室里问我。母亲在检查室。

"如同以往那样,"我说,"告诉她实情。"我感到泪水在眼睛里打转。我试图显得坚强。

"对此,你不会感到惊奇,特丽。我想去年夏天你就已经接受了这个事实。"

"是的。我是说,我当时是接受了这个事实,可是希望比爱更有威力、更具迷惑性。"

"她的体重减了8磅多,不是感冒所致,而是癌症的结果。她生存的时间不多了。"他说。他走出去,打开了通往母亲房间的门。

为母亲检查完之后,他走回来,说情况比他预料的好,他在6月所触到的肿块没有了,其他肿块也缩小了。

母亲非常平静。在回家的路上,我问道:"你是怎么想的?"

"无所谓,难道不是吗?"她说,"过一天算一天吧。"

我感到她想哭。我想到了她的母亲。一次在养老院,当我们一起痛哭之后,我说:"噢,姥姥,哭出来是不是感觉好些?"

她答道:"只是当你知道最终你都哭不出来的情况下。"

◆ ◆ ◆ ◆ ◆

我和母亲回到了我位于峡谷中的新家。我泡了甘菊茶。

"这茶真好,"她用双手拢住杯子,"我好像总觉着冷。"

母亲让我再添些茶水。我们在长沙发上坐下。我把一个马海毛披肩围在她的肩上。

"我想,这么多年来我一直拒绝接受患癌症这个事实。这是一种生存的技巧。你不去想它,照样过自己的日子。"她歇了口气,"我是说,当危机来临的时期,对于现实,你会有暂时的感情突发,而且你要面对现实。可是随后,你的心神似乎就跃过了病魔。你忘记了自己是个病人,更不记得自己身患威胁生命的重病,是在苟且偷生。更奇怪的是,在生病的整个过程中,我从未因为年纪轻轻就失去一侧乳房而感到愤怒。难道这不奇怪吗?为什么在事隔近十六年之后,现在愤怒出现了?特丽,我感到怨愤。"

母亲终于忍不住了。我们俩泣不成声。

"我猜想,我现在都不知道我是谁了,"她说,"上个月,当我和约翰在拉古纳海滩时,我就知道呆呆地凝视着滚滚的海浪。"

◆ ◆ ◆ ◆ ◆

大盐湖封冻了。由于结冰,你可以向西行得更远——假若你有胆量。

我与我的朋友罗兹·纽马克开着我那辆牢靠的旅行车前往候

鸟保护区——我们尽力向前，直至大湖挡住我们的去路。

那是一片你依附于大地意愿的梦境。我感到我们宛若站在一只大苍鹭的翅膀之下。

当我们行走时，每一步都会引起冰层上的一声喘息。冰层很薄，显露出下面的柏油路。路边的冰层像是一面放大镜，将运动着的物体凝固其中。一片漂浮着的羽毛——它是何时被冻入了冰层？羽茎越来越细，滴着血溶入黑暗之中。

冰层越来越薄，我们的靴子在上面走的每一步听上去都像是脊椎骨在咯咯作响。我们停下脚步。在冰层表面的下边是大量悬着的碎片：两个蜗牛壳、芦苇及草根、一根加拿大黑雁的羽毛、鸟的绒毛、磨石、一块聚苯乙烯泡沫塑料、一个瘪小的玉米穗轴、卵石、死虫子、鱼骨、鲤鱼的鱼鳞、一只女人的鞋子。

再走远一点，冰层显得更坚实，密集并呈乳白色。我与罗兹比试着看谁敢先走。最终，我们彼此握住戴手套的手，开始滑离路面。我屏住呼吸，好像这样能使身体更轻一样。

我们就这样滑行着，直至冰层发出的叹息声、呻吟声及吱吱咯咯的响声吓得我们匆忙返回。身为职业舞蹈家，罗兹具有得天独厚的优势。她向后甩头，空中舞臂，在冰面上跳跃。我则如同跳曳步舞似的一步一拖地向前走。回到路面上之后，我们面对面地跳起了西式的摇摆舞，得意扬扬，一扫刚才的怯懦。

我们又沿着原路向西走了一两英里。两只渡鸦飞过，它们的叫声如同教堂里的人声。之后，又恢复了宁静。十二只白头海雕直立于大盐湖封冻的湖面上，像是戴着白头罩的修士。从11月至来年3月，它们成为犹他州北部的一道风景。当冰雪融化时，它们也随之离去。

冰上的海雕在清除鲤鱼:用嘴挑吃着鱼肉,露出光光的鱼骨。它们将湖面上的腐肉削减成一堆如同雕塑般的骨架,展示出一道荒凉孤寂的风景。

冰能冻住物体,但是在大盐湖它却创造了动物的栖息地。我用手弹了弹冰面的边缘,它发出了水晶玻璃般的响声。支撑着海雕的冰是一流水准的。

熊河转弯向南流动的地方,也是海雕飞来的地方。它们如同点点的思绪闪现在沃萨奇山脉浑厚的背景上。

罗兹双膝跪下,想看清楚冰面下河水中的生物是怎样生活的。脱下手套,她把手在封冻的河面上来回抚摸着。宛如鱼卵的卵石被冻结在河中,提醒我们下面游动着的鱼群。

"知道这一点真令人欣慰。"她说。

◆ ◆ ◆ ◆ ◆

母亲去世了。我陡然坐起,倚在我们的松木床头板上。母亲还活着。我双手抱肩,想止住噩梦带给我的惊颤。

然而,我心中的一种感觉却挥之不去。那就是,失去了母亲,你就永远不再拥有做孩子的奢侈。

我从未感到如此孤独。

◆ ◆ ◆ ◆ ◆

1986年12月16日,我和母亲做出了一个决定:除非她想谈论,否则,我们绝不会谈论她身体感觉怎么样。

"好，"她说，"那么，你今天有什么安排？"

"批改我在大学教的那班以'女性与自然'为主题的论文，"我说，"我在博物馆还有些杂事要处理。你呢？"

"今晚，我和约翰在犹他州酒店参加一年一度的教会圣诞舞会。"

"要去参加舞会你兴奋吗？"我问道。

"太兴奋了。"

"穿着你那套红裙？"

"就是那套红裙。"她答道。

我看到我的母亲在别人还没敢起舞之时，第一个邀请我的父亲步入拼花地板的舞池。

红翼啄木鸟

湖面海拔：4211.15英尺

今天清晨，一只红翼啄木鸟敲打着窗子的上方，将我从睡梦中唤醒。啄木鸟透过窗玻璃往里看。看到它面颊上闪闪发光的红毛真令我开心。

随后，我又听到一阵响声。那是反铲挖掘机的声音。我拉开玻璃滑门，看着挖掘机雪亮的银铲撕裂地面，伸进土中。撕裂的是大地母亲。又一所新房在筑建之中。我看到的是他们在挖我母亲的坟墓。

✦ ✦ ✦ ✦

我按了门铃。没人开门。门是锁着的。我知道母亲在家。我走到邻居家，拿了母亲放在那里的钥匙。我打开前门。母亲坐在台阶上，她双手抱头，把头夹在双膝中。

"你没事吧，妈妈？"我问道。

她慢慢地抬起头："我连走到门口的力气都没有了。"

她开始抽泣。我搀扶着她，摇摇晃晃地走上旋转的楼梯。

◆◆◆◆◆

又是灰蒙蒙的一天。凛冽的寒风吹个不停，使气温陡降。

母亲让步了。我和父亲带她去史密斯医生的办公室。走在病房楼那长长的走道上，我意识到我是多么痛恨这个地方。那种医院的气味、颜色、墙纸以及无窗的、幽闭恐怖的病房。1983年我来过。1984年我来过。1986年的6月、7月和8月我来过。现在是圣诞节。

史密斯医生领我们走进后面的房间，在那里他小心地给母亲扎上了吊针。那种医院的气氛令我窒息。我直犯恶心。

在随后的两小时内，当葡萄糖滴入母亲的静脉时（这是为了给她体力过圣诞节），史密斯医生一点一点地向她透露了病情，如同将一枝玫瑰一片花瓣一片花瓣地撕给她。他告诉她存活的期限，也就是说在几周内她就会死亡。

"你是说我得了癌症？"她问道。

我和爸爸面面相觑。史密斯医生看了看我们，又看了看母亲。他握住她的手，缓和地道出她将面临的情况。

母亲的表情超脱坦然。她看着泪流满面的爸爸。

"我听到了医生的话，但是无法接受和理解它们，"当我们到家时母亲说道,"我只看到了约翰的脸,可以从他的表情中感觉到医生说了些什么话。"

今晚,我们一家人聚在一起,尽情发泄我们的悲哀。"我想在明天之前痛快地发泄完毕。这样,我们就可以好好地过圣诞夜。"母亲说。

我和爸爸目瞪口呆地望着这位如此理智的女性。这挺有趣的。我们在面临死亡时还保留着鲜明的个性。

我们分别谈起对母亲的爱,但她轻柔地说道:"对不起,我无法感受你们的感情。对我而言,那是一种别样的感觉。"她没有细说。

史蒂夫谈到1971年当他还是个孩子时,我们是如何将定时器定为十五分钟响一次,以便为母亲能够好起来而祈祷。

丹讲起爸爸的那老一套,总是让妈妈"把我弄好"——也就是说,把他的衬衣先塞进裤子,再拉上裤子的拉链。

我回忆起八岁时的一件往事:一天我放学回家,心情很糟。因为在学校操场上玩耍时,小朋友们都取笑我天然的鬈发。那时正流行直发。他们叫我"女巫"。母亲拉着我的手走进卫生间,让我在梳妆镜前坐下。

"告诉我你看见了什么。"她说。

我抬不起头来。

她用手托起我的下巴:"告诉我你看见了什么。"

我照了照镜子。她说:"我看到一个长着一对绿眼睛的漂亮女孩。我想让你待在这儿,直到你也看到她。"

爸爸讲起1973年全家人在夏威夷度假的经历:"我记不清我

们当时是在为什么事情争论。可是,突然,黛安娜在饭馆中站了起来,把桌布从餐桌上掀起并说道:'够了!我再也不是你们的奴隶!从现在开始,我要做我高兴做的事情。'那就是这个家庭中妇女解放运动的开始。"

汉克坐在壁炉边,紧挨着我,炉火摩挲着我们的后背。我想,这便是那个从记事起,就生活在母亲将死去的阴影下的孩子。他默默无语。

当家里的男人围在母亲周围,把手放在她的头上时,爸爸给母亲祈福,她又加上以下的部分:"有朝一日,我希望特丽和安以及我的孙女们能够像这样站成一圈……"当爸爸表述我们要帮助母亲共渡难关的愿望时,我们手拉着手——她一直关爱着我们,现在是我们关爱她的时刻了。

"帮助我们,让我们不要害怕。"爸爸说。

随后,他把手放在她那轮廓分明的脸上,亲吻了她并说:"黛安娜,我们能做到这一点,那就是我想让你回家。亲爱的,再也不住院了,就在家里。"

◆ ◆ ◆ ◆

母亲划着了火柴,点燃了起居室玻璃桌上那些松枝中的白蜡烛。她穿着那件带有星星图案的蓝绸袍。时值圣诞之夜。我们围成一圈坐着,每人手中都拿着用银杯盛着的蔓越橘汁。布鲁克准备了祝酒辞:

上周,史蒂夫和安举办了家庭圣诞晚宴。新一代自愿地反客为主，我们没有察觉到这种角色变化，这也在情理之中。火炬传递下来了。这个晚宴象征着换岗的开始。

我们在守卫着什么？

我们在守卫着作为家庭成员的那些时光，那是一些零碎的时光片段。在这些时刻，我们的家庭不仅成为一面镜子，而且成为一个清澈宁静的池塘，我们每个人都能从中看到自己真实的面貌。

我们在守卫家庭的理想，守卫将我们大家联在一起的纽带和脉络。家庭的理想令人精神振奋，给人以生活的渴望，而那些忽视家庭的人失去的正是这些东西。

我们在守卫家庭给予其成员的无条件的爱，这种爱是一种给予我们保护的缓冲器，一种具有魔力的掩蔽物，我们可以像盔甲似的穿着它，却没有留意它的分量。

让我们两次举杯。首先，祝愿老一代：祝你们健康长寿。祝你们安逸舒适并善解人意地度过余生。祝你们超乎寻常、圆满完美地度过余下的日日夜夜，让你们生活中的每一个细节都活在子孙后代的心中。

再次举杯祝愿年轻的一代：愿我们接受长辈的这些礼物，知道它们是这种家庭的传统，是秉承古风的勇气和道德，它们可以像古迹一样世代相传，或者可以使我们插上翅膀。

让我们插上长辈的翅膀。

我们举杯痛饮。圣诞礼物在四代人的大家庭中交换。我们依次打开各自的礼物。

◆◆◆◆

我们到父母家吃圣诞早午餐。母亲在门厅迎接我们。餐厅餐桌上的布置如同以往的圣诞早午餐一样：白色织花台布、斯波德[1]餐盘，每个盘子边上都固定了一个墨西哥锡制烛台，上面有一支红蜡烛、纯银餐具、水晶酒杯，中央是一品红和松枝。

孩子的幼稚或自我为中心的意识不会把上述举动视为壮举。长期以来，我们视生活中的这些细节习以为常。理所当然，我们要吃圣诞早午餐；理所当然，母亲要准备它。

我们列队依次取自助餐。每个人都将传统食物放入盘子中：咸面包布丁[2]、鲜果鸡尾酒，以及战时面包——那是在第一次世界大战食物短缺时，我的曾祖母玛米·克姆斯托克·坦皮斯特为她的家庭特制的一种加葡萄干的糕点。

我们围坐在桌前，一如往常——刀叉轻碰餐盘的声音，菜盘在大家手中传来传去，又添加了水——直到我们一个个地注意到母亲什么都没吃。

我看到她瞧着爸爸，爸爸在桌下紧握她的手。准备圣诞早午餐是我母亲必须做的最后一件事。

1　英国制陶家。
2　由面包、鸡蛋、香肠、奶酪等焗成，是传统美式早餐的重要组成部分。由于口感和做法与"面包布丁"类似，有人称之为"咸面包布丁"。

暗眼灯草鹀

湖面海拔：4211.20英尺

自从圣诞节以来，我们旅行了1000英里。

母亲躺在床上。我在一杯水中滴了一滴含鸦片的麻醉剂，从厨房中走回来。她喝着这种最古老的止痛药。

疼痛会使我们做好什么样的心理准备？艾米莉·狄金森说："疼痛为我们做好了安息的准备。"

◆ ◆ ◆ ◆ ◆

砰！

当我写日记时，一只鸟撞击了我卧室的窗户。我轻轻地从沙发上起身，打开门，发现一只暗眼灯草鹀撞晕在雪地上。它尾翼外侧的白羽毛伸展着。我想将鸟抱进屋，救活它，却没有这样做。我只是抚平了它脖后的细绒毛，关上门，回到了母亲身边。

"经历了所有这些折磨之后，我悟出了这样一个道理，"母亲说，"那就是你得振作精神，继续活下去。"

当她说话时，我揉着她的背。

"我已经与病魔拼搏了这么久，我努力地支撑着活过了这个夏季、秋季和圣诞节——这其中的每一分钟活得都有价值。现在放弃这些努力会使我感觉好一些。我做好了离去的准备。"

"特丽，你已经接受了这个事实，是吗？"

"我的心灵接受了这个事实——可是我的心里却没有。"

◆ ◆ ◆ ◆

几个小时之后，母亲递给我一张纸片，正反两面都写着字。

"我想让你给史密斯医生打电话，问问这张单子上列的问题，以便我对将要发生的情况有所准备。那天我们在他的办公室时，他说的话，我一句也没听进去。"

我看了看这张单子：

绝食致死的过程需要多长时间？会发生什么情况？有痛苦吗？当吃下去的东西都呕吐出来时，我是否要强迫自己进食？喝水行吗？那样是否能有助于脱水的情况？鸦片麻醉剂怎么用？我还是继续每天三次每次一滴吗？有什么药物能平息我的恶心，使我感觉舒服些吗？我们是否需要一个护士？

我在家中就母亲的问题给加里·史密斯打电话。我们有条不紊地将这些问题逐个儿过了一遍。大约一个小时之后，我回到母亲的床边。

"把一切都告诉我。"她说。

陡然间，手拿笔记本那个冷静理性的我撑不住了。

✦ ✦ ✦ ✦ ✦

时值除夕之夜。我们没有谈论新年愿望，而是在谈论我们必须要进行的葬礼安排。母亲在隔壁房间，喘着气。

汉克认为我们的谈论是一种背叛行为。"我可不想参与这件事，"他说，"她还活着呢。"

爸爸变得越来越紧张，在起居室里绕着圈走，一点也拿不了主意。

我提出一些设想。

"如果你认为你都想好了，特丽，那么，为什么不索性开始动手，筹备一切呢？"他呵斥道。

随着爸爸的恐惧越来越强，他的脾气越来越坏。他退进卧室。

史蒂夫和丹同意去选择墓地和棺材。安主动承担做葬服。

看过母亲没事之后，爸爸又回来了："她在睡觉。看到你们料想到的情况了。我想她可能今晚就会走。"

屋里唯一的灯光是从大厅中照过来的。我们一个一个地走进去,向她吻别晚安,然后,离开了。

那是1987年。

爸爸关上了门,在她身边睡下。

◆ ◆ ◆ ◆ ◆

想到又一天过去了,今夜我不想入睡。好在下雪了。终于给这个寒冬添了些温柔的感觉。

我们谁都没睡。史蒂夫和我在等爸爸的电话。爸爸无法入睡,唯恐母亲会离世。丹和汉克无法入睡,因为家里静得令人不安。

我们前厅里的索勒瑞[1]风铃在风中不停地"丁零"作响。又一场风暴要来临了。

我们等待着。我们等待着母亲的离去。令人无精打采的悲伤使我们放慢了行动的节奏。

我决定每天都穿得鲜艳一些:红色、紫色和蓝色,为的是让母亲看着我赏心悦目。

今天早上她轻柔地说:"你在改变我的风景。难为你为我而穿衣打扮。我期待着看你的服装表演。"

◆ ◆ ◆ ◆ ◆

雪不停地下。母亲也日益衰弱。这个白色温柔的世界似乎助

---

[1] 索勒瑞(Paolo Soleri, 1919—),意大利出生的美国建筑师、城市规划师,同时也是风铃艺术家。

了我们一臂之力,来忍受这悲伤。

母亲已经数周没有进食了。我看到她那黑色的眼睛,一天天地变大,深深地凹陷进眼眶。

一切恍如梦境。这所房子的墙将这个家庭与外面的世界隔绝,使人有种神圣的感觉。朋友及邻居都尊重母亲的隐居。

"是我要离世,"母亲的话在我耳边响起,"而不是别人。我要在家人的亲情中度过弥留之际。"

我每天都在忙于照料母亲的细节琐事之中。我喜欢为她忙碌,我们大家都喜欢。可是,当我们看着她由于呕吐和疼痛在床上折腾时,恐惧便如同滚水溅身一样令人战栗。

然而,也有对应的另一方面。虽然疼痛如此剧烈,相应的也总是有柔情似水的一面——给她洗澡、洗头,用精制的法国乳液给她擦身,喂她碎冰,抚摸她的头发、双手和额头。

那是神圣的时光。

母亲的言谈依然兴致勃勃,而且还是爱问个不停。可谓本性难移。当面对死亡时,生活的分分秒秒都被浓缩了。

今天下午,我和丹走进母亲的房间,她正在看朱莉亚·蔡尔德[1]准备用鸡做一道菜的电视节目。

"噢,"她看着电视着迷地叹了口气,"我真想试着做做那道菜……"

整个家如同一根紧绷着的橡皮筋。今天早上,爸爸走得很

---

[1] 朱莉亚·蔡尔德(Julia Child, 1912—2004),美国烹饪专家和电视名人,电视厨艺节目"法兰西厨师"的主持人。

早，气冲冲的。他无能为力，无法挽救他的妻子或保护他的孩子。我们的平静只会增添他的怒火。

母亲越来越难受，虚弱得勉强站立。我扶她上了地秤。她体重只有80磅。

"我不知道怎么去死，"她对我说，"我的心不让我安息。你们要失去我。我要失去你们大家。"

现在正是她的紧张不安沉甸甸地压在我的心头。我们之间那种牵肠挂肚的痛苦——活着的人眼睁睁地看着要死的人，——要死的人看着活下去的人。在弥留之际，她依然试图调节气氛，创造一种平静的家庭环境。然而，她却无法改善现状。

"我感到很紧张，特丽。"

得癌症的不是一个人，而是全家。

✦ ✦ ✦ ✦

刚绕着小山坡兴致勃勃地走了一圈回来，我感到很平静。空气中散发着树木的清香，大盐湖在地平线上闪烁。湖光山色，晶莹剔透。这一切使我意识到，母亲身上那些令我崇尚、敬佩及吸取的东西都是大地中固有的东西。只需将手放在山脉那黑色的腐殖土上或沙漠那无养分的沙粒上，我就能唤回母亲的灵魂。她的爱心，她的温暖，她的呼吸甚至她搂着我的双臂——就是浪花、微风、阳光和湖水。

她在休息。护士来过，给她注射了一支杜冷丁。今天，母亲说她就想睡觉。"不去想，也不去感觉，就是睡觉。"

我从未想象过我们将走向的地方，即我们的终极目标就是死亡。长睡不起。那是死亡的同义词。

今天下午,我给母亲读了一首温德尔·贝里[1]的诗。

> 当对世界的绝望在我心中滋长,
> 当我在寂静的深夜醒来,
> 为我及子孙生活的未来而担忧惆怅,
> 我就会来到并躺在水畔。
> 美丽的林鸳鸯在水面栖息,大苍鹭在那里觅食游荡。
> 我在野生动物中寻到了宁静,
> 因为它们不会深谋远虑,为未来的生活而苦思冥想。
> 我来到明镜般的水面,
> 我感到头顶上的繁星,期待地闪烁着光芒,
> 一时间,我沉醉于这个优美的世界中,放飞我的思想。

"再读一遍,"她说,"慢慢地读。"

◆ ◆ ◆ ◆

把这个家紧绷在一起的橡皮筋断了。爸爸唯恐自己得了心脏病。我急得总是摔盘子砸碗。每天我们都以为情况不会再糟糕了。可是,事实是每况愈下。我们真不知道该为母亲做些什么。

---

[1] 温德尔·贝里(Wendell Berry,1934—),美国自然文学作家、诗人。出版诗集、散文集及小说三十多部。

史密斯医生到家里来给母亲安排吗啡点滴，那样会减轻她的疼痛。

看到他，母亲感到极大的欣慰。

"你感觉怎么样，黛安娜？"他充满同情心地问道。似乎他知道该为母亲做些什么，而我们却不知道。他坐在床边。我们让他们单独聊聊。

几分钟后，史密斯医生打开房门，要我们帮忙。我帮他把静脉注射针头扎进母亲的锁骨下。鲜血，我们母亲的血喷溅在Marimekko[1]被单上。我们看着他用针头试探着寻找合适的血管。他每试一下，我们的心都随之抽搐，直到那弯弯的针头最终扎进皮内，连上静脉点滴的细管。母亲的脸紧绷着。当医生将进入点滴管中的血放回她的血管时，她朝后扬了扬脖子。那血色是黯淡的，不是我曾经见到过的那种深红色。史密斯医生调好了挂在吊针支架上那袋葡萄糖和吗啡针剂点滴的速度。他向我们演示怎样调整点滴的速度，怎样将不同的药物混在一起，怎样将她需要的甘素针剂注入以保持血管畅通。我试了试，可是随后就在盖上针头时刺伤了手指。

我又试了一次，这次成功了。

在起居室里，史密斯医生告诉我们在母亲离世之前，情况会变得更糟。前景似乎无法预测。他说眼下母亲会感到挺舒服，他会时常过来看看，无论何时我们需要他，他都会来。他取了外

---

1 芬兰的纺织及服装名牌，以独特的印花、欢快烂漫的色调风行世界。"Marimekko"是芬兰语，意为"玛丽的裙子"。

衣,出了门。我面对着父亲,无言以对。

他的眼睛都气红了。他的声音刺痛了我,在墙上回响:"不能把我的家变成医院。我受够了。我再也无法忍耐。你可以扮演你的'波利安娜'[1],说这是多么好的一种体验。对你来说,这很容易,因为你不必住在这里。你可以回家,回到布鲁克身边,回到另一所房子的平静之中并忘记这里发生的事情。我却不能。"

"一旦黛安娜进入昏迷状态,我就把她送进医院。有人会照料她——那时,不管怎样,对她都无所谓了。"

---

1 同名美国小说中主人公的名字。波利安娜虽身处逆境,但生性乐观,后将"波利安娜"喻为盲目乐观的人。该小说于1913年出版,被誉为儿童文学的经典,后又被搬上银幕。

三趾滨鹬

湖面海拔：4211.35英尺

"关上门，"母亲说，"我一上午都在等你。"她伸出手。"发生了神奇的事情。我快乐极了。要记住，就在这里，就在此刻，我拥有了它。"

我不明白她在说些什么。

"我身上产生了一种特别奇妙的情况。我唯一可以向你描述的是我正在进入一个纯洁的感情王国。纯洁的色彩。"

我脱掉外衣，将它折放在椅子上。在她身边坐下后，我答道："或许，那就是永恒生命的意义……"

她又握住了我的手，"不，不，你没弄明白——它就在这里，就发生在现在……"

◆◆◆◆◆

今天下午，当我躺在母亲身边时，她握住我的胳膊。

"特丽，这不是一个玩笑，对吧？我是说还有机会吗？"

"什么机会？妈妈？"

"我还有可以活下去的机会吗？"

我停顿了一下，不知道她究竟想问什么或她想听到什么答案。

"我想可能不会……"

她闭上眼睛，叹了口气："啊，我现在真高兴。"

◆◆◆◆◆

每分钟滴十次。吗啡点滴泵咕噜咕噜地冒着泡。她现在解脱了。再也没有恶心呕吐和担心怎样去死的那种令人焦虑不安的日子。对她来说，日子是好过了，可是对我们而言，活得却更难了。我怀念那种是接受事实还是与命运抗争的心理斗争。

母亲在沉睡。

我看着她日益消瘦，皮包骨头。当我给她揉背时，我的手指沿着她的脊椎骨向上推，那脊椎凸显着，如同阶梯。她的脸如同蜡模遗容，皮肤绷紧到头颅。从她的耳际到眼部的骨头像是高高耸起的骨架，撑起她双眼的眼眶如同眼镜。什么都藏不住了。她睁开眼时，眼圈乌黑、双眼深陷。

她的手倒是没有变化，反而日益显得漂亮、富有表现力。她的手指显得更加修长，指甲也留得长长的。我们彼此握着手，让我看到并感觉到母亲多年来对我的养育之恩：那是用摇篮摇着我的手、搂抱我的手、出生时抚摸着我的头的手；那是给我做饭、给我写信、爱抚我父亲身体的手；那是漫漫夏日在花园里劳作、为秋季种植万寿菊的手。

即便是在行将就木之时，这双手也依然美丽。

◆ ◆ ◆ ◆ ◆

死亡再也不是我所想象的那样。死亡是世俗的，如同出生、性爱，充满了气味、声音和人体的液体。它是肉体渐渐地萎缩和凋谢。

◆ ◆ ◆ ◆ ◆

躺在母亲的身边，我感到很平静。我不害怕。我们听着肖邦的作品，偶尔也稍加评论。最后，母亲说道："我就想让你伴在我身边，享受宁静。"

内涵丰富的宁静。我逐渐在领悟它的含义。我和母亲已经渐渐地适应了静静地相伴，有时，我感到难以开口说话。

昨天，她说："特丽，随便跟我说些什么吧……"我感到慌乱，不知道怎样应答。我连忙起身说道："好吧，等一下。我先去给你取点碎冰。"在厨房时，我靠在柜台上，心中涌满了一直想对她说的千言万语，可是当我回到她身边时，想发泄的那一刻已经过去了。言语再一次地失去了它的紧迫性。宁静，那种胜似千言万语的宁静。我坐在母亲的床边，紧握着她的手，碎冰在融化。

◆ ◆ ◆ ◆

今天早上，母亲提到吗啡点滴泵的声音听起来就像直升机起飞时的声音。她的话打断了我的操作，让我想起了自己与直升机的联想。那是四年前，当这一切开始时，我做的那场噩梦[1]。

更换吗啡点滴的药物总是让我提心吊胆。我从黄褐色的药瓶中抽出5毫升的吗啡，相当于75毫克。我原本可以抽得更多。母亲看着我。我们俩不约而同地想着一件事。我将吗啡注射进含5%葡萄糖的蓝色输液袋中，而不是母亲的静脉。然后，我再抽1毫升甘素，将它注射进输液袋，轻揉袋子，让药液充分溶合。我用静脉点滴针刺破输液袋的底部，像挂蜂鸟喂食器似的将它挂在点滴支架上。我排除输液袋里的气泡，随后，关上输液泵。接下来，我用夹子夹住输液管，从贴近母亲锁骨处的甘素阀门上抽出针头，插进了新的液体。我卷起用过的输液管，铺开新的输液管。打开输液泵。重新设定好液体流量的速度，这个程序就完成了。当我看到一切都就绪之后，就将甘素阀门粘在母亲的皮肤上，并用白色的贴条将输液管固定住。往后的几个小时，我就没什么事了。

现在，触摸比以往任何时候都重要。我留意到母亲握我的手时比以往握得更紧。

"握着你的手感觉真好，"她说道，"我感到与你心心相连。"

---

[1] 此处指作者在本书"杓鹬"一章提到的那个奇怪的梦：八架黑色的直升机向她家飞来，她藏在祖母的床下，知道家里要遭殃了。随后，就接到她母亲腹部出现肿块的电话。

史蒂夫来了。我们换班了。

◆ ◆ ◆ ◆ ◆

晚饭后，爸爸带着家中的男孩子去犹他大学看篮球赛。母亲很想聊聊天。

"特丽，我想留传给你的就是：跟着你的感觉走。我就是跟着我的感觉走的。"

我再次问她是否认为我和布鲁克应当要个孩子。

"我真不愿意看到你错失生活给予你的最美好的经历。你究竟害怕什么？"

"我害怕失去我的宁静，失去独处沉思、写作创作的时光。布鲁克像我一样矛盾重重。妈妈，我的思想就是我的孩子。"

"我宁愿将你搂在怀中，而不是你写的一本书。"

"你问我有什么想法，我就直言相告了。"

"而且，我会跟着自己的感觉走的。"

她抚摸着我的背："我真的很爱你。我们之间不需要言语，是吗？你知道与自己的女儿坦诚相待的感觉有多么好吗？你知道你使得我的生活变得多么丰富多彩吗？我看到了循环，爱的循环。"

她把手从我的背上放下，转过身去。

"我想单独待一会儿，亲爱的。"

◆ ◆ ◆ ◆ ◆

"赶快来吧，"爸爸在电话中说道，"值夜班的护士觉得她挺不过今天。"

当我赶到时,母亲有些糊涂了,她说,她感到有些失常,不知道这究竟是怎么回事。

"我不停地梦见大象和融化的冰。"她虚弱无力地说道。

我测了一下她的呼吸。每分钟四次。

爸爸走进来。我们双双握住她的手。她闭上了眼睛。我们惊慌失措,不知道是否这就是离世,感到她随时都会离我们而去。

突然,阳光涌进房间,照耀在母亲的脸上,仿佛是上帝之手伸向了她。随后,阳光洒向房间的另一侧。她的呼吸趋于平稳。爸爸离开了房间。

史蒂夫、丹及汉克走进来。我也留下了。我们开始给母亲逗乐,问她我们几个人中谁是最可爱的。母亲又充满了活力。

"你们看上去都一样,几个小克隆儿。所以,我们就没有再要孩子。"

她那种出乎意料、无拘无束的笑声让我们感到放松。我们从邻居送的那本当地诗集中选了一首小诗读给她听:

> 神情悲哀的小狗
> 拖着疲惫的脚
> 举步来到
> 繁忙的街上,
> 一不留神
> 它就不见了,
> 缩成皱皱的一团
> 落在我们的草坪上。

我们五个人歇斯底里，开怀大笑，笑出了眼泪。爸爸惊慌地冲进来。史蒂夫又将小诗读了一遍。我们的笑声比上次更响——这次与爸爸一起笑出了眼泪。在这一片狂乱之中，咪咪端着一盘烤鸡翅走进房间。我们又给她读了一遍诗，害得她不得不放下了盘子。

　　这一天一开始就充满了欢乐。母亲情绪高昂。我们忘掉了悲伤。门铃响了。朋友来访。克雷尔·史密斯医生走了进来。母亲问他的默特尔比奇[1]之旅怎么样，他的妻子贝弗莉感觉怎么样等等，直到最终他说道："别再问这些了。该我问你了。黛安娜怎么样？"

　　"谁？"她问道。

　　"黛安娜——你呀。"

　　"很平静，"她说，"不痛苦。"

　　克雷尔走了。又一位老朋友到了。他们不停地谈话。母亲兴致勃勃地谈论着病房里流传的闲言碎语，邻里的家长里短，以及时下的热门话题。

　　"太有意思了，"母亲说着，像柴郡猫[2]那样咧着嘴笑着，"我感到又回到这个世界之中了。"

　　她的朋友一直保持着镇静，但走出前门之后，忍不住痛哭流涕。咪咪扶住她说道："我们大家都有同感。"

　　布鲁克穿着滑雪服就来了，看上去更像从北方来的野人，而

1　位于美国南卡罗来纳州海滨城市，为旅游胜地。
2　英国数学家和童话作家刘易斯·卡洛尔（Lewis Carroll，1832—1898）所著的《爱丽丝漫游奇境记》里公爵夫人家中的一只猫。此猫时隐时现，但总是咧着嘴笑。

不像个女婿。他吻了母亲。由于风吹,他的脸依然冰冷通红。

"看到家里的人都很健康,我很高兴,"她说,"把你的金发碧眼给我吧。"

我们都累了。母亲还不停地说。"今天过得真好,"她边说边伸展着胳膊,"我真高兴。我不想让自己活在世上最后的日子过得那么枯燥乏味。"

❖❖❖❖❖

晚上8点。母亲让家人都离开她的卧室。她要看电影《飘》。"如果需要,我会用你们给我的铃唤你们来。"

她关了灯,直坐着,背靠着枕头,戴着眼镜。

一小时之后,她摇了摇铃。她平躺在床上。我端着母亲又吐出的一盆黑绿色的胆汁进了浴室。当我将它倒入抽水马桶时,我也直想吐。它散发着死亡的恶臭味。电影还在放。我听到梅拉妮[1]临终时的话:"别浪费时间了,生命就是由时间构成的。"

❖❖❖❖❖

母亲问我是否注意到了她今天与往日有所不同。我告诉她是的,她更安稳平静了。随后,我问她是否自己也有感觉。

"没有,"她说,"我没有异样的感觉,可是我感到大家对我的态度有所不同。"

我数了一下她的心跳。她的心跳如同一头跃出水面的鲸鱼一

---

[1] 以美国内战为背景的美国电影《飘》,又译《乱世佳人》中的人物。

样强劲有力。

◆ ◆ ◆ ◆

一周前,母亲让我给她写个故事。今天我将故事读给她听:

很久很久以前,在一片布满了零散的贝壳、飞舞着海鸥的海滩上,坐着一位满头银发的老妇人,她坐在一根泛白的圆木上。那是从海上漂流而来的圆木。可以说,圆木与老人已经成为一体。她就坐在那里,凝视着海浪。

"骏马,"她思索着,"海浪一道道打过来,如同万马奔腾。"

她在圆木上前后摇动着,将脚跟蹭进沙滩中。她看到七只乌鸦。是黑色映在白色上,还是白色映在黑色上?她无法辨认,因为白色的浪花在黑色的形体周围翻腾。乌鸦纹丝不动。或许,它们根本就不是鸟,而是石头。她知道自己的眼力靠不住。随着年纪越来越大,她的双眼越来越模糊。即便如此,她也可以问路人她看到的究竟是什么。

可是,没有人来。

海风阵阵,老妇人的身体变得僵硬,她开始闻到了海盐味。那些乌鸦或石头(她依然无法确认)似乎在向她靠近——或者是她在向它们靠拢。她感到累了,就闭上了双眼。

为了保暖,她紧抱着双臂,继续在圆木上前后摇动着,梦到了她所看到的那些东西。

时值新月,海潮在变化。两个男人走过来了。其中的一人对另一人说这海滩现在变得多么孤寂。他们从老妇人身边走过。他们从漂流而来的圆木边走过。他们从那些鸟的身边走过。

"那是什么?"其中一人问道,"就在那边——"

他用手指向与泛白的木头成为一体的身影。

"是乌鸦,"另一人答道,"就是乌鸦。"

随后,他们继续沿着海浪边往前走,小心地躲开浪花,以免湿鞋。

那位沉浸在梦幻中的老妇人听到了她所期待的或许是真的。

"就是乌鸦……"

于是,那七只她差一点儿就误认为是石头的乌鸦与她相伴。

"相信你的感觉……我就是相信了我的感觉。"母亲的话在我的心中回响。

我起身去洗手,在镜子中,我看到了母亲的脸。

◆ ◆ ◆ ◆ ◆

1987年1月15日。下午2点。风在不停地刮。每一阵风都将卧室的大窗户吹得嘎嘎作响。我担心窗子会碎。屋里很冷。当母亲奄奄一息时,我独自伴在她的身旁。这几周来,我第一次感到了害怕。只要母亲一息尚存,我身上的孩子气就不会消除。我盼望着门铃响起,咪咪或外祖母,或我的姑姑姨姨或任何人能够到这儿帮我一把。

母亲不得安生。呼吸时,她的嗓子咕咕地响。她的脖子肿胀。我担心她会很不舒服,就用一块粉红色的湿海绵擦湿她的嘴唇。她仿佛是在与屋里的一个人说话,一个我看不到的人。突然,她起身说:"我该走了。"随后开始走向门口。吗啡点滴泵摇晃着,眼看要倾倒,吗啡输液管都要被拉断了。

我连忙起身,扶住她的腰,以免她摔倒在地。我轻轻地将她平放在床上,给她盖好被子。她看着屋子的一个角落,并用手指着说:"难道你看不见?"

我看了看,可是什么也没看见。

母亲又陷入沉睡之中,屋里又是一片寂静。

因为我看不见,也搞不懂,我吓得浑身发抖。我离开母亲,关上门,躲进了起居室。透过窗户,我的目光注视着大盐湖。它依然如故,映照着天空。我悲痛难忍,放声痛哭。我像个胎儿似的在地板上缩成一团。我厌恶死亡。我渴望生命。我想在夏日灿烂的阳光下,让成群的白鹈鹕围绕着我飞翔。我想在沙丘上裸体起舞。我渴望有人能拥抱我,将我从这痛苦之中解救出来。

随后,我突然想到——我还有个母亲呀!她就在隔壁,应当知道我的感受,了解我的内心。爸爸不停地告诉我她再也无法理解我们说的话,她已经不省人事。我不信他的话。

我走回她的房间,跪在她的床边,低着头,抱着双臂,我哭诉着。我告诉她在她的面前,我无法坚强。我告诉她这一切是多么地令人痛苦难忍,我感到多么地孤独无助,为了她,为了她所必须忍受的痛苦,我受到了多么大的伤害。我告诉她我是多么地爱她，将要失去她我感到多么绝望，她不仅使我学会崇敬生命，也使我学会了崇敬死亡。

我把头埋进她身上的被单，抛洒热泪，倾吐衷肠。

我感到母亲的手轻轻地抚摸着我的头顶。

◆ ◆ ◆ ◆

下午5点，门铃响了。来者是加里·史密斯医生。他走进卧室去查看母亲的情况。

"很快就不行了，"他说，"很遗憾约翰不在这儿。请转告他他做得很好。"他把手放在母亲的手腕上。"晚安，黛安娜。"他环顾房间的四周，拔掉她床边的电话线插头，随后，像来时那样，快速走出了房间。

我和史蒂夫准备更换吗啡点滴的药物。我们的姑姑露丝到了。她送来了一锅炖牛肉，在厨房的炉子上搅拌加热。丹在楼下睡觉。汉克在上班。

突然，爸爸开车闯进了家用车道，却发现那里停满了车。当他猛地向后倒车并将车停在街道上时，车轮发出刺耳的响声。房门砰地打开了。他怒气冲冲地上了楼，大喊道："出去！你们都出去！这是我的房子，我的妻子！"

露丝慌忙离开了，只说了句："约翰，你的晚饭在炉子上热着。"

爸爸走进卧室，发现我们还在那儿，突然，吊针报警器响了。"嘟嘟……嘟嘟……嘟嘟……嘟嘟……嘟嘟……"

以前从未出现过这种情况。我和史蒂夫相互观望着。母亲紧闭双眼。

"我要你们从这里出去,现在就走!"他说,"这里的一切由我来管。"

"爸爸,这里出现了点问题,把它解决之后,我们会立即离开。"史蒂夫充满理性地说道。

由于爸爸的怒气未消,我和弟弟递给他塑料输液管,让他解开。一连二十分钟,我们不停地给他递输液管。我们还有不足一小时的时间来排除故障,否则,母亲的静脉管就会因血的回流而受堵。我从她的锁骨上拔出针头,给她注射进甘素,然后,转身看看点滴泵究竟出了什么问题。在这期间,报警器一直响个不停,发出的红光在房间里闪烁。

屋里闪烁的红光与屋外咆哮的风暴相呼应。坦皮斯特——我们的父亲真是名不虚传。[1]

"走。现在就走。"

"快帮我们把输液管解开吧,爸爸。我们马上就弄好了。"史蒂夫依然平静地说,我们还不停地从父亲手中抽出塑料输液管。过了将近四十分钟之后,报警器停了。问题解决了。

我重新将输液针头扎入母亲的静脉。又准备了5毫升的吗啡。史蒂夫拿来了输液袋。我看了看父亲,他的眼睛像疯狗的眼睛似的。我将吗啡注射进葡萄糖输液袋,轻揉袋子,将它挂在点滴支架上。设定好流量,我俯下身子吻了吻母亲的额头。她闭着眼睛,轻声说:"谢谢你。""我爱你。"我低声回应道。然后,我

---

[1] 坦皮斯特是作为姓氏的音译,其原文意为"暴风雨"。

走出了房门。

爸爸随我们走到我们的车旁。我看着他,却无话可说。当时外面是暴风雪。车在峡谷中行驶,险些滑下路。我心中也是怒气冲冲,不知道狂风什么时候才能止住。

◆ ◆ ◆ ◆ ◆

我在自己家中。停电了。布鲁克在点蜡烛。我和弟弟们决定不回父母的房子。在母亲的弥留之际,我们的父亲是最需要陪伴在她身旁的那个人。

我理解他,却无法原谅他。至少在今夜不能原谅他。

◆ ◆ ◆ ◆ ◆

我坐在躺椅上,品着茶。今天早晨,一道粉红色的光勾勒出东边的轮廓。天空湛蓝。我眼前的山脉清晰可见,一览无余。昨夜的狂野没有留下一丝痕迹。

咪咪和外祖母打电话过来。她们让我尽情倾诉。两人说着同样的话:"相信生活。理解就是爱。"

几年来,我一直想象着当母亲离世那一刻,我在她身边守护的情景。我不得不放弃它——她教会我,死亡不是一瞬间的事情。它是一个过程。另外,她还——

爸爸刚来电话——他想让我们都过去……

◆ ◆ ◆ ◆ ◆

今天是母亲去世的第三天。点亮了一支蜡烛,让我从头说起。

1987年1月16日，周五

爸爸中午打来电话。

"对不起，"他说，"我昨天夜里的行为太差劲了。我只是想与黛安娜独处，想保护你们这些孩子，不让你们产生连我都害怕承担的心理压力。昨天夜里，我意识到我无法将黛安娜从死亡线上挽救过来，也无法庇护你们不面对她的死亡。我意识到亲情不是在弥留之人的最后三十天或最后二十四小时形成的，那是一生一世形成的。我和黛安娜一直生活得很好。"他停顿了一下。"她快不行了。请过来吧。我要你们都来。我不想孤身一人。"

走进母亲的房间。我感到死神正在逼近，并且吃惊地看到了自昨夜以来她身体发生的变化。她的肤色变了——尤其是在嘴角和鼻子周围的部位。她的脸色蜡白，双脚冰凉。似乎死神是从脚趾往上走的。

母亲的呼吸正常，但呼出时有些吃力。呼出去那么多，吸进的却那么少。我在她的床脚跪下，她的脚掌顶着我的前额。那是唯一我能感到她脉搏跳动的地方。我隔着马海毛毛毯揉着她的双腿。她的双腿冰凉。爸爸在房间里踱步，偶尔停下来坐在她身边，握着她的手。我们轮换着位置。

从凌晨1点到下午2点，我们在她身边坐着。那是一种默默无语的心灵的沟通。她的呼吸现在听起来像是呻吟。她的眼睛睁开着，清澈而摄魂勾魄。时间悬停在那里，像是在观望一团火。渐渐地，母亲的呼吸变成了曼恒罗[1],令我们害怕的死神的面具被揭开了。

爸爸含含糊糊地说了句"管好你们自己"之类的话。在那几个小时里,我们开始意识到过去的几周、几个月、几年对我们来说有多么重要。我们不知不觉地谈起了以往的日常生活:篮球赛、每天的新鲜事,甚至还伴随着笑声。可是就在那里,躺着奄奄一息的母亲。我从未怀疑过她的存在。

房间里的光黯淡下来。我突然想到母亲会等到日落之后再过世。而那天的落日绝妙无比。一片杏黄色的光闪烁在紫色的奥奎尔山[2]上。我告诉母亲那是多么美丽的日落——我想起了她曾为壮美的日落而拍手赞叹。

我们开了一盏小灯。母亲的脸色看来好多了。一时间,我们竟认为她是永远也不会死的。她还继续吃力地呼吸着。我们轮流握着她的手,轻揉她的前额,滋润着她的嘴。我们感觉到她的身体开始变得冰冷。她的头开始偏向一侧,随着每一次的呼吸,她的头都要缩一下,令我想起了我在熊河边看到的那只垂死之际的燕子。

爸爸开始焦虑不安。他担心母亲会再撑上几天,而我们已经彻夜不眠地守了好几夜了。他带着几分忧虑苦笑着说:"黛安娜,你再不走,我都要走在你前头了……"

他想在她死时在场,可是没能做到。他担心在母亲过世

1　印度教和佛教的咒语,用来达到生活及宗教修养上的目的,或用以获得诸神的护佑。
2　位于大盐湖南部的一座山脉。此山的山名是土著印第安语,意为"树木茂盛的山脉"。

之前，他就撑不住了。在犹豫片刻之后，爸爸决定去市区取他的车。布鲁克说他开车送他去。

丹离开了。史蒂夫和安到别的房间去了。汉克也走了。我独自守着母亲。

我们的目光相视。那是将死之人的目光。我盯着那双眼睛，那是一双大大的、充满睿智、不带感情色彩的眼睛。那是一双超然物外的眼睛，一双转向内心的眼睛。我从房间对面的躺椅上起身，走到床前，盘腿坐在她身边。我把她的右手握在我的手中，轻声说道："好吧，妈妈，咱们一起来……"

我开始与她同呼吸。一开始就是模仿她的呼吸，像她那样"啊"地吃力地吐气，然后，再以一种更平和的"噢"的方式吸气。我和母亲合为一体。我们共同呼吸。随着每一次的呼吸，我们生活中共同经历的一切都在这一刻，都在此时此地显露出来。

我对她凝视着我的目光感到震惊——那是我们所进行的心灵对话。有时，我只是闭上双眼与她融为一体，再度轻声地说："呼气，妈妈，呼气……"不过，多数时间，只是呼吸……缓慢地、平静地呼吸，直至屋里只留下了甜美的、微弱的呼吸声。

◆ ◆ ◆ ◆

史蒂夫和安走进了房间。他们感受到了她的心境：母亲那微弱的呼吸产生了一种平静的氛围。

我感到了欢乐。我感到了爱。我感到了她对我的爱,对我们大家的爱,对她的生活和生命降临以及灵魂再生的爱。

我对史蒂夫说:"她要走了……她要走了……"

他坐在她身边,握住她的另一只手。微弱的呼吸。轻柔的呼吸。我在心中暗暗地说:"走吧……走吧……跟随着光……"如同走向光的金字塔,母亲离去的过程进入高潮。它充满了爱欲,那种凝聚的爱充分地显示在眼前。那是纯洁的感情,纯洁的色彩。我能感觉到她的精神从她的头顶缓缓上升。她的目光充满喜悦地紧紧地盯住我——那种真挚的情感非语言能表述。

这时,我们听到车库的门响了。爸爸和布鲁克回了家。再有几次呼吸……最后的一次呼吸——爸爸走进房间。母亲转向他。他们的目光相视。她笑着离去。

爸爸跪在她身边,握住她的手说道:"黛安娜,你终于安息了。"

晚7点56分,我与布鲁克并肩站在一起。我感到自己仿佛是母亲降生的助产士。

我们都跪在她尸体的周围。爸爸把妈妈的头放在他的膝部。我们的父亲为了她亡灵的超度而祷告,感谢她生命的勇气和美丽,感谢她的宽容大度,使我们成为她人生旅程的一部分。他祈求她的爱将永远与我们同在,而我们的爱将与她永不分离。他极为谦逊地认可了家人的力量。

在家人独处相伴之中,我们无所顾忌地庆贺并哀悼母亲的过世。一群三趾滨鹬在悲伤的浪潮上盘旋。

艾瑞克·弗罗姆[1]写道:"一个人的一生只不过是自己降生的一个过程;实际上,当我们去世时,应当是我们完全出世之时。"

一轮满月悬挂在繁星点点的夜空中。那是母亲的脸在闪闪发光。

---

1 艾瑞克·弗罗姆(Erich Fromm, 1900—1980),德裔美国心理学家、社会哲学家。

天堂鸟

湖面海拔：4211.65英尺

母亲昨日下葬。

在家的这些日子里，我在一种沉思冥想的状态中，擦拭着水池水管，收拾着穿了一周的衣服，用吸尘器吸着地板。

我用手擦洗了每一个盘子，拂去了桌子上的尘土，甚至连小雕像底部都打扫干净了。

我留意到放在柜台上的母亲的梳子。拉出那一团黑色的短发，不由得使我想起了外面的鸟。

我轻轻地推开玻璃门，走过雪地，将母亲的那团头发铺在白杨树的枝头——

为了鸟儿——

为了它们的小巢——
当春天来临时。

◆ ◆ ◆ ◆ ◆

"等在这儿,我想给你看样东西⋯⋯"我的那位在盐湖城开了一家小商店的朋友走进后面的屋子,返回时拿了一双印第安人的鹿皮平底靴。

它们令我惊叹不已。平底靴深至脚踝,上面钉满了珠子,连靴底都不例外,那是由珠子构成的、盘绕交错的蛇的图案。那可都是雕花玻璃珠:红色、蓝色及绿色,手工缝在白鹿皮上。当我细心地翻来覆去地看着平底靴时,不由得感到好奇:世上有谁能穿这种平底靴呢?穿着这双平底靴走路,会毁了这精美的工艺。

一个随意逛商店的印第安妇女,静悄悄地走近柜台,她的身上散发着怡人的草香味。

"这是陪葬的靴子。"她说道。我将一只靴子递给她,可是她不愿意碰它。"这东西可不多见。"

我的朋友看了看那位妇女,又看了看我。"她说得对。昨天,一位肖肖尼族[1]妇女拿来了这双靴子,她来自大盐湖南10英里处的格兰茨维尔。他们尽其所能,刚刚在斯卡尔谷印第安人居留地埋葬了她的祖母。陪葬品有:一条野牛皮长袍、彭德尔顿毛毯[2]、

---

1 肖肖尼族(Shoshone)是居住在美国大盆地一带的北美印第安部落。
2 彭德尔顿是美国一家毛纺服装制造公司,以其高质量的毛制服装和毛毯享誉全球。彭德尔顿毛毯是该公司最初专门为印第安部落编织的花色独特、工艺高超的毛毯,深受印第安人的喜爱。现在它已成为该公司的标志性品牌。

珠宝、一套滚珠鹿皮衣和鹿皮平底靴。那孙女做了两双鹿皮平底靴。"

逛商店的那名印第安妇女自称是切罗基人[1]。她解释说他们切罗基人只是在每只陪葬平底靴的靴底钉上一枚珠子。

我想到了摩门教举丧的风俗礼仪：我和咪咪精心地把母亲的身体涂抹上精油和香水，给她穿上安用白色的法国棉布为她制作的寿衣；高领的寿衣遮掩了她瘦骨嶙峋的身体，寿衣的线条简约优美，衣领下延伸着精致的皱褶。我回想起她的长筒丝袜、绸缎寿鞋，我们系在她腰间那条绿色的绸缎围裙，上面绣着树叶，象征着夏娃以及在摩门教堂立下的神圣契约。我回想起那条围裙是我曾祖母的妹妹在19世纪和20世纪之交手工制作的。那是咪咪送给母亲的礼物。随后，我回忆起那方显示出母亲面部轮廓的白色面纱。

我竭力想忘掉的一幕是给母亲穿寿衣前在停尸房门厅与入殓师见面的情景：他带我下了两级楼梯，在迷宫般的棺材中穿梭，然后，陡然揭开盖在母亲身体上的茶色丝绒，露出了她的尸体。此时，那只是停放在不锈钢台架上的一具裸体空壳，冰冷僵硬。她的脸被涂上了橘黄色。我让他卸妆。他说那是不可能的，那会擦伤她表皮的组织。我告诉他我就是要给母亲卸妆，哪怕自己动手也行。那个入殓师心怀不满地离去，回来时拿了一块浸了松油的布头。他很不情愿地递给我那块布。接下来的一个小时，我将

---

[1] 切罗基人（Cherokee），北美印第安部落，最初居住在美国东南部，现在大部分居住在美国的俄克拉荷马州。

母亲的脸擦得干干净净。

我记得我早早地就来到教堂,以便在葬礼举行之前,查看鲜花是否摆好,同时,再独自与母亲做一些心灵的沟通。她的脸又恢复了原来的妆。我站在母亲的棺材旁,为我们无法让母亲得到死后的安宁而感到恼怒。我为我们葬礼的空洞虚伪而哭泣。

刚才那个入殓师拍了拍我的肩膀,我回过头。

"对不起,威廉斯夫人,她没有达到我们的检验标准。我们认为她必须化点妆。"

"请坐下吧,"他说,"生者比死者更难受。"

"我情愿站着。谢谢你。"我说着,拿着手帕又转向母亲的脸。

家人们一个接一个地进了屋,走到敞开的棺材前致哀。这是我外祖母莱蒂自去年圣诞节之后第一次见她的女儿。由于身居养老院,坐轮椅行动不便,她只能通过电话与女儿联系。我的外祖父桑基站在她身后,双手放在她的肩上。她的悲痛非任何人能比。

依据摩门教的习俗,我和史蒂夫将母亲脸上的面纱拉下来,在她的颌下系了一个蝴蝶结。我在她的脚下垫了些连翘细枝。棺材盖封上了。丹和汉克在棺材顶上放了一大束郁金香、紫丁香、玫瑰花和百合花。爸爸站在他们身后,显得十分拘板。

朋友们前来吊唁。吊唁的队列越来越长。我们成了公共场面上的欢迎者,热情接待着这些充满悲伤的人,暂且把我们自己的悲痛搁置一旁。

我无法逃避那些回忆。有些令人魂不守舍。有些为你冲淡忧伤。

今天是1987年3月7日,母亲的生日。如果她活着,将是55岁了。我在她的墓前放了一束鹤望兰[1]。

我和布鲁克划着独木舟在红树林[2]中的一条狭窄的水道中穿行。一只4英尺长的虎鹭,用一双金黄色的眼睛窥视着我们。或许,那是我所见过的鸟类最神秘的目光。水路渐宽,我们发现来到了一个盐水湾,像家乡那样的盐水湾。

我们在墨西哥的里奥拉加托斯[3]。

我们继续向前划,成群结队的火烈鸟随风起舞。它们堪称一个芭蕾舞团。离海岸最近的火烈鸟大胆地走向岸边,低着头,在潮水的空隙间用嘴挑选着海藻和虾蟹。这些鸟可不安静。

在觅食者的身后,一群火烈鸟踮着脚尖,朝着相反的方向翩翩起舞,它们的队形宛若一条羽毛的河流,缓缓流淌。它们也不时地点着头,叽叽喳喳,在水上滑行,黑色的鸟嘴冲着天空。它们的舞姿因不停地变奏而优美绝伦。

美洲火烈鸟。灰色、白色、紫红色和粉红色的组合。它们挥洒着红色的光谱。它们的羽毛在水上漂浮。那是精美的羽毛。布鲁克倾身于独木舟的边缘,捡起一片羽毛。出水之后,它缩小了。他将羽毛吹干。

---

1 非洲热带观赏植物,在绿色的佛焰苞中伸展出长茎的橘黄和明蓝色的花朵,犹如飞翔之鸟。英文名为:bird of paradise。它有两层意思:一为"鹤望兰",一为"天堂鸟"。后者是一种色彩鲜艳的鸟类。
2 一种热带海岸红树属的常青乔木或灌木,具有织状致密的根和茎,在有潮汐的海岸生长。
3 里奥拉加托斯(Rio Lagartos)是墨西哥的一处自然保护区,栖息着二百六十多种鸟,其中有几万只火烈鸟,是观鸟者的乐园。

在深绿色红树林的背景下，火烈鸟勾勒出一抹粉红。一群鸟飞过我们的头顶，它们伸着脖子和长长的细腿。一派异国情调。在午后的阳光下，在万里无云的蓝天中，它们成为燃烧的火焰。早期的鸟类分类学家肯定也有同样的印象：火烈鸟的拉丁文学名是 *Phoenicopteridae*，由自焚为灰后再生的长生鸟（phoenix）一词派生而来。

✦ ✦ ✦ ✦ ✦

在盐碱荒漠中有一处神圣的地方，白鹭如同天使在那里盘旋。它是靠近湖边的一个岩洞，泉水汩汩地从地下冒出。我深藏此处，从外面喧嚣的世界中解脱出来。倚在岩洞的后壁上，岩石的弧度支撑着我脊骨的曲线。我侧耳倾听：

"滴答。滴—滴答。滴答。滴答。滴—滴答。"

我的肌肤感受到了岩石上的湿气，我的眼睛也适应了洞中的黑暗。

显示礼俗艺术的古老壁画从岩壁上渗透出来。各类水禽的象形文字装饰着岩洞的内部。其中有苍鹭、白鹭和鹤。蝌蚪和蛇的图案把岩壁点缀上了红色。弓背扭腰的人物疯狂地起舞。一个手持鱼叉的人将鱼叉刺向鱼。在他的身后，依稀可见一个站立在灌木丛中、手托水罐的少女。从渗水的岩壁上显露出的这些形态是如此地透明发亮，仿佛它们随时都有可能消失在水雾中。

我跪在清泉边畅饮。

这是我医治心灵创伤的密室，我来到这里为的是减轻痛失亲人的悲哀。在被鹰清理干净的野兔的骨头上，我刻了V字形的标识，凭着想象简略勾勒出鸟的形态。我放声歌唱，全无怕人听到的尴尬。

我们家中的男人都去了南方，为了在犹他州南部铺管道要待上一年。

我为我家庭的支离破碎而哭泣。

尖尾鸭、绿头鸭和蓝翅鸭

湖面海拔：4211.85英尺

1987年4月1日。大盐湖再创涨潮高峰，湖面海拔达4211.85英尺。

鸟类放弃了大盐湖。湖岸变动不定。开车去候鸟保护区已经毫无意义了。因为，它已成为一片汪洋。我几乎不知道自己身在何处。

自从母亲去世之后，我已经从乐观的沉迷中脱身。我再也没有什么可期望的，因为我的希望已经破灭了。

再也没有幻影了。

◆ ◆ ◆ ◆ ◆

这是4月的一个周日。时值教友大会开会。这是教友的大团聚。来自世界各地的摩门教徒云集于圣殿广场[1]，坐在会堂的教堂长椅上听教友领袖的最新讯息和教义。那些长椅原本是松木的，可是由于天长日久、斑痕累累，看上去如同橡木的。

我开车路过会堂的铁门，与海鸥结伴西行。北教堂路口亮了红灯。我停下。摇下车窗，我能听到会堂唱诗班的歌声《与我同在》《日落黄昏》，因为整个广场都在广播唱诗班的歌。

"同在"意味着：等候；不屈不挠地忍受；充满耐心地承受；毫无异议地接受；处于一种稳定或固定的状态；永远守候于一方水土。《与我同在》，我一生都在唱这首歌。

一到了湖边，我便如鱼得水。这才是属于我的领地。风在吹，浪在打，自然的节拍如同非洲的鼓点令人心动。这里的神灵支撑着我，让我旋转起舞，令我神魂颠倒。大盐湖是一块精神的磁铁，紧紧地吸住了我。教义吸引不了我，荒野却能够。那是一种激情的亢奋，一种不靠情欲而引发的心醉神迷。我甩开了长发，风吹着鬈发，如同翻滚在水上的白浪花打在我的脸和眼上。

风和浪。风和浪。我的胸腔中充满了盐水的味道。我可以从嘴唇上尝到它的滋味。我想要更多的盐水，更多的盐。一双湿漉漉的手。我舔着手指，直到把每个手指都吮干。我闭上双眼。那种气味和滋味使我想起在大盆地上做爱的感觉；在沙漠的中心流淌着汗水的光滑的肉体。伴随着风和浪。一声叹息，一阵高潮。

我将车开离了湖边，停下，在鼠尾草丛中悠闲自得。

向东10英里处，摩门教的教友大会已暂时休会。

---

[1] 盐湖城摩门教会的总部所在地。

◆ ◆ ◆ ◆

摩门教的三位一体由圣父、圣子耶稣、圣灵组成。我们称之为神格。

可是，圣母在哪里？

我们太容易妥协让步了。假若我们摩门教女性信奉圣父及其圣子耶稣，那么只有圣母才能平衡这神圣的三位一体。我相信圣灵是女性，尽管她藏而不露，看不见，摸不着，她是渗入我们的心灵、引导我们走向智慧源泉的圣灵。"那平静轻柔的声音是圣灵的恩赐"，我是听着这句话长大成人的。如今，我认为能识别这种声音的再现就是一种神圣的直觉，是圣母的恩赐。我的祷辞再也不会带有"特有的"阳刚之气的敬语。我既要圣父，也要圣母。如果我们将圣母作为神格的精神对应物，或许，我们就不会朝着星空去寻求灵感及信仰，而是将我们的崇拜转向大地。

我那拥有肉体的母亲已经走了。我精神的母亲依然存在。我是一个重修家谱的女性。

◆ ◆ ◆ ◆

越过海豚岛，在大盐湖的西岸，我用热乎乎的白沙埋住身体。这是充满鱼卵石的沙滩。这些圆满的沙粒有一个石英石的核，也许是小盐水褐虾排泄物的核。在这个核的外面，还有一道由一层层密集的文石构成的外壳。这是大盐湖的珍珠。我戴着它们。那是我内心珍藏的珠宝嫁妆。

◆ ◆ ◆ ◆ ◆

地图上的一处空白点意味着空旷的、寥无人烟的土地，一片试验神经瓦斯、催泪弹和堆积毒性废料首当其选的荒地。

军方认为大盐湖的沙漠是试验生化武器最理想的地点。

原子能委员会的一位官员曾就犹他州的圣乔治与内华达州的拉斯维加斯之间的沙漠有过如下的评述："它是扔弃旧剃刀片的好地方。"

一位能源部的女士，曾绘制了拟定在拉温达峡谷设立的核武器垃圾站的图纸，拉温达峡谷与峡谷区国家公园毗邻。这位女士由华盛顿特区飞到犹他州的莫阿布验算她的数据并要亲眼看一看这片"空旷的土地"。一位当地人接她直接去了那片场地。一到目的地，她就下了车，凝视着那片布满红石的辽阔荒原。她慢慢地摇着头，丢下四个字：

"我没想到。"

◆ ◆ ◆ ◆ ◆

我和布鲁克及几个好友决定到南边过国庆节。我们的目标是位于犹他州东南荒郊僻野中的达克峡谷。在地图上，它似乎毫无特色。多年来，我一直期盼着能进入这片原始的土地，在那里，你可以光着脚在光滑的岩石上走上几天，你可以寻一处清凉隐蔽的深穴，悠然自得地度过正午。不过，我们首先要南下到布莱克斯蒂尔峡谷。达克峡谷距那里还有一天的路程。

在路上，我有些走神，想到响尾蛇，同时又想找一条安全的路走下陡峭的斜坡，结果跌了一跤。我的身体摔在石头上，头撞在岩石上。我跌跌绊绊地滚下悬崖，双手还插在衣兜里，最终挂在一棵老杜松树上，保住了性命。

走在我身后的一个旅伴高声向我喊话，看我是否平安。我答道是的，可是当我背着背包转身想站起来时，他说："不行，特丽，你不行。快躺下！"

血流如注，染红了我白色的T恤衫。那可不是流鼻血，而是从我前额上一道深深的伤口中流出的。那伤口如同一个桃子上裂开的一道口子。躺在布满碎石的斜坡上，我的脑子里不停地想着两件事：我伤得有多重？谁会来管我？我感到自己随时都会失去知觉。

走在后面的布鲁克上了山坡赶到我身边。幸而我们这一行人中有一位专业急救医师，而且配带了一套齐全的急救装备。当她为我止血时，我望着她的眼睛问道："我会死吗？"

"是的，"她说，"但不是今天。"

我松了口气。

"你回家后所要做的，"一个朋友调侃道，"就是留长刘海。"

我们整个上午都在开玩笑，说沿着布莱克斯蒂尔峡谷（现在被命名为"漫游者指路峡谷"）行走的唯一好处就是我们不必从原路返回了。好消息是我还能活下去，但眼前的悬崖又令我沮丧。我只能依靠自己走出去了。

我的头被紧紧地缠上了绷带。喝了些水，休息了二十分钟之后，我和布鲁克走出了峡谷。登上台地之后，地势平坦，我们在100华氏度的高温中横越沙滩，只有依靠我们相濡以沫所产生的动力才能驱使我们向前。我们用了四个小时才走到汽车旁。

十个小时之后,我们来到了盐湖城,并见到了布鲁克的姐夫,他是耶稣基督末世圣徒教会医院的整形外科医生。他打开了我的伤口,我是第一次从手中的镜子里看到它。它从我额前V字形的发尖,越过鼻梁和面颊直到颌骨。我看到了我头骨的板块。那是我头部的岩床。

我已经被沙漠刻上了印记。那道伤疤如同一条红色的泥河从我眉心上端蜿蜒曲折,缓缓流下。那是地图上的一处自然的风貌。我看到了大地与自己的息息相关。

地图上的一处空白点是请我们与自然界会面的邀请函,在那里,风景会塑造一个人的风貌特征。走进荒野意味着寻求冒险,而冒险又使得感觉更为敏感,从而令生活更加美好。

那些我们熟悉并时常回顾的风景成为抚慰我们心灵的地方。那些地方之所以令我们心驰神往,是因为它们讲述的故事、它们拥有的记忆或仅仅是风景的美丽,不停地召唤我们频频回返。

我会重返达克峡谷。

犹他州那片不为人们所知的荒野,那片被某些人视为堆放废弃剃刀片、毒性废料和生化武器废料的地方,是一片可以引发丰富想象力的风景。对于那些珍视它的人而言,它是一则可以相告的秘密。

❖ ❖ ❖ ❖ ❖

"对于那些信奉传统的人而言,这可是司空见惯的事,"咪咪坐在我的床边说,"许多土著的习俗都有割痕的礼仪。它是变化的象征。被划破的人经历了某种重大的变化。"

当我再照镜子时,我看到的是一个长着一双绿眼睛,眉心上端有一道红伤痕的女人。

❖ ❖ ❖ ❖ ❖

"她整夜都感到像产期阵痛似的疼,"我的表姐琳恩解释道,"到了半夜,她醒来,走到卫生间,流下一块肿瘤。她将手伸向马桶内,拉出那一团血肉模糊的肿块,扔进水池。她走到厨房,打开橱柜,回来时拿了一个塑料袋。她把肿块放进塑料袋,封上口,放进冰箱,又回去睡觉。第二天,咪咪给医生打了电话。"

"医生怎么说?"我问道。

"医生说,让她去医院见面,做一些检查。咪咪与杰克一同到了医院。她把塑料袋从手提包里拉出来,将它交给诊台后的护士。正在值班的加里·史密斯看了看那团肿物,又看了看咪咪,然后说道:'坦皮斯特夫人,我现在就可以告诉你,这是恶性肿瘤。'那天晚些时候的切片检查诊断为恶性弥勒氏混合瘤[1]。"

"她们什么时候做的子宫切除术?"

"当天下午。"琳恩说。

"预后如何?"

"前景不妙。"

---

[1] 少见的子宫恶性肿瘤,多见于老年妇女,预后恶劣。以德国生理学家、解剖学家弥勒(Johannes Peter Muller,1801—1858)的名字命名。基于对癌细胞组织的研究,弥勒创建了病理组织学。

◆ ◆ ◆ ◆

"你们美国人也真是的,为什么你们总是对死亡感到大惊小怪?难道你们不懂得跳舞与挣扎是一回事吗?"

津巴布韦一名妇女的声音在我耳边回响。几年前,我们相见于肯尼亚。当时正在放映有关埃塞俄比亚饥荒的影片,我不忍观看那种痛苦的场面,从影院走了出来。她随我走出,抓住我的手臂,把我带回影院。

◆ ◆ ◆ ◆

同一所医院,同一层病房,不同的病室。我的双腿发软。我拿着一束从我们花园中采来的微型月季走进病房。咪咪坐在床上,看着《全景》[1]杂志。

"我回来了……"我笑着说。我刚从博物馆资助的一个为期十天的蒂顿山背包旅行中返回。爸爸也参加了这次旅行。

我递给她鲜花,试图装出一副若无其事的样子。

"你和约翰不在,我真高兴,特丽。我实在不忍心让你们再经历这一切。好在他们没把我安排在黛安娜住过的那间病房。"

我们两个先是笑,后是哭。

"咪咪,到底是怎么回事?"

"我现在是顺其自然了……我只能这样对你说。当我向抽水

---

1 原文为:Omni,美国的一份有关科学及科幻小说的杂志,发行于1978年秋至1995年冬,电子版持续到1998年。

马桶里望去,看到我体内排出的物体时,头脑里闪现出的第一个念头便是'我终于做到离经叛道了'。亲爱的,我对你的忠告是要有意识地摆脱那些约束自己的东西。"

❖ ❖ ❖ ❖ ❖

有意识?就是眼前这位女士,以八十岁的高龄,硬拉着她的两个孙女去参加一个题为"梦的解析"的周末研讨会。我们一连两天看了二十个小时的影片。影片中,荣格梦的分析家玛丽-路易丝·弗兰丝[1]用典型实例讲解了梦的语言。(第二天,我们是穿着睡衣去的。)

有意识?就是眼前这位女士,在我十二岁时就告诉我,我所做的那个让一只美洲雕鸮飞进家门并落在我肩上的梦是我很快就会来月经的预兆。

有意识?就是眼前这位女士,曾认真地考虑过在医生的指导下服用LSD[2]以便体验"如梦如幻的经历",曾直接从摩门教的教义转向东方宗教思想——可是又拒绝用一种教义取代另一种教义。

她的"有意识"可谓登峰造极。

然后,我望着这个我深爱的女士,我精神的导师。在我尚未听说过绿色和平组织之时,她就是该组织的创始成员;她是美国所有环境保护组织的捐款人——我还记得,她曾两次投了罗纳

---

[1] 玛丽-路易丝·弗兰丝(Marie-Louise von Franz,1915—1998),瑞士荣格心理学家,创办了苏黎世荣格学院,一生中分析了六万五千个梦。她写了超过二十本的分析心理学著作,以童话分析最为著称。
[2] 全称麦角酰二乙胺,强力致幻剂。

德·里根的票。

◆ ◆ ◆ ◆

"我们下一步怎么办?"我问道。

"我向你保证,特丽,我没事。八十岁得癌症与四十岁得癌症截然不同。你一定要继续过你的生活,而我会过我的生活。我们都正常地生活吧。"

◆ ◆ ◆ ◆

"大盐湖已在我们的掌控之中!"诺姆·班格特州长高兴地呼喊道,"我们最终掌握了控制权。"

一百名犹他州的共和党人欢呼着,将牛仔礼帽抛向空中。这些人是被称作"大象俱乐部"的共和党的募捐者,他们急于亲眼目睹西部沙漠提水站的竣工。提水站将把几百万英亩英尺的湖水注入盐碱沙漠。

来自经济发展局的戴维·格兰特对着欢庆的人群解释道:"这项工程所投入的6000万美元资金是一笔保险费。它只是在一系列特定的情况下有益于犹他州。如果自然母亲对我们狂怒起来,发了大洪水——那么,这就是该保险不能支付的一种情况。而且,如果我们遇到了旱灾——这笔保险又派不上用场了。可是我想问问在场的各位,有多少人购买了我们的住房保险?我们买它也只是图个高兴。"

提水站工程将把大盐湖的水位降至海拔4208英尺。它将有益于阿马克斯公司、南太平洋铁路和太平洋联合铁路以及大盐湖矿产。在铁路、运输、矿业、野生动物、娱乐业和住宅业方面我们已经损失了2.4万美元。大盐湖南岸（即盐湖城国际机场、80号州际高速公路、15号州际高速公路及铁路所在地）的潜在损失将接近10亿美元。

大盐湖周边的铁路及产业对此都很清楚——大盐湖矿产投资20万美元用以提水站工程的研究，南太平洋铁路自掏腰包，注资700万美元来帮助恢复通往提水站的10英里长的堤道。该工程的投标是2300万美元。

我耳边响起了父亲的话："到头来全是钱的问题……"

阿马克斯公司是毫无怨言的。在将湖水由大盐湖分流到西部沙漠之后，由于蒸发，湖水矿物质含量由7%增至15%。由蓄水池通往镁加工厂的水道已经设计完毕，只差施工完成。阿马克斯公司期待着有3000万美元的收入和创造两百个就业岗位。

犹他州政府或许会否认他们用纳税人的钱去补贴企业，可是他们无法否认他们这一届政府极具想象力。看看州政府有关控制大盐湖文件中的那些选择方案吧：

犹他州大学地理教授威廉·李·斯托克斯建议用核武器轰炸大盐湖，借助核爆破，炸出一个洞，从而将湖水抽向地心。

另一种办法：将湖水染成紫色。某些色彩可以将湖水蒸发量提高10%—15%，深紫色就是其中的一种。将大盐湖染成紫色可不像将鹈鹕和海鸥染成紫色那么简单，因为每次投入的染料只能渗透湖水表层下的30英寸。所以他们必须重复给大盐湖上色，而且由于大盐湖的水量有3000英亩英尺，这项掌控盐湖的方案将会耗尽世上紫色染料的资源，更不用说还要花掉纳税人3亿美元。

但是也并非全盘皆输——犹他州会成为引人注目的旅游胜地。副州长瓦尔·奥维森如是说："这将成为国际上的旅游亮点——把盐湖水抽入一片沙滩——这世上还没有这等事！"

公众观光游已经在运作之中。成千上万好奇的人和将信将疑的人登上从犹他州盐湖湖畔至提水站堤道的公共汽车，要亲眼目睹那些抽水机。负责公共运输的官员相信如果收他们每人1美元，便能从大批游客中为州政府收回6000万美元。

犹他州水力资源处负责公共事务的官员罗恩·奥利斯上个月为最先来参观的五六批游客作导游。他说："当我们正在领游客参观时，空军投起了炸弹。军队在堤道上空为公众进行军事演习。有些飞行员还玩起了《壮志凌云》[1]中的特技，向铁路的铁轨猛冲。在场的游客都很开心。"

与提水站毗邻的犹他州测试训练靶场是美国空军的地盘。为提水站铺天然气管道的承包商必须签署一份文件，在其工人踩了地雷或引爆炸弹的情况下免除空军的责任。

当你进入提水站工程区之后，就会发给你一副泡沫防护耳塞。你用手指将它们压成卷，塞入双耳，等着它们扩充。

身外的世界顿时安静下来。

提水站的所有设施都有明确解说：

空气压缩机，300kW发电机，天然气管道，气动离合器，直角传动齿轮装置，发动机冷却液管道，换热器，发动机冷却液散

1　1986年出品的美国电影，是一部以航空母舰与美国海军战斗武器学校为背景的励志动作电影，被誉为最成功的一部空战电影。

热池。

发动机上有这样的标识：德莱赛兰[1]天然气燃料发动机，在纽约的佩恩特德波斯特隆重推出。其中的三个发动机将带动英格索兰[2]55英尺高的水泵，以每分钟抽出130万加仑水的速度为犹他州水利资源部降低大盐湖水位。

我抓住围栏观看下面的泵轴。它很像我的家用搅拌机中的振动棒。

出来之后，我拿掉耳塞，将它们放入衬衣衣袋。桥下的盐水冒着白沫，打着漩涡。瓣蹼鹬在岸边盘旋。那条贯穿于大盐湖和沙漠之间4英里长的运河被命名为"丽景河"（Rio Buena Vista），这是西班牙人想象中的一条将盐湖水引进太平洋的河流。

"就盐水的腐蚀作用看来，这些水泵能维持多久？"我问奥利斯。

"水泵是由铝铜合金制造的。它们有五十年的寿命。"

"运转这些水泵要多少花销？"

"每年耗资230万美元。每月为发动水泵所需天然气而付出的10万美元出自州议会特批的6000万美元。"

"如果水泵运转起来的话，湖水水位下降需要多长时间？"

"我们期望第一年水位能降1英尺，也就是说，将220万英亩英尺的湖水——或者说32.5万英亩或500平方英里的湖水移到西部沙漠，这取决于你选择用何种换算方式来看它。记住，现在大

---

[1] 美国压缩机制造公司。
[2] 钻探设备制造商，总部设在美国新泽西州。

盐湖里的湖水面积是3020万英亩英尺,大约有2400平方英里。"

罗恩·奥利斯聪明敏捷。我喜欢他。

✦ ✦ ✦ ✦ ✦

班格特州长对"大象俱乐部"的成员说道:"这是一个你们不得已而做的决定。可是,当湖水逼近你的家门时,你只得尽可能地解决问题。那么我就告诉你们,大盐湖现在就是个大难题。"

州长为提水站剪彩。接着是一片欢乐声。西部沙漠提水站正式命名启用。一名"大象俱乐部"成员在返回大巴时转向大盐湖说:"现在,我真想看到我们能把湖水中的盐全都抽出来。"

✦ ✦ ✦ ✦ ✦

我坐在新开通的"丽景河"的岸边,观望着大盐湖的一支水脉流向西部。一条横卧在一块大圆石上的响尾蛇挡住了我的目光。蛇头及蛇尾的音响器官角质环已被猎取者作为战利品割去。我走向那条蛇,提起蛇身。它的每一段精细的肋骨之间都连接完好。它的背上有四十二块菱形花纹。蛇身肯定长于3英尺。我把响尾蛇缠绕在脖子上,离开提水站,起程穿越沙漠。

✦ ✦ ✦ ✦ ✦

诗人罗伯特·哈斯[1]写道:"你听到了痛苦在紧绷的神经中悲吟;它不是歌。"

---

[1] 罗伯特·哈斯(Robert L. Hass,1941—),美国诗人,2008年获普利策奖。

我的父亲不再打猎了。我的弟弟们亦如此。

"我再也无法参与那种屠杀,"爸爸说,"一看到鹿,我就看到了黛安娜。"

汉克几年前就放下了猎枪。丹也一样。史蒂夫手持猎枪进了山,可是自从1983年以来他从未打过一只鹿。

"我从望远镜中看到了雄鹿,可是无法找到合适的理由扣动扳机。"

就我们家的男人而言,他们的悲伤之情已经变成了怜悯之心。

今天下午,我沿着法明顿湾[1]的岸边散步。四只加州鸥、三只尖尾鸭、一只蓝翅鸭、一只加拿大黑雁、两只绿头鸭、一只北美鸊鷉以及一只美洲秋沙鸭——都是死的,都是离群的鸟——被随意地射杀了。它们的死尸散落在沙滩上。

几个月后我才意识到我的悲痛远远超出了想象的范围。那条无头去尾的响尾蛇、那些遭射杀的水鸟,甚至还有被抽水的盐湖和遭水淹的沙漠都成为我广义上的家人。悲痛给予我们胆量再付出爱心。

---

[1] 大盐湖自然保护中心所在地,也是水鸟保护基地。

苇鳽

湖面海拔：4210.20英尺

我找到了那些鸟！位于俄勒冈州东南部的马卢尔国家野生动物保护区收留和收养了大盐湖的鸟群。当然，不是全部。可是，毕竟有许多。尤其是那些集群营巢的鸟类。成千上万只白脸彩鹮、角䴙䴘及雪鹭在湖上盘旋。层层叠叠的云朵如同赶路的航船在蓝天中穿行。尖尾鸭、绿翅鸭和蓝翅鸭在空中飞舞。真有一种宾至如归的感觉。

在易于隐蔽的香蒲丛中，苇鳽鸟嘴朝上直立于它们的地盘上。[1]

---

[1] 多数苇鳽具有保护色，使它可以嘴尖朝上站立藏身，模仿周围的芦苇或香蒲，避免被发现。

一只短耳鸮从背景闪烁着粉红色光芒的原野中飞起。甚至连长嘴杓鹬都在高地上翩翩起舞。这就是我那充满了光和歌的湿地。久违了,湿地那种沁人肺腑的芬香。

我环抱着双膝坐在这片富饶湿润的土地上,这片绿色的土地。我们并非失去了一切。鸟类只是继续前进而已。它们给了我向它们学习的勇气。

这些位于西部大盆地宽广胸怀中的湿地是国家野生动物的保护区——俄勒冈州的马卢尔湿地、内华达州的斯蒂尔沃特湿地和鲁比湿地、犹他州的菲什斯普林和贝尔河;这些沙漠中的蓝宝石,鸟儿在周边飞舞。

环颈鸻

湖面海拔：4209.10英尺

提水站水泵一经开启，盐湖自身就开始逆转。大盐湖在回落，由去年水位最高点的海拔4211.85英尺下降了两英尺多。

湖水回落之处看上去如同久病初愈。铁丝网成了过滤网。一片片的海藻和腐烂的植物如同人造纸张和缠绕的发束悬挂在上面。

一个"炸弹捕捉网"正在西部沙漠上建起。它是西部沙漠提水站一个最新的组成部分。

美国空军在自己的环境评估报告中透露了以下信息：在"二战"以来所进行的试验任务中，尽管大多数炸弹都在弹着点爆炸，但有些并没有。人们担心那些没有爆炸的炸弹，包括一些埋在盐碱荒漠中的防水炸弹，会被蓄水池的水冲动，漂向大盐湖。

"想想看,一个大约1100米长的大箅子,"设计炸弹捕捉网的那个盐湖城的公司——宾厄姆工程技术公司的董事长布伦特·S.宾厄姆说道,"它有两千两百个纤维玻璃栏,每个高5英尺,间隔6英寸,将横跨于泄洪道上,阻挡因纽芬兰山脉西边新建成的蓄水池中泄洪而冲出的炸弹流入大盐湖。"

宾厄姆先生今天向报界透露,至今在蓄水池未曾见到漂浮的炸弹。那池子2.5—3英尺深。但犹他州的官员不愿冒任何风险。

犹他州自然资源部部长迪伊·汉森说:"炸弹捕捉网并不是为了大炸弹而设的。它是为含磷燃烧弹和装在军用帆布袋中的各种类型炸弹而设立的。……空军在那里试验了一组炸弹。即便是没有爆炸的炸弹,其主要部件也都损坏了。但是空军还是谨小慎微,我们也希望他们如此。"他补充道:"希尔空军基地一个械弹处理小组在纽芬兰大坝开工建造之前勘探了用以筑坝的12英里长的狭长地带。他们发现了一些没有爆炸的炮弹,并将其收回。"

我所看到的只是不计其数的风滚草在水面上翻腾,将漂浮的炸弹驱向过滤网。

西部沙漠提水站是1988年由美国土木工程协会颁发的杰出土木工程奖获奖提名的十三项工程之一。

"该奖表彰的是那些显示出高超的工艺并对土木工程进步和人类做出巨大贡献的工程项目。"协会的发言人希拉·布兰德如是说。

✦ ✦ ✦ ✦ ✦

今天,我们博物馆接了几个电话,致电人想了解是否发生了地震。根据校园[1]地震监测站的消息，没有地震。

后来证实那种强烈的震感不是来自地面，而是来自天空。

当空军于下午2点30分在大盐湖附近投放25000磅炸弹时产生了大气层的冲击波。

希尔空军基地负责公共事务的空军一等兵杰伊·乔尔兹说："我们在盐湖西部的测试训练靶场定期投放炸弹。当时的天气情况肯定是碰巧利于冲击波的传送，所以才传送得那么远。昨天，我们也投放了25000磅炸弹，却无人留意。"

◆ ◆ ◆ ◆ ◆

有显示表明，由于沿海栖息地的丧失，自从20世纪60年代以来，加利福尼亚州、俄勒冈州和华盛顿州沿海地带环颈鸻的数目下降了50%，而原来这些地区有大量的环颈鸻。1988年3月，国家奥杜邦协会上书美国内务部渔业及野生动物局，将西部沿海的环颈鸻列入濒危物种。据预测，美国西部（包括犹他州在内）现有环颈鸻成鸟一万只，繁殖期后可上升至一万三千只。了解内陆环颈鸻的数目及其分布对于我们了解鸟类整体的现状十分重要。这也就是我们在犹他州查点环颈鸻数目的原因。

从清晨，我就一直在克罗科代尔山以北的盐碱滩中仔细地搜寻环颈鸻。可是至今，一只也没找到。

领导这次普查的野生动物资源保护协会犹他州分会禁猎生物学家玛吉·哈尔平和我间隔约半英里的距离平行走在盐碱滩中。

1　作者工作的博物馆位于犹他大学校园内。

由于盐碱滩中的炎热和刺眼的阳光，我们之间的距离似乎比实际距离要远得多。

我沿着大盐湖西岸缓慢地走着。湖畔的泥土断崖颇有点诺曼底的味道：湖水的侵蚀使它们形成了奇特的形状，昔日的浪潮冲出了凹地和通道。那里没有足迹。

湖边的沙滩上到处可见大片死去的碱蝇和瓢虫。除此之外，到处布满了石灰石碎片，走在上面嚓嚓作响。酷热无比。我停下脚步，用湖水把围巾浸湿，再将它系在我的额头上。

我从湖边转身向西，按原路返回盐碱滩。又一个小时过去了。我看到了动静。两只环颈鸻从前方飞掠而过。玛吉也看到了它们——我们不约而同地挥舞右手相互示意。假若它们不是在这片泛着白盐花的风景中掠过，那么就不可能被人看到。它们伪装得很好。

我和玛吉相聚，坐在盐碱滩上观看环颈鸻。我得从望远镜斜视，才能避开盐碱滩上反射的强光。热浪使得环颈鸻模糊不清。它们好像是在找半英寸长的金色甲壳虫吃。我们从身边捡起一只这种虫子，仔细观察一下环颈鸻吃的食物。金甲壳半透明，像宝石一样。我们把甲壳虫放回原路，它逃之夭夭。

环颈鸻是盐碱滩上的书法家。它们的踪迹是飞舞的草书、神秘的讯息，让细心的观鸟者追随它们变化莫测的行踪。

我们又看到两只带着雏鸟的环颈鸻成鸟。跟着它们的有两只雏鸟。我和玛吉相互核实了数据。

"库喂特！库喂特！库喂特！"

时至今日，它们的叫声仍是荒漠中唯一的语言。

人们认为环颈鸻不常在大盐湖沿岸过夏,所以我们在1988年6月11日总共才看到六只环颈鸻也不足为奇。它们被列为在内华达州的皮拉米德湖和加利福尼亚州的莫诺湖的常见留鸟。长期分布记载表明环颈鸻的数目随着大盐湖的回落而上升。更多的栖息地支持着更多的鸟类。

令我感兴趣的是这些胸前带有褐色横纹的小白鸟[1]怎样能在如此荒凉的土地上生存。盐碱滩上绝无仅有的影子是环颈鸻投下的影子。即便是有淡水,也少得可怜。它们的食物也都是盐碱地上繁殖的物种——碱蝇和甲壳虫。

弗雷德·赖斯在《西部大盆地的鸟类》一书中解释道,这种"含水的食物,即使在最干旱炎热的年份,也是多水多汁……环颈鸻每吃一口食物就相当于是在饮水"。

环颈鸻站在盐水中避暑纳凉,随后再让盐水从身上蒸发掉。

盐碱沙漠中的酷热还提出了一个问题:为什么它们的鸟蛋没被烤干?

环颈鸻的鸟巢安在浅洼里,暴露无遗。有些环颈鸻用死碱蝇蛹作巢底,然后在上面铺上小卵石和贝壳。雄鸟和雌鸟都孵卵;在热天,比如今日,它们就不停地交换位置,由坐姿到立姿(这与我们也差不多)。人们见过亲鸟将身子浸在盐水里,随后返回正在孵化的鸟巢,抖动它们带水的翅膀,把水洒在鸟蛋上。平均每窝有三枚蛋。研究报告提示在犹他州孵化的鸟巢中,有一半养育着两只雏鸟。

1　此鸟下身为白色,背部呈淡褐色,胸前有一圈褐色的斑纹。

我和玛吉喝着她水壶中的水。我感到头部跳疼，这让我意识到我忽视了自己也需要水这个事实。我担心由于在烈日下暴晒过久会中暑，说不定回家都困难了。

在要穿越齐肩深的黑肉叶刺茎藜，按原路返回之前，我在盐湖中游了一会儿。大盐湖光滑的水抚摸着我灼热的身体，令我感到凉爽，尽管盐水对皮肤也有刺激。这暂时缓解了我胃中的不适。我舔了舔肿胀的嘴唇，却留意不去揉眼睛。

我赶上了玛吉，跟着她穿过迷宫般的黑肉叶刺茎藜丛。我们听到响尾蛇的声音，停了下来。那是世上最冷酷无情的声音。我们选择了另一条路，飞快地走向克罗科代尔山。

当沿着湖边那条弯曲无人的土路独自驱车回家时，我突然感到一阵眩晕。我停下车。眼前的一切是如此陌生。我走出车门，在山艾树后面大口地喘着气。

当我苏醒过来时，躺在犹他州特里蒙顿一家汽车旅馆昏暗的客房里，我所记得的就是这些。我给布鲁克打电话，想看看他是否能告诉我究竟发生了什么事情。他不在家。这时我想起了观看环颈鸻的情景。环颈鸻教我如何生存。

❖ ❖ ❖ ❖ ❖

1988年11月15日，莱蒂·罗姆尼·狄克逊在久病之后于正午去世。我的外祖父——桑基在她去世之前一连数月守在她的床前。昨夜，我和他们一起守夜。他握着外祖母的手，我握着他的手。我感到母亲也在身边。死亡成了一道熟悉的风景。我闻到了它的气息。

我们为外祖母做下葬的准备。由于患帕金森病,她放在胸前细小的双臂如同鸡翅一般。这么多年来,这双手臂都无法拥抱她所爱的人。这是我无法容纳的痛苦。而她那双蓝色的眼睛却容纳了。可是现在它们永久地合上了。

我的舅舅唐从外地赶回来,走进了房间。我们相拥。我从他的脸上看到母亲的容貌,却没听到他说一句话。

一回到家,我就剥开了一个石榴。当我吃着略带酸味、丰富多汁的石榴籽时,红色的果汁滴在我的手上,溅在我的腿上。

母亲、女儿、外祖母。狄米特和波西芬尼的神话在我们生活中延续。[1]

◆ ◆ ◆ ◆

"这不可能是一种巧合,对吗?"我在电话里问我的表姐琳恩,"一家三个女人,并无直接的血缘关系,却在几个月中各自全都患上了癌症?"

"我真不知道这是怎么回事,特丽。我所知道的就是我母亲得了乳腺癌,她明天做手术。"

"琳恩,是否有一种我们没有看到的模式?"

琳恩情绪激动,声音都变了调。"我只知道,"她说,"我痛恨的是身为女人要付出这么多,而男人却付出得那么少。"随后是一阵长长的沉默。"我害怕,特丽。我为你和我而感到害怕。"

"我也是的。我也是的。"

---

[1] 前者为希腊神话中的大地女神,后者为希腊神话中的阴间女神。

✦ ✦ ✦ ✦ ✦

自然历史博物馆里的鸟蛋收藏品有点问题，但我也搞不明白是怎么回事。一眼望去，那些在棉花上陈列的一窝窝的鸟蛋令我动心。鸟蛋的大小及色彩的区别很大，从带有粉红色和褐色斑点的游隼蛋到纯白正圆的美洲雕鸮蛋。而那些小鸟的蛋更堪称个性不同的工艺品，有的带有斑点，有的带有斑纹，像蛋壳上的油画。

可是当我拿起这些鸟蛋时，却感到它们一点分量都没有。那只是轻飘飘的蛋壳。实际上，生命已经从一个小孔中被抽空。

我不由得想到鸟蛋不是供人观看的。这种鸟蛋的展览是一种亵渎，是对一个部落神秘包裹[1]的曝光。这些鸟蛋是一个物种精心隐藏的宝贝，是雌鸟妈妈温暖羽翼下的一窝子女。

这些蛋壳里隐藏着众多的奥妙，意味着众鸟飞回湿地甚至熊河。然而，我们却以生物学的名义牺牲了这些鸟蛋，以证实那原本就显而易见的事实，即我们知道每只鸟的出处。这些空蛋壳是我们所拥有的证据。

在回家的路上，我顺便停下看了看咪咪。她正在餐厅的画架前作画。她清洗了画笔，随后，我们在她那间蓝绿色的书房坐下。

"你在想什么？"她问道。

---

[1] 据说土著印第安人常随身携带一个内含神秘之物的包裹以驱灾避邪。此处作者将鸟类喻为一个部落。

"告诉我鸟蛋象征着什么？"

她用手捋着她那灰白的短发："对我而言，它是生命的起源。在创世神话中，据说神鸟的腹中孕育着宇宙蛋。你怎么问起这个？"

我描述了在博物馆看到的鸟蛋收藏品的情景，以及由此引起的不安。

"空空的鸟蛋意味着空空的子宫。大地出了毛病，而我们也不健康。我从地球的状态看到了我们自己的身体状态。"

咪咪专注地听我说话。她站起来，转身去打开了院里小径边的路灯。暮色浓浓。我不禁还是看到了她隆起的腹部，那孕育着肿瘤的腹部。

"这世上万物都紧密相连，"她说，"我坚信这一点。"

◆ ◆ ◆ ◆

"我们在大盐湖周边共查点到四百八十七只环颈鸻，包括十一窝鸟巢中二十六只雏鸟。"在开往斯坦斯伯里岛的路上我告诉咪咪，"生物学家估计在犹他州大约有两千对正在孵化的环颈鸻。"她想走出房门，换个环境看看风景。尽管身患癌症，她的体力还撑得住。

我们刚才看到四只环颈鸻在盐角草丛中慌乱奔逃。

就在格兰茨维尔的外围，数千只细嘴瓣蹼鹬和黑颈䴙䴘在高速公路附近的池塘中央觅食。这无疑是候鸟迁移中的停歇站。

由于大盐湖可以反映出在那里觅食休息的野鸭、大雁、天鹅及滨鸟的状况，因而它起着举足轻重的作用。因此，西半球滨鸟保护网络[1]已将此湖确定为从北极到南美洲南端滨鸟迁徙所经路途中那些移居、孵化及过冬基地网络中的重要一环。

成为保护网络中的一员,大盐湖可以获得国际援助,用以当地的环境保护和湿地管理。野生动物资源保护协会犹他州分会、美国内务部渔业及野生动物局和美国土地管理局已经提名大盐湖进入保护网络。最近,犹他州公园及娱乐管理处与犹他州国家土地及林业局携手签署了这项提名。

要具备保护网络成员的条件,候选基地每年必须能够接收超过二十五万只鸟,或超过某种鸟类在迁徙所经路途中30%的数量。

大盐湖具备了这些条件。它在一季中就能容纳几百万只鸟。然而,唐·保罗指出,大盐湖仅凭细嘴瓣蹼鹬一项就可达标。从7月至8月间,常常有五十万至一百万只细嘴瓣蹼鹬在飞往南美洲的路上停经大盐湖。

西半球滨鸟保护网络已将大盐湖与德马奇基塔湖相提并论。后者是位于阿根廷科尔多瓦地区的盐湖,细嘴瓣蹼鹬过冬的基地。这两个湖可谓姊妹鸟类保护基地。

"想想一只细嘴瓣蹼鹬要飞过的路程,"咪咪用望远镜观察之后说道,"再想想那一群一群的瓣蹼鹬,几百万只鸟集结成一个整体,共同赶路。我们只顾自己生活,很少关注这种奇迹。"

无数的羽翼拍打着鸟类的乐曲,在地球上飞过。每年有两千万只滨鸟春季从美国迁徙到北极的繁殖地,冬季再返回它们在南美的

---

[1] 1985年在美洲发起的滨鸟保护组织,分别以西半球的重要性、国际上的重要性及区域重要性为标准,确定其鸟类保护基地。

越冬地带。一年中,每只鸟大约要飞越多达15000英里的路程。

大盐湖是这些候鸟的保护基地。当然,在候鸟迁徙所经路途中还有其他重要的基地,对于这些依赖湿地生存的鸟类的安康起着举足轻重的作用。阿拉斯加州的科珀河三角洲、加拿大的芬迪湾、华盛顿州的格雷斯港、堪萨斯州的夏延湖及新泽西州的特拉华湾就是几个养育众多滨鸟的绿洲。

没有这些保护基地,数以百万计的候鸟将无法成功地迁徙。而这些基地又不牢靠。环境保护法只有在人们支持的情况下才具有威力。我们稍不留神,这些法规就会被废止、损害或削弱。

长期以来,湿地一直是挖掘、抽水及泄水的对象,或被视为我们城市周边的废地荒原。在犹他州,人们已经在设想一个无盐的大盐湖。有人已拟定了提案要犹他州议会提出"沃萨奇湖"的设想。沃萨奇湖开发商联合会将在介于80号州际高速公路、安蒂洛普岛、弗里蒙特岛、普罗蒙特里波因特之间的四个县内修筑长达18英里的跨岛大坝,从熊河、韦伯河、奥格登河、乔丹河以及其他支流蓄水注入大盐湖。

他们眼中的沃萨奇湖长52英里,宽12.5英里——是位于犹他州南部和亚利桑那州西北部之间的鲍威尔湖面积的三倍。

不同于鲍威尔湖,沃萨奇湖长达192英里的湖岸线大多是私有财产,于是便很有可能成为湖畔无限制开发的商机。赞助商已经有了开发安蒂洛普岛的规划。他们视之为一个理想的地点,用以建造一个拥有高层旅馆和公寓楼的主题公园。

沃萨奇湖是商人们梦想的空间。最终,大盐湖总算是有了些价值。

鸟类怎么办?

咪咪转身向我,她的腿伸展于半月湾的沙滩上。

"你怎样评价灵感?当多数鸟类过着隐而不露、秘而不宣的生活时,你怎样来量化它们那种无拘无束的野性?"

大苍鹭

湖面海拔：4207.05英尺

一只苍鹭独立于湖畔，神态安详。风攀上了她的后背，掀起几缕羽毛，但她纹丝不动。这是一种知道如何保护自己的鸟。她已久经风霜。经历了大洪水，现在湖水已经回落，这只纯种的苍鹭一直守候在家园。或许，这是一种世代相传的站姿，一种家族门第的遗产。

我宁愿相信她在内心上是孤寂的，尽管她属于集群营巢的鸟。我想跟随着她，这只大苍鹭，在湖边涉水而行。她是水中的沉思者。

可是对我而言这又是自相矛盾的——想做一只鸟，而我又是一个人。

诺斯替教派[1]如是说：

> 你的外在是内心的表现。你外表的修饰者实际上是你内心的构造者。你从自己的外表，看到了自己的内心，它是看得见的，它是你的外衣。

鸟类保护基地不是我的身外之地。如同那只沿大盐湖湖畔涉水的孤寂的苍鹭，我也在使自己适应着自然世界的变化。

❖ ❖ ❖ ❖

我和咪咪在去往西部大盆地朝圣的路上。我想在她体力可支的情况下完成这次旅行。

"现在告诉我咱们去哪里？"她问道。

"我只能这样跟你说，'太阳隧道'之于大盆地就如同'巨石阵'之于英格兰。至少，我是这样看的。"

我们下了州际高速公路向北开，最终上了一条在无边无际的山艾树丛中蜿蜒而行的土路。我解释道，艺术家南希·霍尔特[2]怎样历时三年，从1973年至1976年，构建了"太阳隧道"；她是如何在西部沙漠购下40英亩土地作为这项建筑物的特定场地。

---

1 相信神秘直觉说的早期基督教派。
2 南希·霍尔特（Nancy Holt, 1938— ），以"大地艺术"（land art or earth art）而闻名的美国艺术家。其作品《太阳隧道》由四个巨大的拼成X形状的混凝土管组成，在冬至和夏至时朝东指向太阳的位置，上面的洞是与不同的星宿相吻合的，该作品位于犹他州邦纳维尔盐碱地北部，一个十分偏僻的地带。

咪咪戴上眼镜，打开了我给她买的含有那篇有关此建筑文章的刊物，大声朗读起南希·霍尔特的词语：

"太阳隧道"显现出每年太阳在地平线上的极点——在每年6月21日和12月21日的夏、冬至前后的日间，阳光的角度随着日出日落而照在隧道上。在这段时间，阳光照在隧道中央，此种情况在夏、冬至前后将持续近十天左右。

四条X形状混凝土隧道成对角线组合陈列于沙漠之中，隧道总长84英尺。每条隧道长18英尺，外直径9.5英尺，内直径8英尺，管壁厚7.25英寸。

每条隧道上半部的管壁上有四个大小不一的洞——直径分别是7、8、9、10英寸。每条隧道的洞都有不同的形状，以对应星座中四种不同的星宿——天龙座、英仙座、天鸽座及山羊座。每个洞的大小也根据其相应星座的光度而有所不同。白天，太阳透过洞口，将变幻的阳光投在每个隧道的下半部，呈现出椭圆和圆的光区。夜间，当月亮略大于半圆月轮时，月光也会透过洞口，留下它那苍白的影子。根据空中的太阳和月亮所处的位置，每个时辰、每一天、每个季节投入隧道的光的形状和位置都有相应的变化。

每条隧道重22吨，坐落于混凝土地基之上。由于混凝土的形状、密度和厚度，在炎热的白天，隧道内的温度比外面低15至20华氏度。隧道内还有很强的回音。

咪咪放下那篇文章，"我真想立即看到它们"。

"在纽约时，我拜访了南希·霍尔特，"我告诉咪咪，"在我们的谈话中，她谈到了在构思这些隧道过程中个人的经历。她在选址处露营了十天。当时，她疑惑自己能否在沙漠中待那么久。几天后，她听到那片土地上有一种特别的声音，那声音随后开始吟唱。这支曲子把她与大盐湖联在一起。她告诉我她因此发生了变化，由觉得渺小而感到伟大。我记得她的话：'我变得像是投入隧道的光，随日月起伏移动。'"

"我理解那种感受，"咪咪说，"我记得当进入手术室做最后一次手术时心中默默念叨的两个音节，'啊，噢，''啊，噢，……'我闭上双眼，轻声反复地念叨着这两个字直至我完全平静下来。"

我停下车："我们到了。"

咪咪望着窗外，"就是这样？你说的就是这四条大管道？这看上去就像坦皮斯特公司[1]的工地！"

✦ ✦ ✦ ✦ ✦

在南希·霍尔特的"太阳隧道"里，西部大盆地的风景以圆形呈现于眼前，令我们想起了地球的形状、我们眼球的形状以及我们在唱歌和祈祷时的口型。这些隧道随着光圈扩展与缩小而呼吸。

光滑的管壁令我感到天旋地转，东倒西歪。太阳躲藏起来，我想说点什么——随便说点什么。这些隧道赋予我的声音以内

---

1 此处指作者的父亲约翰·亨利·坦皮斯特所经营的建筑公司。

涵。它在回响。我在天神面前嬉笑怒骂,放荡不羁。最终,我平身躺下,光影斑驳,洒在我的身上——我热泪盈眶,知道我会如同一张置于放大镜下的纸被燃烧,这只不过是时间的问题。到了早上,我会被弃于盐碱滩上冻僵——倘若不是由于我有骨头,就会被永久地遗忘——而我的骨头将会变成哨子,传递着风声。

◆ ◆ ◆ ◆ ◆

我和咪咪一连几个小时都没有说话,我们各自沉浸于寂静之中。一只猎鹰在山艾树丛上方盘旋。那是一只羽毛掺杂着黑、白、灰色的雄性鹰。我在滨藜下面发现了一团羽毛,猜测那是一只角百灵。当我拨开干燥的树枝时,果然,找到了伸展着大脚趾的脚,无疑是角百灵。一只黑甲壳虫缓缓爬过。一座、两座、三座……七座、八座、九座山脉在弯弯的苍穹下清晰可见。

我回到东边的隧道睡了一觉。当我醒来时,看到咪咪正站在四条"太阳隧道"的中央。她在缓缓地转身,从各个方向朝外观望。

鸣角鸮

湖面海拔：4206.00英尺

1989年6月27日，今晨5点10分咪咪去世。

一周前，她对我说："特丽，你知道吗，我总是期盼着早上看到一只猫头鹰，这真怪异。"

"你在这儿看见过猫头鹰吗？"我问道，目光从她卧室的窗户望向外面的树丛。

"没有。"她说。

"你听到过猫头鹰的叫声吗？"

"没有，可是我一直在想有一天早上当我醒来时，会看到一只猫头鹰。"

四天之后，我与她并排躺着。我们在聊天。我拿起她那只宽厚的手。

"咪咪,当你去世时,假若真有来世,你能给我递个信儿吗?那样我就知道你挺好的。"

她笑着看着我,此时她的眼睛总是微微一斜。

"那没用。我向我的父亲提出了同样的请求,可是他从未给我回过信儿。"

◆ ◆ ◆ ◆

杰克静静地坐在咪咪的尸体旁。一支蜡烛孤独地在她的梳妆台上燃烧。烛光映在镜子里,像是有两处烛光在摇曳。

爸爸和理查德离开去叫家人。我走到室外。

◆ ◆ ◆ ◆

天空是一片明晃晃的蓝色,衬托出梧桐树和七叶树昏暗的轮廓。我沿着走廊,经过了卧室的窗户,走到后院的僻静之处。我觉得听到了哀鸽在丁香树上的哀鸣。我举目望去,那根本不是鸽子。

是猫头鹰。两只猫头鹰在电线杆顶上盘旋追逐。

"飞舞。飞舞。飞舞。"我听到了咪咪的声音。

我站在它们下方。一只鸣角鸮[1]转身,面对我,而后飞走了。另一只也转身,我们相视。它举起翅膀,拍打着双翼,然后,消失在另一只鸣角鸮离去的方向。

---

[1] 一种带有耳羽的小猫头鹰。此处指前面提到的两只猫头鹰。

◆ ◆ ◆ ◆

啊,不会被割断,

不会被分割,

不会被天体之道拒之门外。

内心——何为内心?

倘若不是那飞舞着鸟儿

飞扬着返乡之风的博大天空。

——雷纳·马利亚·里尔克[1]

躺在家中的吊床上,风把我摇来摇去。那是留给我的唯一的慰藉。

我与咪咪对事物都有某种神秘的见解。我能够做梦是因为她能够释梦。我们通过快速的象征手法对话,比如,一枚鸟蛋,一只猫头鹰。我们共享的主要是秘密,这很像鸟类的迁移。

如果我能继续生存,我定要像囚禁许久的白鸽子那样把我的秘密公开。我是一个长着翅膀的女人。

母亲离世时,我埋葬了天真烂漫的童年。随着咪咪的离去,我将埋藏我心灵的港湾。

我的耳际回响着奥登[2]从墓中传来的话语:"我们安全的梦想行将消失。"

---

1 雷纳·马利亚·里尔克(Rainer Maria Rilke,1875—1926),德裔奥地利诗人。
2 奥登(W. H. Auden,1907—1973),英裔美国诗人和文人。

✦✦✦✦✦

水利资源局已经正式关闭了提水站。大盐湖又恢复了原状。洪水已经过去。

在盐湖湖面海拔降至4206.66英尺的情况下，熊河候鸟保护区再度得以喘息。

反嘴鹬和长脚鹬

湖面海拔：4204.70英尺

七年来通往候鸟保护区的路第一次畅通无阻。大盐湖从视线中退去，只是在地平线上留下一抹淡淡的银色。

候鸟保护区总部已面目全非，办公楼已被夷为平地。一个带有美洲潜鸭飞越香蒲丛的陈旧展示板横在废墟之中。留下的标题只有一部分：历史——

攀上那些堆积的残砖破瓦，蜘蛛处处可见。它们重新入住候鸟保护区。飘浮的蛛丝将保护区连成一体。片刻之间，我就披上了蜘蛛的游丝。就连反嘴鹬也伸展着它们那天蓝色的细长腿，在身后留下缕缕如丝的痕迹。

洪水退去之后露出的地面散发着浓重的气味。长脚鹬走在皲裂的土地上，碱蝇如同裙子围绕着它们细长的红腿。一条孱弱的水脉流淌在破损的运河中，不过志愿者已经修筑了河堤。美国内务部渔业及野生动物局承诺拨款2300万美元，用以修复熊河候鸟保护区。

我转过身。陡然间，上千只反嘴鹬腾空飞舞。接着是更多的鸟飞上天空，有数万只之多。这种羽翼黑白相间的鸟群躁动不安地盘旋在我的上方。它们的翅膀抖动时发出的温柔之声充溢着时空。我再也无法看到天空——我的上方、前方和后方全是反嘴鹬和长脚鹬的鸟群。

噢，神圣的翅膀。

此时，我意识到这么久以来我所拥有的这种时刻真是太少了。

◆ ◆ ◆ ◆

我与布鲁克轻摇着我们红色的独木舟，进了半月湾。大盐湖以浓浓的情意接纳了我们。我们将木桨伸入冰冷的湖水中，飞快使劲地向北划。独木舟优美地向前行进。

一连两个小时，我们不停地向前划，划向湖的中心。

我迎风立于船首。湖波荡漾。已变成深绿色的湖水，现在如同跷跷板，上下起伏。我们继续向前划。

过去七年的往事历历在目。母亲和咪咪浮现于眼前。亲情在延续——那是以前我未曾料想到的。

成群的尖尾鸭、绿翅鸭和桂红鸭从我们的上方飞过。还有其他鸟群尾随其后，波浪般起伏的鸟儿如同象形文字，不停地在天空中重新书写着自己。春季鸟类的迁移已经开始了。

我们还在向前划。我围了一条蓝绿色与黑色交织的披肩，遮住了脸,抵御寒冷。这条披肩是在墨西哥买的,是我在万圣节[1]那天给自己的礼物。

我记得当时那种内心的冲动驱使我"走出去"。我需要一种仪式,过一个节日来欢庆自己从死亡走向再生。我一连穿了八天红衣——一种低腰宽松的纯棉服装。我不想有任何约束。

当走进提波兰村[2]时,我买了栀子花、马蹄莲和薰衣草。可是最令我动心的是万寿菊。它们是市场上"燃烧的火焰"[3]。村民们5月种下万寿菊的花种,到了万圣节收获。他们称之为"cempaxuchil"(西班牙语),意为"拥有千头花的鲜花"。

在市场里,有一个男子在购买美洲虎、青蛙和鹿的面具。我观望着他。他似乎挺在行的。我也给自己买了一个面具,纸浆倒模制成的猫头鹰面具。

那个男子离开了。我在市场里尾随其后。他买了面包、鸡、辣椒酱、西红柿、胡荽叶、紫苏和百里香。在集市里,他停下来,陡然转身。我们的目光相遇。我装着在买香。

"你说英语吗?"我用西班牙语问道。

"是的。"他边说边将装着食物和面具的背囊换了换肩。(后来得知,他是北美人,1969年离开了美国。从此再没返回。)

"对于万圣节我该了解些什么?"

---

1 (11月1日和2日)拉丁美洲及居住在美国和加拿大拉美人的节日,以便亲朋好友聚会追悼已故的亲友。通常要设私人祭坛,供上糖果头骨、万寿菊及死者生前喜爱的饮食等供品并携带上述供品扫墓。

2 提波兰村(Tepotzlan)是一个保留着哥伦布发现美洲新大陆以前的文化传统,充满了当地风情的墨西哥村庄。

3 万寿菊别名"金盏菊",开金黄色小花。

他盯着我看了许久。

"你想从他们那儿得到什么?"他问道。

"从谁那儿?"我回应道。

"从你死去的亲人那儿。"

我将目光移开。

"山坡上有座小泥瓦房。带蓝绿色门的那间就是。亡者的灵魂将在那儿——明天下午5点钟,万圣节前夕之夜。如果你想找到它……你就能如愿。"

我找到了那个蓝绿色的门。门口飘荡着白色镂空纱帘。我一进门,一位身后拖着一条灰白长辫的老妇人就将我领进了后院,然后,用柠檬水给我洗礼。

进屋之后,我在四排白色长木椅中的一席坐下,与我同坐的还有十几个村民。那是间白色的小屋。一名妇女跪在白色的祭坛前,背诵着祷文。烛光点点。共有十三支蜡烛。神龛上覆盖着白色的剑兰。屋顶悬挂着缠在稻草上的白色纸花。村民们大声跟随跪着的妇女祈祷。

我将双手交叉,置于膝上,低下了头。我可以与这些村民同坐,心中充满了对这些谦和之人的感激。刹那间百感交集,不能自已。我默默地为自己失去的所有亲人而哭泣。往事历历在目,我再度走进自己那片哀凄的风景。

人们唱起了歌。随后又是一阵祈祷声。渐渐地我个人的悲伤融入了群体悲哀的海洋之中。我们同抛热泪。

两名妇女和一个孩子,全都重孝在身,坐在祭坛附近的直背椅上。随后,每个人都起身,剧烈地颤抖着,紧咬牙关,吸着凉气。他们全都处于一种浑身颤抖、口吸凉气、神情恍惚的状态。我看着亡者的灵魂进入他们的身体。他们变得更高大，更有活力和自信。我一个接一个地听着他们的故事。我看着他们用手势讲述过去，女儿讲述着逝去的母亲，姐姐讲述着逝去的妹妹，儿子讲述着逝去的母亲。

每当一段叙述结束之后，便是一阵抽搐和哭泣，直至死魂通过讲述者之口轻轻离去，这些村民才重返自我。他们筋疲力尽，浑身散了架似的回到白色的大椅子上。

他们的故事与我的故事大致相同。我辨认出的是那种能引起反响的声调，如同你百听不厌的一支乐曲，震撼着心灵。我已逝亲人的声音又在我耳际响起。

✦ ✦ ✦ ✦ ✦

我戴着猫头鹰面具在铺着鹅卵石的街道上跳着舞。到处燃烧着篝火。当地人围拢在篝火边烤着双手，开怀畅饮龙舌兰酒。一眼望去，我看到街边的门口有恋人在亲吻，也有罪犯在舞刀。集市上演着木偶戏，鞭炮在我们脚下响起。身着演出服的孩子们列队在街上游行，手里提着用葫芦做的灯笼。铃声狗叫，通宵达旦响个不停。

手持一支蜡烛，我加入了戴面具行人的队列，走向墓地。我们沿着铺着花瓣的小径走——那小径上撒满了万寿菊花瓣，以便亡者的灵魂认路跟随。

墓地的铁门敞开着。无数支烛光在墓前忽明忽暗，闪烁不定。各家都给逝去的亲人奉上了供品，其中有：照片、鲜花、食物；还有calaveras（西班牙语"头骨"）——糖果头骨。男男女女刷洗着从地上耸起的、如同祭坛般的蓝瓷砖坟墓。亲属们砍去遮住其亲人名字的藤蔓。这里没有眼泪。

一弯弦月从群山后升起，如同一把血红的镰刀。

"是在这里吗？"一位捧着一大抱万寿菊的老妇人用西班牙语问道。

我抬头看了看，站起来说："我母亲去世了。"

她用手指向地面："这里？"

"No，no aqui."——"不，不是这里。"我尽力用蹩脚的西班牙语解释道。

"她被埋葬在家乡，美国，可是这是个悼念她的好地方。"

我们俩一时都没有说话。

那妇人示意我去墓地的另一个区域。我跟随着她直至她转过身来。她用手缓慢地抚摸了五六个坟墓。

"我的家人，"她笑着说，"我的丈夫、母亲、父亲、孩子。"然后，她双手向上，拼命地向空中挥舞，"Muy bonito...este cielo arriba...con las mubes come las rosas...los Muertos están conmigos."我将她的话翻译如下："非常漂亮……我们头上的蓝天……飘浮着玫瑰般的云朵……亡者的灵魂与我们同在。"

她递给我一枝万寿菊。

"谢谢，"我对她说，"这是我母亲每年春天都种的花。"

✦✦✦✦✦

我的心又回到大盐湖。我们在用船桨与盐湖作心灵的交流。

船离湖岸还有数英里之遥。视野里可见四座蓝色的岛屿：右侧是斯坦斯伯里岛，左侧是卡里根岛，在正前方，我们可以看到安蒂洛普岛和弗里蒙特岛。

我的手冻僵了。我们收起双桨，任凭小船在湖上漂荡。布鲁克从背包里拿出暖瓶，倒了两杯热巧克力。我在罂粟子面包圈上涂上奶酪。我们吃了起来。

对我而言，世上再没有比这里更好的去处。我们红色的独木舟成了一片顺水漂浮的流木。碱蝇卵一团团地在水面上打着漩涡。我将空水杯没进湖水。杯中便灌满了蝇卵，那是粉红色的、圆圆的小蝇卵。我感到它们充满了神秘。我将它们又放回湖中。我倚在船首。布鲁克倚在船尾。我们在湖上保持着平衡。就这样大约过了几个小时，我们漂浮着，只是凝视着蓝天，观望着白云和飞鸟，缓缓地喘息着。

一只环嘴鸥从我们头顶飞过，接着，又飞过一只。我坐起来，小心翼翼地从衣袋里取出一个小袋子，解开系住袋口、防止袋内之物外流的那根细长的皮绳。布鲁克坐起来，探过身子。我将花瓣摇进他的手心，然后，又倒入我的手心。我们双双将万寿菊花瓣抛撒进大盐湖。

它是承载我忧伤的港湾。

我心灵的慰藉。

跋：单乳女性家族

我属于一个单乳女性家族。我的母亲、祖母、外祖母以及六位姑姑姨姨都做了乳房切除手术。其中的七人已经过世。幸存的两人刚做完了几轮化疗和放疗。

我自己也有问题：两次切片检验确诊为乳腺癌，肋骨之间的一个小肿瘤被诊断为"不明肿物"。

这就是我的家族史。

多数统计材料告诉我们，乳腺癌有遗传因素，并随着高脂饮食、没有生育或三十岁之后怀孕等情况而呈上升趋势。这些材料没有透露的是：生活在犹他州或许是致病的最大危险。

我们是从1847年以来就扎根于犹他州的一个摩门教家族。我们家的"至理名言"就是要我们健康饮食——不喝咖啡，不喝茶，不抽烟，不喝酒。从总体而言，我们家的女人在三十岁之前大都完成了生育。女性中只有一人于1960年之前患乳腺癌。从传统上来看，作为一个群体，摩门教徒患癌症的概率较低。

莫非我们家是一种文化的变异？以前我们没思考过这个问题。那些想过此事的人（通常是男人们）只是说"坏基因所致"。对此，女人们的态度是淡薄的。癌症是生活中的一部分。1971年

2月16日，我母亲动手术的前夜，我偶然拿起电话的听筒，无意中听到了她与我外祖母的谈话，她问自己将会面临什么情况。

"黛安娜，它将是你生活中最触动心灵的一种体验。"

我轻轻地放下了话筒。

两天之后，我的父亲带着我及弟弟们去医院看望她。她坐着轮椅在大厅迎接我们。根本看不到绷带。我永远也忘不了当时的情景：她容光焕发的神态；她穿着紫色天鹅绒衣，挺直了身板的样子；她把我们拢在身边的亲切感。

"孩子们，我挺好的。我想让你们知道我感到上帝之手在拥抱着我。"

我们相信她的话。父亲哭了。我们的母亲，他的妻子，那时是三十八岁。

母亲去世一年多之后，我和父亲共进晚餐。他刚从圣乔治城回来，坦皮斯特公司在那里铺设给犹他州南部供气的天然气管道。他谈到对乡村及沙岩景色的热爱，那种裸露的美丽，谈到不久前沿宰恩国家公园[1]的科罗布小道徒步旅行的经历。我们沉浸于缅怀往事的情感之中：深情地回忆起在他五十岁生日时走上天使降临峰[2]的情景及多年来我们家在那里度假的欢乐。

在沙漠上，我也有着挥之不去的梦。我告诉父亲，从我记事起，多少年来我常看到闪耀的光从沙漠的夜空掠过——这种想象

---

1 位于犹他州西南部，科罗拉多高原、大盆地与莫哈韦沙漠地区的交界处，以峡谷、沙岩、拱门、壁群及隘口而著称。占地共229平方英里。宰恩是古希伯来语，意为避难所或圣殿。
2 位于宰恩国家公园的一处景点。

根深蒂固,以至于我一去犹他州的南部,就怕再看见它,那道光在地平线上升起,照亮了山冈和台地。

"你的确看到过。"他说。

"看到过什么?"

"炸弹。烟雾。当时我们正从加州的里弗赛德开车回家。你坐在黛安娜的腿上。她当时有孕在身。其实,我记得那一天是1957年9月7日。我们那时没活干。我们驱车向北,过了拉斯维加斯。大约在黄昏前的一小时左右,炸弹爆炸了。我们不仅听到了,而且还感觉到了它。我想,前面的油罐车爆炸了。我们把车停在路边,突然间,我们清楚地看到了在沙漠上升起的金黄色的烟雾——蘑菇云。这种略带粉红的光,阴森可怕,似乎天空都在颤抖。几分钟之内,一层薄薄的尘埃落在汽车上。"

我盯着父亲。

"我以为你知道这事,"他说,"在50年代,那是司空见惯的事儿。"

就是在此时,我意识到了我一直生活在蒙骗之中。美国西南部的孩子是喝着受污染的牛产出的奶,甚至是喝着自己母亲受了污染的母乳长大的,诸如我的母亲——多年后,就有了我们这个单乳女性家族。

在西部沙漠,人人皆知"我们轰炸了犹他州的那一天",或者更确切地说,是我们轰炸了犹他州那些年(从1951年1月27日至1962年7月11日在内华达进行的地上核试验)。当时,不仅是自然气候合适,风吹向北面,将放射落尘覆盖于"那些人口稀疏的地区",让羊群死在路上,而且政治气候也正合适。20世纪50

年代的美国充满了爱国主义的色彩。朝鲜战争正在进行。麦卡锡主义横行于世。艾克[1]备受关注。冷战正处于白热化。假若你反对核试验,那你就是来自共产主义阵营。

对于这种"美国核试验的悲剧"已有许多著述。公共健康应让位于国家安全。原子能委员会委员托马斯·默里扬言:"先生们,我们绝不能让任何事情来干扰这组试验,什么事情都不行。"

美国政府再三告知其公众,除了可能有灼热感、起泡和恶心之外,"据悉,核试验是在有安全保障的有利条件下,在轰炸保留地进行的"。安抚公众的恐慌只是一个公共关系的问题。"你们最好的行为,"一份原子能委员会的宣传册如是说,"就是不要担心放射落尘。"当时特别有代表性的一份新闻稿声称:"我们没有任何证据得出放射落尘对个人造成伤害的结论。"

1979年8月30日,在吉米·卡特任总统期间,有一起艾琳·艾伦诉美国案。艾伦夫人的诉讼案是以姓氏字母顺序排列的二十四起有关核试验诉讼案中的第一例,是一千二百名因在内华达州的核试验致癌的原告向美国政府索取赔偿的代表。

艾琳·艾伦居住在犹他州的哈里肯。她有五个孩子,曾两度守寡。与她共育两个儿子的第一任丈夫在当地一所高中学校的房顶上观看了核试验。他于1956年死于白血病。她的第二任丈夫于1978年死于胰腺癌。

在提出诉讼之前的一次由犹他州参议员奥林·哈奇举行的市民大会上,艾伦夫人说:"哈奇参议员,我想告诉你,我不是责怪政

---

1 第二次世界大战著名将军、时任美国总统艾森豪威尔的昵称。

府。但是我认为如果我的证词能够有益于阻止此类悲剧在我们子孙后代身上重演……那么，今天我将不胜荣幸地在此提供这份证词。"

虔诚的人民。这只是众多宗卷中的一例。

1984年5月10日，审判长布鲁斯·S.詹金斯宣告判决。原告中有十人获取损害赔偿金。这是一个联邦法庭首次判决核试验是致癌的祸首。在剩余的十四起有关核试验的诉讼案中，致癌的证据不足。尽管对原告的判决一分为二，但它也被公认为是具有划时代意义的判决。这种判决的结果并没能维持多久。

1987年4月，联邦上诉法院第十巡回审判庭推翻了詹金斯审判长的判决，理由是美国受到主权豁免法的保护，免受起诉。主权豁免法由来已久，起源于英国，是君主专制时期的产物。

1988年1月，最高法院拒绝复审巡回审判庭的判决。对我们的司法制度而言，美国政府是否不需负责，它是否向自己的公民撒谎，甚至公民是否死于核试验的放射落尘都无关紧要。关键是我们的政府享有豁免权："国王无错。"

在摩门教文化中，人们尊重权威，敬重顺服，不推崇独立思考。当我还是个小女孩时就被告诫不要"兴风作浪"或"捣乱"。

"要顺其自然，"母亲总是说，"你知道自己的感受，那才是重要的。"

多年来，我就是那样做的——倾听，观察，然后不声不响地形成自己的见解，因为我处于一种由于答案繁多而很少提问题的文化之中。可是，我眼看着自己家中的女人一个接一个地平凡而又英勇地死去。我们曾坐在候诊室里期待着好消息，然而，却总是得到坏消息。我曾照顾过她们，给她们那留着刀痕的身体洗澡，为她们保守秘密。我看着这些漂亮的女人因注射环磷酰胺、顺铂及阿霉素而掉光了秀发。当她们吐出黑绿色的胆汁时，我托住她们的额头。当她们疼痛得难以忍受时，我给她们注射吗啡。最终，我亲眼目睹了她们平静地吐出最后一口气，成为她们灵魂再生的助产士。

逆来顺受的代价已经太高。

人们因胆怯无法质问在大气层中试验核武器而最终导致犹他州乡村居民死亡的权威。这种胆怯正是我在死去的母亲身上看到的。任人宰杀的羔羊。已经死去的羔羊。证据已经被埋葬。

我无法证实我的母亲黛安娜·狄克逊·坦皮斯特，或我的外祖母和祖母莱蒂·罗姆尼·狄克逊和凯瑟琳·布莱克特·坦皮斯特以及我的姑姑姨姨们都是因犹他州的放射落尘而患上癌症的。但是，我也无法证实不是。

我父亲的记忆没错。1957年9月我们开车时所经历过的那次爆炸是"铅球行动"[1]的一部分，一系列将要进行的最强烈的炸弹试验之一。在沙漠的夜空中那闪耀的光，我一直以为是梦中的光，渐渐地成为一个家族的噩梦。从1957年到1971年，它用了十四年的时光在我母亲的身上显现。与此同时，美国国立卫生研究院放射落尘方面的权威人士霍华德·L.安德鲁斯说辐射癌急需验证。对于"下风向"的含义了解得越多，我思索的问题就越多。

然而，我所知道的是身为耶稣基督末世圣徒第五代的一名摩

---

[1] 1957年5月28日至10月7日在美国内华达试验基地进行的系列核试验。该行动有六组试验，二十九次爆炸。二十一个实验室和政府机构参与此次行动，是美国内陆地区最强烈、持续时间最长，也最有争议的试验。

门教女信徒,我必须对每件事情提出质疑,尽管它意味着丧失信仰,成为我们这些人中的边缘人物。以爱国或宗教的名义而纵容盲目的顺从最终将丧失我们的生命。

当原子能委员会将内华达试验基地北部的乡村描述为"名副其实的无人居住的沙漠地域"时,我的家人及大盐湖的鸟类就被划入了"名副其实的不适宜居住区域的居民"。

◆ ◆ ◆ ◆

一天夜里,我梦见世界上各地的妇女都在沙漠中围着一团熊熊燃烧的火转圈。她们谈论着变化,她们体内怎样随着月亮的阴晴圆缺而发生的变化。她们嘲笑那些假装好脾气的人,发誓再也不怕体内的女巫。那些妇女疯狂地跳着舞,飞溅的火花如同星星飞向天空。

她们还唱着一支由肖肖尼族的老奶奶留传下来的歌:

> Ah ne nah, nah[1] 想想那些兔子
> nin nah nah——它们是如此轻柔地行走于大地——
> ah ne nah, nah 想想那些兔子
> nin nah nah——它们是如此轻柔地行走于大地——
> Nyaga mutzi 我们记着它们
> oh ne nay——我们也轻轻地行走——
> Nyaga mutzi 我们记着它们

---

1 此处为印第安语。右侧为英译。

oh ne nay——我们也轻轻地行走——

一连几周,那些妇女唱着歌、跳着舞、敲着鼓,为即将来临的事情做好准备。她们将为子孙后代、为大地索回沙漠。

在火圈下风口的几英里之外,正在进行着各种炸弹的试验。兔子感觉到了震动。它们前爪后脚上的皮掌觉察到了摇动的沙漠。牧豆树和山艾树的根在焖烧。岩石从里到外都滚烫,尘埃的妖魔哼着怪调。每当又一次核试验进行之时,渡鸦都观望着沙漠波动起伏。大片的妊娠纹出现了。大地的肌肉在流失。

妇女们再也无法忍耐。她们是母亲。她们经历过产前的阵痛,可还是满怀生育的期望。沙漠下面的那红色的、灼热的疼痛所承诺的只是死亡,因为每一枚炸弹都成了一具死胎。人类与大地之间的契约制定了,又被撕毁。妇女们重新签订一份契约,因为她们对大地如同对自己的身体一样了如指掌。

在黑暗的掩蔽之下,十个妇女悄悄地从铁丝网下溜过,进入了那片受污染的土地。她们是非法侵入。在月光下,她们跟随土狼、沙狐、羚羊、地松鼠及鹌鹑走向水银城[1]。她们小心翼翼、静悄悄地穿越迷宫般的约书亚树丛[2]。当天微微发亮时,她们停了下

---

1 位于美国内华达试验基地之内,因一个世纪之前此地兴盛的水银矿而命名。该城为试验基地人员的居住和服务区,由原子能委员会建造管理。作为试验基地的组成部位,该城不对外开放。1992年自美国总统布什签署和约之后,水银城已失去了存在的理由,现在基本上已关闭。
2 生长于美国西南部的一种沙漠植物,由19世纪中期穿越莫哈韦沙漠的摩门教定居者命名。此树独特的形状使他们想起《圣经》故事中的宗教领袖约书亚举着双手祈祷的样子。

来，喝茶，分享着定量的食物。妇女们闭上双眼。用心抗议的时刻来到了，因为一个人若拒不认同自己与大地的血缘关系，就是背叛自己的心灵。

黎明时分，妇女们身披密拉塑料薄膜，裹在双臂上细长的银白色塑料飘带随风飘扬。她们戴着透明的面罩，那是显示出人性之光辉的面孔。当她们到达水银城的边际时，她们幻想着身怀夏日的蝴蝶。她们停下来，鼓起勇气。

因辐射的危险而禁止孕妇和儿童进入的那座城镇正在睡梦之中。这些妇女如同有翼使神穿过了街道，轻缓地转过街头，窥视房前屋内，观望着熟睡的男男女女。她们为这种沉静而感到震惊，不时地会发出尖叫或低吟来确认自己还活着。

居民们最终察觉到了这些"怪物"的出现。有些人只是目瞪口呆地望着。有些人则报告了当局。随即，妇女们便被身着沙漠作战服的机警的士兵所捕捉。她们被带往水银城另一端一个四方的白色大楼里。当被问及她们是什么人及为什么到那里去时，妇女们答道："我们是母亲，来到这里是为了给我们的孩子们收复沙漠。"

士兵们逮捕了她们。当这十名妇女被蒙上眼罩、戴上手铐时，她们开始唱歌：

> 你们无法阻止我们的一切
> 你们无法禁止我们思索——
> 你们无法禁止我们流泪
> 你们无法阻止我们唱歌。

这些妇女继续唱着歌，歌声越来越嘹亮。后来她们听到正在穿越台地的姐妹们的歌声：

Ah ne nah，nah 想想那些兔子
nin nah nah——它们是如此轻柔地行走于大地——
ah ne nah，nah 想想那些兔子
nin nah nah——它们是如此轻柔地行走于大地——
Nyaga mutzi 我们记着它们
oh ne nay——我们也轻轻地行走——
Nyaga mutzi 我们记着它们
oh ne nay——我们也轻轻地行走——

"打电话要求增援。"一名士兵说。

"我们有援兵，"一位妇女插嘴说，"我们有援兵——你们不知道我们有多少人。"

✦ ✦ ✦ ✦ ✦

我穿越了内华达试验基地的警戒线，因非法进入军事禁区而与其他九名妇女一起被捕。他们依然在沙漠中进行核试验。我们的行为是一次文明的抗议。可是当我走向水银城时，那不仅仅是一种和平的举动，那是一个代表了单乳女性家族的举动。

一个军官勒紧了我的手铐，另一个搜查了我的全身。她发现了塞在我左靴内侧的一支笔和一沓纸。

"这是什么？"她严厉地问道。

"武器。"我答道。

我们的目光相遇。我笑了。她将我的裤腿塞回我的靴子。

"请向前走。"她边说边挽起我的一只胳膊。

我们在午后的阳光下等候车票,然后乘车前往内华达州的托诺帕。到那里有两小时的车程。那是一片熟悉的乡土。扎根于那片土地之中的约书亚树是由我的祖辈所命名,后者认为这些树如同先知,将手伸向西方的乐土。那里还有每年春季开花的树木,与家乡的树木相同,那些花朵如同在莫哈韦沙漠上的白色火焰。我回忆起5月的一个满月之夜,我与母亲在这些树林中散步,惊起了哀鸽和猫头鹰。

公共汽车在城外停下。我们被释放了。

那些官员认为将我们置于沙漠之中,使我们无路回家、束手无策,不失为一种残酷的玩笑。而他们没想到的是我们已经到家了,我们回到了强大的精神家园。我们是用鼠尾草的芳香来滋润心灵的女人。

致　谢

首先，我对我的父亲约翰·亨利·坦皮斯特三世深表谢意。他是一个自重自尊，不爱张扬的人。我感谢他理解并尊重我讲述这个故事的愿望。他阅读了书稿的每一稿，与我共同商讨编辑并构建了此书的基本框架，那时常是一种依照时光的顺序而进行的令人痛苦但又充满温情的回忆。在试图吐露真情的时候，我依赖着他的勇气和伤感。《心灵的慰藉》是一个凝聚了我的弟弟和弟妹们心血的集体创作：斯蒂芬·狄克逊·坦皮斯特、丹尼尔·狄克逊·坦皮斯特及威廉姆·亨利·坦皮斯特，每个人的贡献都有所不同；史蒂夫的沉稳、丹的悟性及汉克的深情；1990年1月27日，我的弟妹安·彼得森，邀请我前往目睹她的第三个女儿黛安娜·凯瑟琳·坦皮斯特的降临。她的这份礼物不失为对我心灵的安抚。她的直觉告诉她我需要看到生命的延续和发展。

我感谢我的侄女考利和萨拉，她们是我亲密的朋友。

我的祖父约翰·坦皮斯特及外祖父桑基·狄克逊默默地维系着我们这个大家庭。两位八十五岁高龄的老人继续教诲我们怎样去适应生活。我对他们给予我的欢乐和人生智慧心存感激。

露丝·坦皮斯特和里奇·坦皮斯特、鲍勃、琳恩、迈克尔和戴维；史蒂夫·厄尔和伊丽莎白·汉森·坦皮斯特——我们心心相印，血脉相连。黛安娜·狄克逊和丹·狄克逊、黛比·麦克沃特和斯基普·麦克沃特、谢利·约翰逊和李·约翰逊、卡米·狄克逊和斯格特·狄克逊、肖恩·狄克逊和克丽·狄克逊，他们是我母系家族的至亲。

玛丽昂·布莱克特、诺林尼·坦皮斯特、比·伯格、安·威廉斯和纳塔莉·麦卡洛是对我们的家事出谋划策的亲友、大家族的成员；布莱克特夫妇、布伦夫妇、罗姆尼夫妇及狄克逊夫妇从身心方面给予我们以帮助。对于他们的关爱我深表谢意。

在我的生活中，雷克斯·威廉斯和罗斯玛丽·威廉斯始终是一股爱的源泉。我对他们充满感激。

对于以下朋友，我的感激之情，溢于言表：玛莎·芒什、简·戴尔布特、南希·罗伯茨、罗兹·纽马克、哈尔·坎农、梅格·布雷迪、琼·梅杰和特德·梅杰、杰克·特纳、梅德·贝内特、简·威廉斯和乔伊·威廉斯、贝姬·托马斯和戴夫·托马斯、娜恩·哈斯勒和史蒂夫·哈斯勒、埃米·威廉斯和汤姆·威廉斯、戴维·布鲁尔、玛丽·贝丝·雷恩斯、休·克里斯滕森和塞耶·克里斯滕森、瓦加里·韦格瓦-斯通、杰夫·吉斯、玛吉·诺布尔和克里斯·诺布尔、格伦·莱思罗普、布鲁斯·赫库、琼·佩斯、林恩·贝里希尔、杰弗里·蒙塔古、阿尼克·史密斯、比尔·基特里奇、保利娜·韦格兰、埃玛·卢·塞恩、马戈·西尔维斯特和弗雷德·西尔维斯特、谢利·芬顿和里奇·芬顿、姬恩·胡普斯、萨利·史密斯、贝斯·森德斯特伦、格蕾塔·德扬、芙洛·克拉尔、格温·韦伯斯特、梅丽莎·伍德和斯格特·伍德、里奇·万德施奈德、P.K. 普林斯、唐纳·兰德·马尔多纳多、达西·卡明斯、罗恩·巴恩斯、贝奇·伯顿、帕特里克·德弗雷塔斯、切特·莫里斯、史蒂夫·威尔科克斯、山姆·韦勒、史蒂夫·阿什勒、卡马·阿姆斯特朗、汤姆·里昂、G. 巴恩斯、金·斯塔福德、莎伦·洛亚和比尔·洛亚、玛丽莲·埃林森、史蒂夫·卡奇米罗、利兹·蒙塔古、斯托里·里索和比尔·里索、吉米·哈里林以及巴里·洛佩斯。

我的邻居约翰·米利肯和安妮·米利肯给我以朋友的关爱,为我能够潜心创作提供饮食方便。安妮是我一墙之隔的编辑,她每天关于我母亲的询问推动着书稿的进展。我们喝茶时的闲聊变成了此书的章节段落。

我想对以下朋友的慷慨相助表示感谢:怀俄明州威尔逊的克雷森特·H农场的洛娜·米勒和唐·奥尔布雷特;尤克罗斯基金会的希瑟·伯吉斯;犹他州莫阿布市帕克克里克农场的简·斯莱特和肯·斯莱特以及纽约市的德博拉·迈耶。他们给我提供了安静的写作地点。

犹他州自然历史博物馆的唐·黑格及其馆员是一个杰出的群体。他们赢得了我真挚的敬爱。玛丽·格西奇善解人意,通情达理,为我创造了一种可以写作的环境。

许多人对于书稿的正文及我对大盐湖的理解提供了极其宝贵的信息,功不可没。从他们的著述及研究成果中,我获益匪浅。

威廉·H. 贝利博士为所有关于大盐湖鸟类的研究奠定了基础。《大盐湖的鸟类》(犹他大学出版社,1958)一书至今仍是一部经典之作。我在书中广为引用了他的研究成果。从起初作为他的学生，到后来成为犹他州自然历史博物馆的辅导员，他对我的友情及对鸟类学的热情一直激励着我。我的爱源自于他。睿智过人的玛吉·哈尔平引发我们就熊河周边的鸟类，尤其是环颈鸻而展开的实地考察和别开生面的探讨。我感谢她以专家的眼光审阅了书中的鸟类清单。犹他州州立大学的彼得·佩顿与安妮·华莱士携手提供了有关环颈鸻和白鹈鹕生物学方面的资料。位于犹他州洛根的渔业及野生动物局的萨莉·杰克逊和约翰·A.卡德莱克的著述《犹他州大盐湖周边湿地近期的洪水状况》对于我了解这个错综复杂的生态系统起到了指点迷津的作用。A.李·富特就湿地生态及对水禽至关重要的植物发表了深刻的见解。多年来，野生动物资源保护协会犹他州分会一直支持着我的工作，尤其是蒂姆·普罗文、唐·保罗、乔尔·休纳、汤姆·奥尔德里奇、苏珊·欧纳以及布伦达·舒斯曼。他们的研究成果、太平洋沿岸候鸟迁徙所经路径的报告以及野外考察指南都难能可贵。杨百翰大学的吉米·巴恩斯和克莱顿·怀特在生态学方面独到的见解改变了我对鸟类及其栖息地的生态观。同是杨百翰大学的埃米特·A.奥尔福德帮助我了解了白脸彩鹮，它们筑巢的习性与栖息地的关系。弗雷德·赖斯的著作《西部大盆地的鸟类》（内华达大学出版社，1985）对我而言始终至关重要。埃拉·索罗森及犹他大学自然历史博物馆的鸟类和哺乳动物展馆的馆长埃里克·赖卡特是帮助我进行动植物分类的向导。由威廉·H.贝利、埃拉·D.索罗森和克莱顿·M.怀特发表于《应时期刊》第4期（犹他州自然历史博物馆，1985）的文章《犹他州鸟类：鸟类清单》（修订版）堪称是我的"圣经"。

在人类学领域，戴维·马德森是我的指路明灯。他对西部大盆地考古学方面的远见卓识使人们对于生活在不毛之地的意义有了深远的理解。凯文·琼斯是我理解弗里蒙特文化的伙伴。我们在浮岛的那些日子堪称上苍的恩赐。收入犹他大学人类学论文集中的《银岛探险》（1988）概述了他们的研究成果，是我可以依据的材料。利兹·马尼恩在第十一次大盆地人类学会议上发表的论文《湖畔穴居动物志浅析》也令我受益匪浅。犹他州考古办公室的吉米·柯克曼带我参观了出土文物并解释了精细严密的编目程序。他的学识令人惊叹。拉里·戴维斯和迪伊·奥布赖恩是我南下阿纳萨齐乡间的向导和伙伴。犹他州自然历史博物馆收藏馆的馆长安·汉尼巴尔是我穿梭于信息迷宫中的精神支柱，她总能赋予冷漠的科学原理以富有人性的见识。对她，我深表谢意。

在我对大盐湖的涨落及地形学的探索理解中，我特别要感谢吉纳维芙·阿特伍德、唐·R.梅比及唐纳德·R.柯里。他们绘制的73号地图，由犹他州自然资源部地质矿业局监制的《大盐湖及邦纳维尔湖高水位图解》为我的研究铺展了蓝图。没有他们，恐怕我的描述会过于文学化而偏离事实。站在大盆地之中，听着他们讲述湖水的水位，使得邦纳维尔湖活灵活现，我发现自己恍若站在水下。我还要感谢他们的前辈：G. K.吉尔伯特和R. J.斯潘塞。美国地质局的特德·阿诺对于我对大湖的理解也起到了重大作用。我从他就1843—1985年大盐湖的水位及水质变化的著述中受益良多。犹他州水力资源处的罗恩·奥利斯慷慨相助，详尽地向我解释了西部沙漠提水工程。我大量地使用了他的研究成果及公开的信息资料。戈德·戴维斯及克利夫·尼尔森在《犹他假日》(1987年3月期)上撰文抨击大盐湖水位上涨的后果。我要感谢他们,因为是他们卓越的工作使得我将地方的政策与洪水联系在一起。盐湖城前任市长特德·威尔逊不惜耗费大量时间给我详细讲述历年州府大道的洪水情景。他的幽默机智以及对犹他州政策的通晓博识令我深受启发。马克·罗森菲尔德使我意识到盐水褐虾及碱蝇幼虫不是大盐湖仅有的栖息者。我感谢他让我分享他所积累的西部大盆地鱼类的知识。博物馆馆长弗兰克·德库尔顿带我走过邦纳维尔湖每一道水位线的图形和冰河时代那些栩栩如生的画面,使更新世在我的心中再也不是一个抽象的概念。犹他州水力资源处为我提供了湖水的水位资料。

在医务方面,我首先想到了加里·史密斯医生。实际上,他伴随着我的母亲及家人经历了走向死亡的过程。他以真诚高贵及同情之心帮助我们走完了这个过程。他如同家人。加里·约翰逊和克雷尔·史密斯与我们结伴而行。对他们我深表谢意。东街八号的耶稣基督末世圣徒教会医院的医务人员充分展示出爱的奉献。在此,我尤其要感谢费伊·哈德和罗伦斯·汤普森。在她们面前,母亲可以无所顾忌,吐露心声。德克·诺伊斯、薇姬·梅茜及威廉·F. 赖利是咪咪的看护。他们始终对她真诚相待。哈尔·伯恩、汉克·达菲、豪伊·加伯及史蒂夫·普雷斯科特也热心相助,随时提供医疗保障。

纳塔莉·克劳森、卡萝尔·默瑟罗、玛莉莎·德扬、安·克赖坎普以及蕾切尔·巴西特医治了我心头的创伤。她们具有崇高的心灵。

我们所隶属的摩门教社区也给予我们以心灵的慰藉。我想对莫纽蒙特帕克11和14支会的教友致以谢意。尤其要感谢克雷格·卡曼主教和弗兰克·尼尔逊主教。埃尔德·休·平诺克通过友情将教义及幽默传入我家。贝丝·洛兹、达琳·尼尔逊、琼·詹姆斯及黛安娜·托尼森每天为我母亲服务,成为她必不可少的帮手。母亲的每一位朋友的名字都可以写入这篇致谢。埃诺娜·克罗克和拉马尔·克罗克与我们有着共同的经历。我们全家对他们的女儿塔姆拉·克罗克·普尔弗的一生深表敬意。我们的左邻右舍扩展了家的含义,他们为我们解衣食之忧。谢谢你们。

伦纳德·阿林顿教我了解自己这方水土的人们,在其专著《杨百翰:美国的摩西》(克诺夫出版公司,1984)及与戴维斯·比顿合著的《摩门教经验》(克诺夫出版公司,1979)中体现了他对摩门教历史博大精深的研究。他的研究成果成为我探讨联合公会、杨百翰以及末世圣徒早期情况的资源和催化剂。我庆幸他能以真诚正直的态度来讲述我们的历史。他令人可信。翻阅迈克尔·奎因的《早期摩门教及其奇妙的世界观》(标签书店,1987)一书使我对约瑟夫·史密斯有所了解。戴尔·摩根对大盐湖及其历史的看法成为我评述的依据。由J.华莱士·格温博士编辑的《大盐湖——集科学、历史及经济于一体的概观》(犹他州地质矿业局,1980)堪称不可或缺的文本。

"太阳隧道"的制作者南希·霍尔特热情邀请我到她在纽约的家中做客,在那里我们共同谈论了对西部大盆地的喜爱。我从她的地域感及在犹他州卢辛郊外那40英亩土地上的杰作中受益匪浅。用于此书中的有关资料多直接引自《艺术论坛》(1977年4月期)。出于对她隐私的尊重,我没有直接引述我们之间的谈话内容，而是借助于我们的交谈以加深我对她作品的理解。我的朋友，艺术家凯蒂·尼尔逊初次带我去了"太阳隧道"，她再度将我领进尚未发现的世界。

就《跛：单乳女性家族》而言，我想感谢宁妮·里奇，她于1988年陪我去了内华达试验基地。菲利普·L.弗拉德金在其著作《放射落尘》（亚利桑那大学出版社，1984）中令人震惊的陈述为我这篇文章提供了事实根据。约翰·G.富勒的书《我们轰炸了犹他州的那一天》（新美国图书馆，1984）帮助我理解了有关核武器的政策。对于上述两位男士我表示感谢。与我一起穿越了内华达试验基地警戒线的那些肖肖尼族妇女教我学会了她们的歌。能与她们为伍我不胜荣幸。当我起初拒绝参加抗议活动时，卡萝尔·加拉格尔驱使我加入。她拍的那些放射落尘受害者的照片和对他们的采访在《美国核爆炸爆心投影点：西部秘密的核战争》（麻省理工学院出版社，1993）一书中具有很强的说服力。有关"扔弃旧剃刀刀片的好地方"及"那些人口稀疏的地区"的引述出自加拉格尔女士于1988年3月在犹他大学做的一次公开演讲。她是从原子能委员会已经解密的绝密资料中发现了上述引言的。犹他州参议员奥林·哈奇及国会议员韦恩·欧文斯一直热心为下风向的受害者诉苦申冤，终于在1990年秋通过了赔偿法案。谢天谢地。《北极光》的编辑唐·斯诺和德布·克洛负责这篇文章原文的编审。他们可谓精益求精。国家公共广播电台的霍华德·伯克斯和《西雅图时报》的卡伦·雷斯传播了此文的信息。查尔斯·F.威尔金森提供了各种诉讼案的法律指导和机敏的辩词。他要我壮起胆子的鼓励使我无所畏惧。

坦尼亚·霍兰和卡拉·爱德华兹在与我商讨文稿的基本要点时发表了高见。琳达·罗林斯为我就万圣节的谈论提供了精确的西班牙语译文。

我有一些可爱的旅伴,多次陪我走过这片乡土:琳恩·戴尔布特、德鲁·韦格兰·布鲁尔、克里斯托弗·梅里尔、杰夫·富特、劳拉·西姆斯、桑迪·洛佩兹(他们总是让我以花为伴),还有我的导师安·兹温格。琳恩·安·坦皮斯特与我共度悲哀。道格·皮科克从不回避关于死亡的话题,他陪伴着我。对于这些朋友,我深表敬爱。

我在纽约的家人是我职业生涯的支柱,他们一如既往,毫不动摇地坚信并支持我的工作。劳丽·格雷厄姆·希弗林热情友好、聪明睿智,文稿经她编辑之后,顿然增色。琳达·阿舍扩展了书稿的思路,提炼了语言。卡尔·勃兰特在我心灰意懒之时,对《心灵的慰藉》充满幻想。他从未失去信心,他也给我以信心。我特别要感谢潘瑟书店的编辑唐·弗兰克。他执意要我在书中少一些多愁善感的情调,平铺直叙真实的故事。我们曾一起远行。

最后,我要对我的丈夫布鲁克·威廉斯深表感激之情。他知道怎样大胆而又巧妙地赋予我爱情。他是我的根基。

大盐湖鸟类译名表

在大盐湖繁殖、移居及过冬的鸟类种目繁多、不计其数。稀有但又定期而来的鸟类被收入了这个名单，其编目顺序依照《野外观鸟指南》中的分类序列。

Common Loon *Gavia immer* 普通潜鸟

Pied-billed Grebe *Podilymbus podiceps* 斑嘴䴙䴘

Horned Grebe *Podiceps auritus* 角䴙䴘

Eared Grebe *Podiceps nigricollis* 黑颈䴙䴘

Clark's Grebe *Aechmophorus clarkii* 克式䴙䴘

Western Grebe *Aechmophorus occidentalis* 北美䴙䴘

American White Pelican *Pelecanus erythrorhynchos* 美洲鹈鹕

Double-crested Cormorant *Phalacrocorax auritus* 角鸬鹚

American Bittern *Botaurus lentiginosus* 美洲麻鳽

Least Bittern *Ixobrychus exilis* 姬苇鳽

Great Blue Heron *Ardea herodias* 大苍鹭

Great Egret *Casmerodius albus* 大白鹭

Snowy Egret *Egretta thula* 雪鹭

Cattle Egret *Bubulcus ibis* 牛背鹭

Green-backed Heron *Butorides striatus* 绿鹭

Black-crowned Night Heron *Nycticorax nycticorax* 夜鹭

White-faced Ibis *Plegadis chihi* 白脸彩鹮

Tundra Swan（Whistling Swan）*Cygnus columbianus* 小天鹅

Trumpeter Swan *Cygnus buccinator* 黑嘴天鹅

Greater White-fronted Goose *Anser albifrons* 白额雁

Snow Goose *Chen caerulescens* 雪雁

Ross's Goose *Chen rossii* 细嘴雁

Brant *Branta bernicla* 黑雁

Canada Goose *Branta Canadensis* 加拿大黑雁

Green-winged Teal *Anas crecca* 绿翅鸭

Mallard *Anas platyrhynchos* 绿头鸭

Northern Pintail *Anas acuta* 针尾鸭

Blue-winged Teal *Anas discors* 蓝翅鸭

Cinnamon Teal *Anas cyanoptera* 桂红鸭

Northern Shoveler *Anas clypeata* 琵嘴鸭

Gadwall *Anas strepera* 赤膀鸭

American Wigeon *Anas americana* 绿眉鸭

Canvasback *Aythya valisineria* 帆背潜鸭

Redhead *Aythya Americana* 美洲潜鸭

Ring-necked Duck *Aythya collaris* 环颈潜鸭

Greater Scaup *Aythya marila* 斑背潜鸭

Lesser Scaup *Aythya affinis* 小潜鸭

Oldsquaw *Clangula hyemalis* 长尾鸭

Surf Scoter *Melanitta perspicillata* 斑头海番鸭

White-winged Scoter *Melanitta fusca* 斑脸海番鸭

Common Goldeneye *Bucephala clangula* 鹊鸭

Barrow's Goldeneye *Bucephala islandica* 巴氏鹊鸭

Bufflehead *Bucephala albeola* 白枕鹊鸭

Hooded Merganser *Lophodytes cucullatus* 棕胁秋沙鸭

Common Merganser *Mergus merganser* 普通秋沙鸭

Red-breasted Merganser *Mergus serrator* 红胸秋沙鸭

Ruddy Duck *Oxyura jamaicensis* 棕硬尾鸭

Turkey Vulture *Cathartes aura* 红头美洲鹫

Osprey *Pandion haliaetus* 鹗

Bald Eagle *Haliaeetus leucocephalus* 白头海雕

Northern Harrier（Marsh Hawk）*Circus cyaneus* 白尾鹞

Sharp-shinned Hawk *Accipiter striatus* 纹腹鹰

Cooper's Hawk *Accipiter cooperii* 库氏鹰

Northern Goshawk *Accipiter gentilis* 苍鹰

Swainson's Hawk *Buteo swainsoni* 斯氏鵟

Red-tailed Hawk *Buteo jamaicensis* 红尾鵟

Ferruginous Hawk *Buteo regalis* 王鵟

Rough-legged Hawk *Buteo lagopus* 毛脚鵟

Golden Eagle *Aquila chrysaetos* 金雕

American Kestrel *Falco sparverius* 美洲隼

Merlin *Falcon columbarius* 灰背隼

Peregrine Falcon *Falco peregrinus* 游隼

Prairie Falcon *Falco mexicanus* 草原隼

Chukar *Alectoris chukar* 石鸡

Ring-necked Pheasant *Phasianus colchicus* 环颈雉

Sage Grouse *Centrocercus urophasianus* 艾草松鸡

Virginia Rail *Rallus limicola* 弗吉尼亚秧鸡

Sora *Porzana Carolina* 黑脸田鸡

Common Moorhen *Gallinula chloropus* 黑水鸡

Sandhill Crane *Grus Canadensis* 沙丘鹤

Black-bellied Plover *Pluvialis squatarola* 灰鸻

Lesser Golden Plover *Pluvialis dominica* 美洲金鸻

Snowy Plover *Charadrius alexandrinus* 环颈鸻

Semipalmated Plover *Charadrius semipalmatus* 半蹼鸻

Killdeer *Charadrius vociferous* 双领鸻

Black-necked Stilt *Himantopus mexicanus* 黑颈长脚鹬

American Avocet *Recurvirostra americana* 褐胸反嘴鹬

Greater Yellowlegs *Tringa melanoleuca* 大黄脚鹬

Lesser Yellowlegs *Tringa flavipes* 小黄脚鹬

Solitary Sandpiper *Tringa solitaria* 褐腰草鹬

Willet *Catoptrophorus semipalmatus* 斑翅鹬

Spotted Sandpiper *Actitis macularia* 斑腹矶鹬

Whimbrel *Numenius phaeopus* 中杓鹬

Long-billed Curlew *Numenius americanus* 长嘴杓鹬

Marbled Godwit *Limosa fedoa* 云斑塍鹬

Red Knot *Calidris canutus* 红腹滨鹬

Sanderling *Calidris alba* 三趾滨鹬

Semipalmated Sandpiper *Calidris pusilla* 半蹼滨鹬

Western Sandpiper *Calidris mauri* 西滨鹬

Least Sandpiper *Calidris minutilla* 美洲小滨鹬

Baird's Sandpiper *Calidris bairdii* 白腹滨鹬

Pectoral Sandpiper *Calidris melanotos* 斑胸滨鹬

Dunlin *Calidris alpine* 黑腹滨鹬

Stilt Sandpiper *Calidris himantopus* 高跷鹬

Long-billed Dowitcher *Limnodromus scolopaceus* 长嘴半蹼鹬

Common Snipe *Gallinago gallinago* 扇尾沙锥

Wilson's Phalarope *Phalaropus tricolor* 细嘴瓣蹼鹬

Red-necked Phalarope *Phalaropus lobatus* 红颈瓣蹼鹬

Franklin's Gull *Larus pipixcan* 弗氏鸥

Bonaparte's Gull *Larus philadelphia* 博氏鸥

Ring-billed Gull *Larus delawarensis* 环嘴鸥

California Gull *Larus californicus* 加州鸥

Herring Gull *Larus argentatus* 银鸥

Thayer's Gull *Larus thayeri* 泰氏银鸥

Glaucous Gull *Larus hyperboreus* 北极鸥

Caspian Tern *Sterna caspia* 红嘴巨鸥

Common Tern *Sterna hirundo* 普通燕鸥

Forster's Tern *Sterna forsteri* 弗氏燕鸥

Black Tern *Chlidonias niger* 黑浮鸥

Rock Dove *Columba livia* 原鸽

Mourning Dove *Zenaida macroura* 哀鸽

Common Barn Owl *Tyto alba* 仓鸮

Western Screech Owl *Otus kennicottii* 西美角鸮

Great Horned Owl *Bubo virginianus* 美洲雕鸮

Burrowing Owl *Athene cunicularia* 穴鸮

Long-eared Owl *Asio otus* 长耳鸮

Short-eared Owl *Asio flammeus* 短耳鸮

Common Nighthawk *Chordeiles minor* 美洲夜鹰

Common Poorwill *Phalaenoptilus nuttallii* 北美小夜鹰

Black-chinned Hummingbird *Archilochus alexandri* 黑颏北蜂鸟

Broad-tailed Hummingbird *Selasphorus platycercus* 宽尾煌蜂鸟

Rufous Hummingbird *Selasphorus rufus* 棕煌蜂鸟

Belted Kingfisher *Ceryle alcyon* 白腹鱼狗

Downy Woodpecker *Picoides pubescens* 绒啄木鸟

Hairy Woodpecker *Picoides villosus* 长嘴啄木鸟

Northern Flicker *Colaptes auratus* 北扑翅䴕

Western Wood Pewee *Contopus sordidulus* 西绿霸鹟

Willow Flycatcher *Empidonax traillii* 纹霸鹟

Hammond's Flycatcher *Empidonax hammondii* 哈氏纹霸鹟

Dusky Flycatcher *Empidonax oberholseri* 暗纹霸鹟

Gray Flycatcher *Empidonax wrightii* 灰纹霸鹟

Cordilleran Flycatcher *Empidonax occidentalis* 科迪纹霸鹟

Say's Phoebe *Sayornis saya* 棕腹长尾霸鹟

Western Kingbird *Tyrannus verticalis* 西王霸鹟

Horned Lark *Eremophila alpestris* 角百灵

Tree Swallow *Tachycineta bicolor* 双色树燕

Violet-green Swallow *Tachycineta thalassina* 紫绿树燕

Northern Rough-winged Swallow *Stelgidopteryx serripennis* 中北美毛翅燕

Bank Swallow *Riparia riparia* 崖沙燕

Cliff Swallow *Hirundo pyrrhonota* 美洲燕

Barn Swallow *Hirundo rustica* 家燕

Scrub Jay *Aphelocoma coerulescens* 丛鸦

Black-billed Magpie *Pica pica* 喜鹊

Common Raven *Corvus corax* 渡鸦

Black-capped Chickadee *Parus atricapillus* 黑顶山雀

Red-breasted Nuthatch *Sitta Canadensis* 红胸䴓

Brown Creeper *Certhia Americana* 美洲旋木雀

Rock Wren *Salpinctes obsoletus* 岩鹪鹩

House Wren *Troglodytes aedon* 莺鹪鹩

Marsh Wren *Cistothorus palustris* 长嘴沼泽鹪鹩

Golden-crowned Kinglet *Regulus satrapa* 金冠戴菊

Ruby-crowned Kinglet *Regulus calendula* 红冠戴菊

Mountain Bluebird *Sialia currucoides* 山蓝鸲

Townsend's Solitaire *Myadestes townsendi* 坦氏孤鸫

Hermit Thrush *Catharus guttatus* 隐夜鸫

American Robin *Turdus migratorius* 旅鸫

Gray Catbird *Dumetella carolinensis* 灰嘲鸫

Northern Mockingbird *Mimus polyglottos* 小嘲鸫

Sage Thrasher *Oreoscoptes montanus* 高山弯嘴嘲鸫

American Pipit *Anthus rubescens* 黄腹鹨

Bohemian Waxwing *Bombycilla garrulus* 太平鸟

Cedar Waxwing *Bombycilla cedrorum* 雪松太平鸟

Northern Shrike *Lanius excubitor* 灰伯劳

Loggerhead Shrike *Lanius ludovicianus* 呆头伯劳

European Starling *Sturnus vulgaris* 紫翅椋鸟

Solitary Vireo *Vireo solitarius* 蓝头莺雀

Warbling Vireo *Vireo gilvus* 歌莺雀

Orange-crowned Warbler *Vermivora celata* 橙冠虫森莺

Virginia's Warbler *Vermivora virginiae* 黄胸虫森莺

Yellow Warbler *Dendroica petechia* 黄林莺

Yellow-rumped Warbler *Dendroica coronata* 黄腰林莺

Black-throated Gray Warbler *Dendroica nigreseens* 黑喉灰林莺

Townsend's Warbler *Dendroica townsendi* 黄眉林莺

MacGillivray's Warbler *Oporornis tolmiei* 灰头地莺

Common Yellowthroat *Geothylpis trichas* 黄喉地莺

Wilson's Warbler *Wilsonia pusilla* 黑头威森莺

Yellow-breasted Chat *Icteria virens* 黄胸大莺

Western Tanager *Piranga ludoviciana* 黄腹丽唐纳雀

Black-headed Grosbeak *Pheucticus melanocephalus* 黑头白斑翅雀

Lazuli Bunting *Passerina amoena* 白腹蓝彩鹀

Green-tailed Towhee *Pipilo chlorurus* 绿尾唧鹀

Rufous-sided Towhee *Pipilo erythrophthalmus* 棕胁唧鹀

American Tree Sparrow *Spizella arborea* 美洲树雀鹀

Chipping Sparrow *Spizella passerina* 棕顶雀鹀

Brewer's Sparrow *Spizella breweri* 布氏雀鹀

Vesper Sparrow *Pooecetes gramineus* 栗肩雀鹀

Lark Sparrow *Chondestes grammacus* 鹨雀鹀

Sage Sparrow *Amphispiza belli* 艾草漠鹀

Savannah Sparrow *Passerculus sandwichensis* 稀树草鹀

Grasshopper Sparrow *Ammodramus savannarum* 黄胸草鹀

Song Sparrow *Melospiza melodia* 歌带鹀

Lincoln's Sparrown *Melospiza lincolnii* 林氏带鹀

White-crowned Sparrow *Zonotrichia leucophrys* 白冠带鹀

Dark-eyed Junco *Junco hyemalis* 暗眼灯草鹀

Red-winged Blackbird *Agelaius phoeniceus* 红翅黑鹂

Western Meadowlark *Sturnella neglecta* 西草地鹨

Yellow-headed Blackbird *Xanthocephalus xanthocephalus* 黄头黑鹂

Brewer's Blackbird *Euphagus cyanocephalus* 蓝头黑鹂

Brown-headed Cowbird *Molothrus ater* 褐头黑鹂

Northern Oriole *Icterus galbula* 橙腹拟鹂

Cassin's Finch *Carpodacus cassinii* 卡氏朱雀

House Finch *Carpodacus mexicanus* 家朱雀

Pine Siskin *Carduelis pinus* 松金翅雀

American Goldfinch *Carduelis tristis* 美洲金翅雀

Evening Grosbleak *Coccothraustes vespertinus* 黄昏锡嘴雀

House Sparrow *Passer domesticus* 家雀